少年小說
怎麼讀？

從讀到解讀，帶孩子從小說中培養閱讀素養

王淑芬 著　黃鼻子 插畫

目錄

第6課 8部小說 VS. 電影的讀、看、想

好讀者，成就了好書　　王淑芬

　　英國奇幻小說大師尼爾‧蓋曼（Neil Richard Gaiman）的《墓園裡的男孩》（The Graveyard Book），是史上第一本同時得到美國紐伯瑞金牌獎與英國卡內基文學獎的少年小說。他在紐伯瑞獎頒獎典禮上說：「有時小說是接納世界這座大監獄的方式，讓我們存活……屬於孩子的小說是最重要的小說。」

　　這段話充滿隱喻與激情。一次大戰後，心理學家佛洛伊德也曾運用「閱讀療法」（bibliotherapy），為戰後退役士兵開書單，搭配治療創傷後的壓力症候群。讀小說，打發時間之外，必要時也可能救人一命。只是，該怎麼讀才真有療效呢？

　　童年讀過《西遊記》，熱鬧緊湊、鎖住我目光自不在話下，然而，真正讓我覺得它真了不起的，是讀到某位學者分析書中人物的文章，那一刻，我才驚覺：《西遊記》不僅情節精采有趣，面目一向較模糊的沙悟淨，原來象徵著人性中的灰色地帶。閱讀，原來可以讀到書頁之外更寬闊的天地！讀懂的那一刻，終於明白義大利作家安伯托‧艾可（Umberto Eco）所言：「閱讀是為得到永生的一筆小小預付款。」人生短暫，閱讀卻讓我們領受了永恆之美。

讀懂讀通，讓書活出另樣風貌

　　閱讀能力，要教嗎？能教嗎？答案是肯定的，這是認知發展學家的結論，這也是我的親身體驗。

　　「好讀者，成就了好書。」這句話是美國文豪愛默生（Ralph

Waldo Emerson）說的，意思是有幸被優秀讀者讀出深意，這本書才真正活了起來；他更進一步說：「要懂得當發明家，才會讀得精闢」。作家一定希望自己的創作被認真思索，被讀懂讀通。而讀者如我，讀懂的那一刻，彷彿見到作家對我微微一哂，點點頭。

讀者讀到什麼，真那麼重要嗎？

閱讀者擁有無比自由，正如羅蘭・巴特（Roland Barthes）所言：「讀者的誕生須以作者之死為代價」，此語雖然意思是一本書的存在意義，須讀者加入參與才成立；但也意味著作家創作結束，接下來，須全權交給讀者。讀者想怎麼讀、愛怎麼詮釋，是他的自由。甚至法國作家丹尼爾・貝納（Daniel Pennac）1992年還提出「閱讀的十個權利」，第一條便是：不讀的權利呢。書，本應任由個人隨心自由讀。

只是，讀完之後，除了樂趣，留下什麼？當然，如果讀者本來的目的僅是樂趣，也行。所有的閱讀，起初必定「開卷有趣」才好。有趣之外，如果還想得到更多，還想讀懂讀通，讓書活出另樣風貌，那便是我寫這本書的初衷。

我相信師長們常勉勵孩子：「要有自己的獨立判斷能力，包含閱讀。」不過認真想想，這句話有著根本矛盾，因為所謂「自己的」，大多源自「他人的」；也許是聽說，也可能是讀過別人的種種看法，最後才形成自己的觀點。因而，閱讀初期的引導，便不可避免；透過多元的引領，讓孩子在閱讀過程中形塑完整的自我。

閱讀＋多元思考＝豐富的人生實境

話雖如此，我還是得聲明：本書絕對沒有「牽著你鼻子走」

的意圖。只是一個從小嗜讀小說的人，「如何帶領少年兒童進入小說」的熱情分享。尤其，本書非學術理論專著，對文本的詮釋，皆是我的解讀，自然不是唯一標準答案，一切僅供參考。我相信每位讀者，知道擁有自主權讀與想，才是最重要的。或許可說，本書提供的不是答案，而是分享一種態度：閱讀，加上多元思考，平面書頁，將擴展成為豐富的人生實境。

我也想提出一則思考；常見閱讀教學，被簡易二分法的爭辯著：不可有學習單、實施閱讀策略會破壞閱讀本質……。依我之見，不同時空與背景條件下，相同的一個孩子，可能就必須運用十種教法，才對他有益。所以，怎麼可能狹隘的規定，只有一種方法才是對的？我認為閱讀推廣人，視狀況彈性應用即可，閱讀這件事，須海納百川，允許眾聲喧嘩，做許多嘗試。

我整理出這本書，背後還有個因素：米蘭昆德拉（Milan Kundera）在他的《簾幕》（*Le rideau*, 2005）中說：「一個沒有能力談論自己創作的人，稱不上是完整的作家。」我寫小說，希望也像他說的，有能力剖析自己的作品，讓創作更精進。因此，讀者將本書視為工具書之外，如果有興趣，亦可做為創作入門參考。

因篇幅之限，一本小書無法納入眾多優秀小說，書中列舉的各類書單，遺珠之憾自所難免。或許就讓我這本書做為引玉之磚，邀請更多人去找到你的小說之愛；小說裡的大智慧正等著你採擷呢。

本書第一節少年小說的定義及簡史部分，特別邀請好友、翻譯名家周惠玲撥冗審訂，特此致謝。還要特別感謝附錄中慨允提供必讀書單的各位好友，只能提少少的幾本，大家都嘆：哪夠啊。太多好書等著我們，請給它們機會，與您的心靈對談闊論吧！

帶領孩子進入
「少年小說」的問與答

心理學稱青春期為「狂飆期」，
少年本質是變動的，
給他們的小說當然不能一成不變。

Q1 什麼是少年小說？

首先，先對「少年小說」定義。

兒童文學依書寫類型，分為詩歌、圖畫書、散文、故事（含童話）、小說、劇本等，其中小說有時還依適讀年齡分為「兒童小說」與「少年小說」。本書所指的「少年小說」，含括小學中年級適讀的兒童小說，不另外分類。

何謂「少年小說」？首先必需辨識：小說與故事不同，兩者雖然都是虛構事件，就如同法國小說家歐諾黑・巴爾扎克（Honoré Balzac）所說：「小說是莊嚴的謊話。」美國幽默大師兼小說家馬克・吐溫（Mark Twain）也說：「小說家就是專門出賣謊言的職業」。但**小說會加入角色性格、內心想法、事件因果關係；不像童話或生活故事，較偏重於敘述故事情節。**

小說情節是經過作者安排的，並非只是客觀、被動的發生。英國文學家愛德華・摩根・佛斯特（Edward Morgan Forster）在他的文學論述《小說面面觀》舉了簡單的例子讓大家明白。

故事：是指按照一連串事件的發生時間，依序排列而成的敘事。讀者會關心：「然後呢？」例如：國王死了，王后也死了。

小說情節：因為角色性格或其他因素，事件之間有因果關係。讀者會關心：「為什麼？」例如：（1）國王死了，王后也因悲傷過度而去世。（加上因果。）（2）王后死了，原因不明。後來才發現是因國王之死，使她悲傷過度而死。（除了因果，還加入懸疑、人物性格。）

故事與小說情節的差異性

名稱	定義	讀者關心的方向	句子示範
故事	按照一連串事件的發生時間，依序排列而成的敘事。	讀者會關心：「然後呢？」	國王死了，王后也死了。
小說情節	因為角色性格或其他因素，事件之間有因果關係。	讀者會關心：「為什麼？」	（1）國王死了，王后也因悲傷過度而去世。（加上因果）（2）王后死了，原因不明。後來才發現是因國王之死，使她悲傷過度而死。（除了因果，還加入懸疑、人物性格）

　　當然也並非死板規定，小說一定得寫複雜的人物性格與交待因果關係，現今有不少小說偏偏故意反其道而行。不過，我認為優秀小說作家，會慎選表現形式來烘托主題與氛圍。如果有人寫小說，卻永遠只是在講故事，那就太簡便了。「少年小說」（「Young Adult Novels」，簡稱「YA Novels」或「Juvenile Fictions」）一般定義：**適合12 歲至18 歲的青少年（teenagers）閱讀的虛構、情節較複雜、生動描繪角色性格的敘事文體**。但以臺灣出版現況，多設定讀者為國小四年級至八年級的國中生（大約是 10 歲至 15 歲），因為高中生大多會自行選讀成人小說。

Q2 少年小說的誕生及演變？

　　十十六世紀之前，較欠缺真正意義上「兒童、少年」的概念，但不代表沒有兒童文學。早期有兩種兒童文學：一種是為兒童而寫，但多是為了宗教、教育之用；另一種原本並不是為兒童少年而寫的文學內容，但因種種原因而出版，後因為適合兒童與少年閱讀，也被列入兒童與少年書單。例如英國首位印刷商威廉・科克斯敦（William Caxton）在 1484 年出版的第一本英譯版《伊索寓言》，原本便是大眾讀物。

兒童文學起源於十六世紀

　　十六世紀之後，被譽為「兒童文學之父」的英國出版商紐伯瑞（John Newbery），出版了童書《精美小書》並開辦兒童書店；之後出版的《兩隻漂亮小鞋》為英美文學中已知最早的長篇兒童小說。

　　曾改寫過著名小說《美女與野獸》並成為流傳最廣版本的法國小說家戴博蒙夫人（Jeanne-Marie Leprince de Beaumont）移居英國後，在倫敦出版過《小女孩雜誌》，與《小淑女雜誌》，開始將孩童與少年讀者加以區隔，不過只針對女孩，且亦為教育之用。1802 年寫過不少兒童道德故事的英國教育家莎拉・特里默（Sarah Trimmer），提出 14 歲至 21 歲應稱為「少年（young adulthood）」，要有為他們撰寫的少年書（Books for Young Persons）。

十九世紀後半期至二十世紀上半期類型變多

十九世紀後半期，開始出現以孩童成長為題的小說，比如俄籍法國作家賽居爾夫人（Countess of Ségu）出版的【蘇菲系列】，以及《一隻驢子的回憶》亦為她的作品；或路易絲‧麥克（Louise Mack）的《少年們》。此時期還有屬性為少女成長的玫瑰露小說，比如賽居爾夫人的部分作品，以及德國赫姆爾（Clementine Helm）出版的《一個少女的痛苦與快樂》等。

到了二十世紀上半期，不少寫實、社會小說亦以少年讀者為對象，例如匈牙利作家莫納赫（Ferenc Molnár）的《保羅街小子》、蘇俄的蓋爾達（Arkady Gaidar），他在 1940 年出版的《鐵木兒和他的夥伴》還引領蘇聯少年兒童協助軍隊的鐵木兒活動，展現出作品也多有影響力。

美國莫琳‧黛莉（Maureen Daly）的《十七歲的夏天》明顯以少女的浪漫愛情為主。至 1960 年代之後，更多少年文學出版品出現，這也許跟經濟能力提高、識字教育普及有關；此兩種條件讓更多家庭願意讓成長期間的兒童少年閱讀，尤其是中產階級。

《小教父》（亦有中譯為《局外人》），常被視為首部針對少年成長困境的小說，或者說它為少年小說開創了另一種關於問題少年小說的類型基礎。《小教父》作者美國蘇珊‧艾洛絲‧辛登（S. E. Hinton）17 歲便寫此書，出版時是 18 歲，描寫一群邊緣少年如何在嚴峻環境中奮力闖出人生意義，主題為「同儕互助與尋求歸屬感」。這本書直至今日仍具影響力；也因為它受學生歡迎，一位圖書館員發現借閱率高，因而向大導演柯波拉（Francis Ford Coppola，【教父】系列電影導演）建議改拍為電影（《小教父》

1983 年上映）。

另外還有許多現在被視為經典的少年小說，作者當初創作時卻非專為少年而寫，比如《魯濱遜漂流記》等，其他尚有《基度山恩仇記》、《叢林奇談》、《野性的呼喚》等。

《麥田捕手》與《蒼蠅王》，雖吸引大批年輕人閱讀與討論，但作家也未標示是專為青少年而創作。因此下表就陳列較具代表性的書單。

雖非為少年而寫，卻常被列為經典少年小說的代表性書單

書名、出版年代	作者	相關資料
《魯濱遜漂流記》（*Robinson Crusoe*, 1719）	英國丹尼爾‧笛福（Daniel Defoe）著	1、原書名過長，現今皆用簡化過的書名。 2、被視為英語現實主義小說先鋒之一。 3、由於之後仿效者眾，因此出現「魯賓遜體」（The Robinsonade）一詞，專指此種文學類型。比如《海角一樂園》、《珊瑚島》等皆為此類型。
《最後一個摩希根人》（*The Last of the Mohicans*, 1826）	美國詹姆斯‧菲尼莫爾‧庫伯（James Fenimore Cooper）著	1、是作者【皮襪故事】（*leatherstocking tales*）系列的第二集（此系列共五本）。 2、曾改編為電影《大地英豪》。是白人獵人與印地安人之間的故事，也是文明對荒野之戰。

書名、出版年代	作者	相關資料
《海底兩萬里》（ *Vingt mille lieues sous les mers*, 1870）	法國儒勒‧凡爾納（Jules Gabriel Verne）著	1、科幻小說，是三部曲中的第二部。 2、書中的潛水艇「鸚鵡螺號」（Nautilus），之後常被借用。比如 1954 年美國建造的首部核動力潛艇，便命名「鸚鵡螺號」。 3、凡爾納的科幻小說影響後世發明家與科學家，比如「宇宙火箭」便是受其啟發。
《小婦人》（ *Little Women*, 1868）	美國露意莎‧梅‧阿爾柯特（Louisa May Alcott）著	對家人角色的描述，破除以往父權至上、孩子是成人附屬，或用來做為好孩子、壞孩子示範的刻板印象。
《湯姆歷險記》（ *The Adventures of Tom Sawyer*, 1876）	美國馬克‧吐溫（Mark Twain）著	1、造就一種美國小說經典：探險並不一定要到遠方，可能就在自家後院。英雄主角也可能只是個低下階層的頑皮男孩。 2、續集為《哈克歷險記》（ *Adventures of Huckleberry Finn*）又譯《頑童歷險記》。 3、早期曾被批為粗俗而列為圖書館禁書。

書名、出版年代	作者	相關資料
《塊肉餘生記》（*David Copperfield*, 1850，又譯《大衛・考柏菲爾》）	英國查爾斯・狄更斯（Charles Dickens）著	據作者自述，這是他最鍾愛的著作，帶有自傳色彩。曾任記者的狄更斯，有多部小說亦為讀者熟知，如《孤雛淚》、《小氣財神》、《前程遠大》、《雙城記》等。
《金銀島》（*Treasure Island*, 1883）	英國羅勃特・路易斯・史蒂文生（Robert Lewis Balfour Stevenson）著	角色不再二元化，好、壞人的特質界線模糊，打破傳統善惡對立的人物描述。自此之後，就算讀者對象包含少年兒童，也不再刻板的一定要善惡分明。

1970 到 1980 年代，少年小説的黃金時期

1970 到 1980 年代，被視為少年小說的黃金時期，大量為少年而寫的小說出版；比如美國茱蒂・布倫（Judy Blume）的《神啊，祢在嗎？》，大膽開啟女孩的身心自主意識，成功引發少年讀者的共鳴。美國羅柏・寇米耶（Robert Cormier）的《巧克力戰爭》，也是此期代表作品。

另外，美國路易斯・鄧肯（Lois Duncan）的《是誰搞的鬼》以及相關系列，以驚悚、超自然主義也在少年小說佔有一席之地。

有趣的是，美國在 2000 年將《巧克力戰爭》、《哈利波特》以及洛伊斯・鄧肯另一本小說《殺死葛里芬先生》，同被列在「年度十大禁書」中。[1]

1970 年之後，許多少年小說的主題含括社會議題，或許跟此時期的青少年正是二次戰後嬰兒潮有關（指 1945 年～ 1965 年出生者）。許多反映青少年成長難關的「問題少年小說」（YA Problem Novels）出現，討論著家暴、父母離異、霸凌、性議題等，比如：保羅・辛德爾（Paul Zindel）的《我的達令，我的漢堡》便討論青少年懷孕、墮胎、虐待等議題。

　　直到少年讀者覺得太公式化了，於是迎來另一種類型：恐怖小說，比如美國【雞皮疙瘩】系列（*Goosebumps*, 第一本為 1992 年出版），作者 R.L. 史汀（R.L. Stine，被稱為童書界的「史蒂芬・金」）便是此類的成功代表。

　　之後奇想冒險的魔法小說出場。1997 年起，【哈利波特】系列的成功，帶動奇幻成為少年小說的熱門主題。而自從人權議題被大聲呼籲之後，多元文化也常被列為少年小說關注的焦點。

2000 年至今，少年小說第二個黃金期

　　2000 年直至今日，或可稱為少年小說的「第二個黃金時期」，許多優秀少年小說改編電影之後，更是暢銷保證，從《暮光之城》及其系列、《波西傑克森：神火之賊》及其系列，到《飢餓遊戲》三部曲等皆為佼佼者。

　　若觀察國外少年小說，會發現題材十分多樣，形式也推陳出新，此現象其實很搭少年時期的心理。**心理學稱青春期為「狂飆期」，少年本質是變動的，給他們的小說當然不能一成不變。**

　　台灣在日治時期，便有楊逵、龍瑛宗、呂赫若等雖非為兒童而寫，但亦關照少年兒童成長的小說，算是奠立台灣少年小說創作

基礎。這段時間，也由張耀堂先生首次提出「兒童文學」此專有名詞。之後鍾肇政先生 1961 年開始連載的《魯冰花》是我們熟悉的早期少年小說。自 1974 年創立的「洪建全兒童文學獎」（已停辦）至「九歌現代兒童文學獎」等，也設有少年小說創作類。

在多如汪洋的翻譯作品與大陸作品對比下，台灣的少年小說除了本土題材，不該自我設限，應該多出版具有普世價值的好書，讓少年讀者對自家產品有信心，才是雙贏。
（Q1、Q2 由周惠玲審訂）

 ## Q3 少年小說與一般小說有何不同？

有部美國電影《半熟男女》（Young Adult），電影海報上有段話用以描述青少年十分貼切：「年齡增加，但未必真的長大。（Everyone gets old, not everyone grows up.）」。意思是掌管判斷與自我克制能力的前額葉，在青少年時期發展得較晚，這意謂著雖然生理上長大了，但心緒未成熟。最新的腦科學研究顯示，16 歲時大腦控制情緒的器官雖已成熟，但少年卻不知如何控制。18 歲後大腦與身體才趨和諧，不再失衡。

因此，如今許多國家在審理青少年犯罪，都會特別加以衡量。根據紐西蘭著名的丹尼丁研究（The Dunedin Study）[2]，便發現高達

九成五的青少年犯罪皆為「不是真的想犯罪，但就是控制不了」，過了這段時期便好了。

青少年階段閱讀小說，才更能學會設身處地

於是青少年的衝動，其實也意味著易受影響、更敏感一些。青春期，對浪漫、正義感、受挫的痛苦、昇華的喜悅，其實更具敏銳度。感受力強的少年，其實很適合讀小說。

也因為如此，之前特別提醒大家：小說與故事不同，小說有加入人物性格與心理感受，如果只是讀故事，讀者不易感同身受，無法設身處地憂其憂、樂其樂，也不會產生投射、內化為自己的性格。所以，少年不要只讀故事，小說才能帶來改變。

正因為少年時期的心理特點與特殊需求，**少年小說通常會量身打造，不似一般小說，可以無節制地揮霍作家的任性**。少年小說作者通常有「含指讀者」（Implied reader，亦稱「隱含讀者」）概念[3]；意思是下筆之時「知道為誰而寫」，正因如此，必帶著希望能對少年有所助益的內涵。舉例來說，成人小說可能偏頗的認同某些毒品的好處，而不得已吸毒；或是自殺帶來的悲劇美感。這類負面書寫，成人讀者因有能力辨認與過濾，也會直接批判，但面對少年讀者因其衝動與情緒未穩定，易被暗示與牽引，說不定帶來危險，因而少年小說作者在創作時的態度會更謹慎些。

倒不是說，少年小說容易變成道德課本，或必需加上安全濾網，而變得無趣枯燥。少年小說一樣有負面題材（問題少年小說便是），然而，好作家會織進彈力超強的纖維，在情節中激起閱讀的快感，也壓入引人深思的重力；表面上「反成長」的少年小說，有

時更能撞擊出深刻的省思，帶來成長。使小說變得無趣枯燥的，絕對不是因為它有「為少年而寫」的道德節制，而是作者技巧窘迫，進而寫成說教宣導。

最常見的少年小說模式

最常見的少年小說模式，大概就是約瑟夫‧坎伯（Joseph Campbell）在《千面英雄》中，所提出的英雄旅程公式。他總結出旅程可分許多階段，不同故事可能著重於幾個階段；若採大綱羅列，基本結構是：啟程 → 啟蒙 → 歸返。

由於少年的成長歷程，也可視為啟蒙歷程，因此，**基本敘事模式便似坎伯提出的模式，但可加入「衝突 → 追尋（啟蒙）→ 試煉 → 改變（成長）」**。其通用模式為：

1、衝突，是指必需離開原有舒適圈。此處的衝突有多種類型：我 VS. 我、我 VS. 某個人（或某群體）、我屬於的群體 VS. 其他群體、人類 VS. 自然、人類 VS. 未知（神、鬼、魔等）

2、因協助他者，得到力量（某種法力），或得到同伴。

3、遇到考驗，比如有三個試鍊。

4、自己奮力超越，加上同伴或法力協助，通過考驗。

5、達到目標，並得到最終的獎賞。

不論《青鳥》、《綠野仙蹤》、《星際大戰》，甚至近期的《哈利波特》，或多或少皆循此模式。但要注意的是，並非所有的少年小說皆為「啟蒙小說」（bildungsroman）。啟蒙小說強調成長過程，因受啟發而開悟，取得自我認同；十分注重過程，而非僅是結果。

少年小說常見的分類

　　現今少年小說發展蓬勃，當然不會僅有上述「冒險英雄」類。

一、**以題材來分**：若以題材來分，少年小說常見的分類有：

　　1、寫實：例如歷史、戰爭、成長、問題、校園、推理、愛情、
　　　　少女、勵志、親子、鄉土民俗、冒險、動物等。

　　2、幻想：奇幻、傳奇、科幻、鬼怪、神話、武俠、怪談等。

　　傳記比較特別，因為是紀實，不列為小說。但現在有所謂「傳記體小說」，雖是記錄事實，但以小說形式呈現，且加入虛構情節，使得二者之間亦有模糊地帶。但本書不將傳記列入。

二、**以小說內蘊的主題來分**：若以小說內蘊的主題來分，少年小說
　　常見的主題可分為下列四項：

　　1、自我實現：成長困惑、自我認同、性別差異、推理邏輯、
　　　　善惡／是非抉擇、生命價值、人生真義、克服恐懼、價值
　　　　判斷、昇華、永恆等。

　　2、人際關係：同儕關係、愛情、親子關係、生離死別、校園
　　　　霸凌等。

　　3、社會議題：問題小說（貧窮、毒品、性侵、家暴、霸凌
　　　　等）、種族、公平正義、勇氣冒險、在地關懷、歷史尋根、
　　　　戰爭衝突、環境生態等。

　　4、想像未來：創意想像、藝術美學／幽默、世界觀、烏托邦、
　　　　奇幻冒險、外星科幻、人類未來、文明延續等。

　　2017 年紐伯瑞金牌獎是《喝下月亮的女孩》，屬魔法奇幻，2018 年紐伯瑞金牌獎《Hello, Universe》寫的是同儕友誼，顯示此二類型仍是少年小說熱門主題。

三、**小說召喚 4 種精神：** 捷克著名作家米蘭‧昆德拉（Milan
　　Kundera）在《小說的藝術》中特別強調，小說召喚了四種精
　　神：

　　1、遊戲的召喚——規則不再，演進歷程可被推翻、可荒謬。

　　2、夢的召喚——真實與夢境合一，超越真實。

　　3、思想的召喚——思考存在的價值。

　　4、時間的召喚——擺脫個人生命的時間限制。

　　依他之見，優秀小說除了豐饒想像、文藝之美，也提供壯闊大
我的可能、終極思辨人生價值。這四點也可供選讀或創作優良小說
的參考。

圖像小說與輕小說的加入

　　為了吸引不耐煩長篇大論、文字敘述為主的少年讀者，目前以
少年族群為主的出版社，發展出「圖像小說」（Graphic Novel），做
為重要出版項目；有些書系也成功鎖住不少年輕讀者的眼光，比如
美國暢銷小說作家傑夫‧肯尼（Jeff Kinney）的《葛瑞的囧日記》與
詹姆斯‧派特森（James Patterson）的【*Middle School*】系列，便常居
暢銷書排行榜上。2018年，更首度有圖像小說入圍曼布克獎（英語：
Man Booker Prize，是當代英文小說界十分重要的長篇小說獎項）初
選名單。

　　而臺灣先是從日本引進「輕小說」（多使用輕鬆口語書寫、題
材也契合當下流行，加上動漫風格插畫）取得成功後，目前書市也
有不少本土作家，耕耘這個少年讀者也佔多數的文類。

　　當少年小說的確已在書市佔有一席之地之後，更該關注的是，

我們的少年選讀了什麼？口味集中還是興趣廣泛？哪樣比較好，我沒有答案，畢竟每個少年讀者的需求不同。但如果能盡量培養多元閱讀習慣，雜食一點，各類營養可能也多一點。

Q4 為什麼要孩子閱讀少年小說？

　　讀任何書，首先最重要的，當然是樂趣！英國作家羅德‧達爾（Roald Dahl）藉著《瑪蒂達》裡的小小愛書女孩之口，說她覺得寫《魔戒》的托爾金，以及寫《納尼亞傳奇：獅子、女巫、魔衣櫥》的 C.S. 路易士，書雖然好看，但个夠有趣！一針見血的指出：給少年兒童的書，必然該是有趣的，開卷有益之前，必需先開卷有趣，但有趣不代表只有搞笑，也可能是懸疑的、想破頭的。

閱讀小說所帶來的學習功能

　　這也是魔法奇幻一直是少年小說熱門類型主因吧！打開書，離開惱人現實，飛進華麗瑰奇、劇情高潮迭起的世界，多迷人，多有趣，像是紙上遊樂場。因此，初期想引發小讀者的閱讀動機，切記不可「議題先行」，急著端出藥方：這是讓你勇敢的、這是教你懂歷史的、這是解決問題的……，先想想這本書除了議題之外，讀來

有文學之樂、之美嗎？

　　除了有趣之外，閱讀小說當然還有學習功能。主要在二類：

一、透過讀這本書，得到書中的知識、技能、情意。

二、透過讀這本書的行動過程，得到閱讀素養[4]。包含：如何歸納大意、找到文本的隱喻、解析作者想表達的意旨等。因此也有一種極端說法：「不管讀什麼書，都可以用來訓練閱讀素養。」比如讀到一本覺得無趣的書，也可以說說無趣之處在哪裡，以訓練孩子的比較分析能力。

經科學家認證閱讀小說的三項功能

　　除了娛樂功能，讀小說也有經科學家認證的以下功能：

一、**生理的功能：**

　　1、磨練大腦。故事滿足了讀者的好奇心，但想讀懂小說，還得加上智慧與記憶，記得複雜人物關係、分析前後因果、揣想動機與結果。總之，小說需要較高層次的思考，難怪認知發展學家主張：讀小說使人變聰明。

　　2、訓練專注力。小說通常需要較長時間、專心於書頁。

　　3、有益健康。閱讀小說長智慧，懂愈多，便能為自己帶來更正確理想的生活方式，比如透過閱讀自然小說，選擇對自己較健康的生活方式，因健康而有自信，體能好、審美能力也較佳。

二、**心理的功能：**

　　1、帶來抒解。小說展現一個與現實截然不同的時空與事件，為讀者帶來快速的超脫、暫止、遠離，是最簡便的享樂、

減壓方式。

2、認知儲存。透過閱讀小說（或看電影、聽別人說），大腦會模擬書中情境，並透過腦內的資訊傳遞者，也就是腦內分泌物——多巴胺（dopamine）系統來學習並強化遇到困境時該如何反應，這是人類的生存本能，因此人也是世上唯一會虛擬想像的動物。也就是說，人類可以在各種小說情境中，預習各種人生試煉，之後大腦會將這些預習儲存，以備將來運用。[5]

3、自我保護能力。有些禁忌話題，比如未婚懷孕、性行為等，也許真實生活中，無法學習或取得協助，透過閱讀來了解，也是種管道。

4、自我認同—你認同小說中的哪個人、哪件事，便是選擇自己認可的價值觀，從而形塑出自我。

三、社會的功能：

1、利己——明辨是非、善惡能力。小說中的人物關係，不論互助、互害，可供讀者增強體察力和理解他人真實動機的能力，有助於運用在實際人生，知道誰對自己真正好，誰只是表面工夫、暗箭傷人。

2、利他——設身處地能力。書中角色的遭遇，往往呼應了現實。當讀者為書中人所感動，或被書中的惡氣得恨之入骨，便是一種社交虛擬演練，較能懂得為他人設想。比如在小說中體驗到被霸凌者的痛苦，或能產生同情，進而覺得應該抵制、排斥加害者。

也因為小說的多元功能，英國兩位作者艾拉·柏素德及蘇珊·艾爾德金還以「書目治療師」身份，出版《小說藥方：人生疑難雜

症文學指南》，針對每種症狀（身心皆有），比如：害怕改變、青春期、花粉症、耳鳴等，開列適合閱讀的書單。其中《鷹與男孩》便被列為「沒有自信」的藥方。

 ## Q5 優秀的少年小說何處尋？

　　說起來，好像可以覺得慶幸，因為我自己的青少年時代，臺灣童書界仍處於草創期，並沒有大量原創與翻譯的童書；應該說當時的少年兒童，並未被視為獨立成長階段，只是成人之預備。況且，那個年代，經濟才剛準備起飛，一般家庭視童書為閒書，更註定出版業輕忽這個年齡層的需求。所以，少年的我，能讀到什麼呢？最多的便是經典名著。因此可說，我一開始讀，便是讀精品。

好小說的定義在於耐看的文學精品

　　這也是我一貫的原則：閱讀貴族論。**要讀，就讀好書，不浪費太多時間在不值得深思的文本上。**當然也不是說，只能讀經典名著。英國奇幻作家尼爾·蓋曼（Neil Richard Gaiman）甚至主張：「孩子會對自己看的東西進行審查，無聊與否是最終的制止之道。」所以他奉勸大人，不必對選書那麼緊張。我覺得此論點尚有可議處，因為這一切必需建基於之前的閱讀經驗，如果全放手讓兒童自選

書，會帶來各種後果，有好有壞自是必然。較好的方式，是盡量提供各式讀本，讓小讀者在繁花中找到他的最愛，但應該沒有人故意在花園中也放進毒草，做為選項吧。給少年兒童的小說，總之還是有個基準點的。

不過，我也不是「議題先行」的擁護者。雖然多數少年小說，設定目標是希望讀者能在「衝突 → 解決 → 釋懷 → 昇華」中，與書中角色同步成長。但沒人規定小說一定要有正面結局，結局也可以是更大困境，帶來更多思考。**好小說，重要的絕對不是有偉大的議題、高尚的勵志作用。好小說，首先必需是耐看的文學精品，不是宣傳短片。**

讀者在閱讀流程中，扮演了十分關鍵角色，一本書的意義，必需由讀者喚醒，才能賦予生命。二十世紀法國符號學家羅蘭‧巴特（Roland Barthes）將書分為「可讀的」與「可寫的」；前者是讀過就好，後者是讀者還可創造的。正如電腦一樣，有些檔案僅供讀取（死的、固定的）、無法添加內容（活的、有機的）。或許，「不但可讀還可寫」便是好書的基本條件：不但情節好看，讀來過癮，掩卷之後，尚可餘味繞樑，想了又想。

閱讀領導人的選書四大問

所以閱讀領導人（老師或家長、其他）選書時，可以先問自己幾個問題：

1、我為什麼要學生／孩子讀此書？

2、作者想表達什麼？表達得成功嗎？

3、此書中的議題貼近學生經驗嗎？或是值得預先體驗（認知儲存）嗎？

4、作者寫法，對學生成長經驗有無正面的影響？比如，面對
社會不公現象，日本作家夏目漱口的《少爺》是詼諧嘲諷
迂腐的；法國作者大仲馬的《基度山恩仇記》是起身抵抗
復仇的。你比較希望少年讀到哪一種？或是都讀，一起討
論？

目前國際間有幾個與少年小說相關的文學獎，為大家整理成列
表可做選書參考。另外，有些出版社或文學組織，也會架設相關網
站，邀請學者專家提供優秀書單可供參考，例如：親子天下官網有
「閱讀」專區，為讀者提供最新資料。

與少年小說相關的國際文學獎名單及網址

名稱	介紹	官網QRCode
普林茲文學獎（Michael L. Printz Award）	美國圖書館協會支屬組織「青年圖書館服務協會」（Young Adult Library Service Association, YALSA）於 2000 年所設置，針對青少年文學作品，只要是小說、非小說、詩歌及選集等都可參選，但參選資格必需為頒獎前一年於美國所出版的書。《偷書賊》（*The Book Thief*, 2005）是 2007 年銀獎書。《這不是告別》（*Eleanor & Park*, 2012）得到 2014 年銀牌獎。2018 年金牌獎為《*We Are Okay*》，作者為 Nina LaCour。	
親子天下官網「閱讀」專區	為臺灣規模最大的兒童閱讀媒體平台，提供七大學習領域、教育議題、情緒教養、品格教育、節慶文化、晚安故事等分齡主題書單，並推薦優良繪本童書、故事書、教育書、兒童玩具等等。	

名稱	介紹	官網 QRCode
美國紐伯瑞獎（Newbery Medal）	這由美國圖書館協會 ALA 設立，每年頒發一次，最高榮譽是金牌獎，通常與繪本的凱迪克獎一起公佈。這是紀念英國印刷商紐伯瑞對童書的貢獻而設（他最早關注、出版童書、開書店）。1922 年第一屆金牌是房龍的《人類的故事》。臺灣最早引進紐伯瑞獎的是國語日報社，當年出版的有《六十個父親》、《黑鳥湖》等。 近幾年的金牌獎如下： 2014 年：《會寫詩的神奇小松鼠》（*Flora and Ulysses：The Illuminated Adventures*） 2015 年：《*The Crossover*》 2016 年：《市場街最後一站》（*Last Stop on Market Street*，同時獲得凱迪克銀牌獎） 2017 年：《喝下月亮的女孩》（*The Girl Who Drank the Moon*） 2018 年：《嘿，有人在聽嗎》（*Hello, Universe*） 2019 年：《*Merci Suárez Changes Gears*》 較特別的是，《*A Visit to William Blake's Inn: Poems for Innocent and Experienced Travelers*》Nancy Willard 著，是繪本詩集，得到 1982 年紐伯瑞金牌獎與同年度凱迪克銀牌獎。同樣狀況又再度發生於 2016 年的《市場街最後一站》，亦為雙料得主。除了《*A Visit to William Blake's Inn*》外，由 Paul Fleischman 著的《*Joyful Noise: Poems for Two Voices*, 1959》則是唯二得獎的詩集。	

名稱	介紹	官網QRCode
愛德華終身成就獎（Margaret A. Edwards Award）	由美國圖書館協會 ALA 設立，算是一種青少年文學終生成就獎。《時間的皺摺》作者麥德琳‧蘭歌（Madeleine L'Engle），以及《神啊，祢在嗎》作者茱蒂‧布倫（Judy Blume）、《戰爭遊戲》作者歐森‧史考特‧卡德（Orson Scott Card）皆為得主。	
英國卡內基兒童文學獎（Carnegie Medal）	1936年創設，是英國圖書館協會為紀念慈善家安德魯‧卡內基而設，現由CILIP（英國圖書館與資訊專業學會）頒發，通常與繪本的凱特格林威獎一起公佈。主要對象是頒給英國的兒童小說家或是青少年小說家。C.S. 路易斯（C.S. Lewis）和菲利普‧普曼（Philip Pullman）皆曾獲此獎，而《印地安人的麂皮靴》作者莎朗‧克里奇（Sharon Creech）是首位獲此獎的美國作家，得獎著作為《吶喊紅寶石》（*Ruby Holler*, 2002）。尼爾‧蓋曼的《墓園裡的男孩》（*The Graveyard Book*,2008）是史上第一本雙獲美國2009年紐伯瑞金牌獎與英國2010年卡內基文學獎的少年小說。近幾年得獎者：《*The Bunker Diary*, 2014》、《*Buffalo Soldier*,2015》、《*One, 2016*》、《*Salt to the Sea*, 2017》、《*Where the World Ends*, 2018》。較特別的是，2018年得主潔若婷‧麥考琳（Geraldine McCaughrean），30年前（1988年）便以《謊話連篇》（*A Pack of Lies*, 1988）得過此獎。	

名稱	介紹	官網 QRCode
國際安徒生獎（Hans Christian Andersen Award）	此獎被譽為「諾貝爾兒童文學獎」，每二年頒發一次，計有兩個獎項，針對作家與插畫家分別給獎。這是由全球的會員國提名，以作家或插畫家的所有作品進行評選，並非只頒給某一本書。不過它也規定每人只能獲頒一次，頗像是童書界的終生成就獎。此獎由國際兒童圖書評議會（IBBY，International Board on Books for Young People）頒發。 第一屆是 1956 年。第二屆作家獎由《長襪子皮皮》作者：瑞典的林格倫女士獲得。中國作家曹文軒於 2016 年得到作家獎，是首位獲獎的華人。2018 年則由《魔女宅急便》作者：日本的角野榮子獲獎。	
林格倫兒童文學獎（The Astrid Lindgren Memorial Award，簡稱「ALMA」）	瑞典政府為紀念瑞典作家阿思緹·林格倫（Astrid Lindgren）而設，總獎金高達 500 萬瑞典克朗（折合台幣約二千多萬元），金額僅次於諾貝爾文學獎。 林格倫獎每年頒發給一位或數位獲獎人，且並不只限於作家或插畫家，也擴及推廣童書有功的團體或工作者。此獎不分語言與國籍，臺灣繪本作家幾米曾數度入圍。2017 年由《是誰嗯嗯在我頭上》、《鴨子與死神》德國作者沃夫·艾卜赫（Wolf Eribruch）獲獎。2018 年則為美國作家賈桂琳·伍德生（Jacqueline Woodson）獲獎，她在臺灣的小說有《其實我不想說》。	

名稱	介紹	官網 QRCode
兒童及青少年票選圖書獎（Children's & Teen Choice Book Awards）	這是美國唯一全由兒童讀者來票選的獎，由美國童書委員會（Children's Book Council）與非營利組織「孩子即讀者」（Every Child a Reader）於 2008 年起創立。依年齡分為四組，含青少年讀物。2018 年得到少年小說獎的是安琪‧湯馬斯（Angie Thomas）的《致所有逝去的聲音》（The Hate U Give, 2017）。五、六年級組的得獎小說則為《魯蛇俱樂部》（The Losers Club, 2017）由安德魯‧克萊門斯（Andrew Clements）著。	
白烏鴉獎（White Ravens）	由德國國際青少年圖書館頒發的年度優秀兒童讀推薦，每一年會從全世界五十幾個國家、三十多種語言中的兒童文學作品中選出 200 本兒童文學作品，這些作品也同樣會是隔年波隆納書展重點宣傳的書。	
好書大家讀	如果想得悉完整的好書中文資料，目前由臺灣的台北市、新北市圖書館、國語日報社、幼獅文化等單位合辦的「好書大家讀」選書活動，是最齊全的。每年分兩梯次選書，由閱讀專家評選，最後並選出年度好書。點進官網後，「文學讀物 A 組」便是少年小說與散文類。還可依年度找到這一年在臺灣出版的最佳少年小說，含原創與翻譯作品。	

Q6 少年小說需要導讀嗎？

　　我想這一點必是意見分歧。就好像「書中該放入導讀嗎」一直是爭議不休話題。依我之見，導讀算是一種服務，需要者便取用；不需要就略過，但也毋須禁止他人使用。

　　少年小說的帶讀，亦復如此。初期可以導之引之，等小讀者的閱讀能力成熟，可獨立自主，讀出價值與意義，便不必了。

　　可以說，**大人對兒童少年的閱讀態度，從「陪讀 → 帶讀 → 陪讀 → 自主閱讀」**；第一次的陪，是實質的與之一起共讀，引發興趣。帶讀則可適度加上導讀。第二次的陪，是精神上的鼓勵，偶而聊聊彼此正在讀什麼。

　　當然最終我們一定都希望，所有的閱讀，是自己的事，自主選書、愛怎麼讀就怎麼讀，但重點是：持續還在讀。

導讀的功能及階段

　　導讀有兩個功能：

一、引發閱讀興趣，亦即引起動機。

二、未讀前，協助勾勒出全書輪廓，或指導如何找出關鍵，讀到核心價值。

　　也就是說，導讀應可分兩階段進行前置作業及文本導讀。（詳見下一頁的導讀流程解析）

導讀流程解析

第一階段：前置作業 → 引起動機

方法1／「閱讀心理準備度」，搭配當時情境、時事、課程等，或某個特定日期。

示範1／搭配課程，比如社會課讀中國歷史時，閱讀《三國演義》。

示範2／搭配某個特定日期，比如2月14日情人節，選讀愛情主題的書。

方法2／以有趣活動，引起閱讀動機。以「預測策略」為主，包含：封面、書名、作者、目錄頁的討論，分析序言等。

示範1／討論書名，例如：《戰爭遊戲》的重點在「戰爭」還是「遊戲」？《出事的那一天》到底出了什麼不得了的大事？

示範2／討論目錄，例如：王淑芬著《親愛的綠》，目錄為：親愛的綠、待卜、惡水上的大橋、跟我來、太平間、星期三咖啡等。可以讓孩子翻到目錄頁，從篇名預測可能內容，並討論：覺得自己會最想先讀哪一篇？

示範3／分析序言。讓孩子讀讀有意思的「作者序」或「推薦序」，加以預測討論。例如：張友漁著《喂，穿裙子的》，由周惠玲撰寫推薦序，篇名是「一本有氣的書」。開頭寫著：很久沒看一本書看得這麼有「氣」。亮君，十四歲，是家中的老二，她和姊一出生，就被她爸爸叫作「穿裙子的」……。
可以討論：（1）到底周惠玲形容的有「氣」，是什麼氣？（2）女生被叫作「穿裙子的」，背後的用意是什麼？

第二階段：文本導讀→提醒重點

方法1／設計有趣的預讀單。不必每一次都使用，但偶而運用，可以讓小讀者提前知道，讀這本書，最該注意的重點是什麼？

示範／預讀單可簡單生活化。比如：《哈利波特》預讀單上，題目如果有「請找出最適合當本班班長的書中人」，小讀者便知道此次閱讀重點在：了解角色性格。

方法2／先簡要列出小說三要素（角色、情節、背景），協助小讀者對全書有概念。

示範／比如《西遊記》，列出四位主角的原本來歷與最後得道的結果。讓小讀者進入狀況，知道角色基本個性或追求的是什麼。
可以每一次設定不同重點，不必急著在一次閱讀中，就要小讀者學會所有閱讀能力，壓力太大。

方法3／先帶讀某篇關鍵文，或最具懸疑效果的篇章，略作討論。尤其是書中有矛盾者，可以先列出來比較預測。

示範／王淑芬著《我是白痴》，有不少地方都讀到「主角很可憐」，然而書中的主角卻說「我是快樂的」，可能是什麼原因？

　　第一階段為前置作業，重點在引起孩子的閱讀動機。方式可以搭配當時情境、時事、課程等引發閱讀興趣。也可以以有趣活動，引起閱讀動機。

　　第二階段為文本導讀，重點在提醒重點，可以設計有趣的預讀單，或要求孩子先簡要列出小說三要素——角色、情節、背景，以

協助其對全書有概念。也可以先帶讀某篇關鍵文，或最具懸疑效果的篇章，略作討論等三個方式進行。

Q7 現代少年，還需要多讀經典少年小說嗎？

這問題沒有固定答案，得看是哪一類經典小說。

以下分幾點說明：

第一、每個時代期待視野不同

首先必需認清不同時代的讀者，其「期待視野」（expectation horizon）當然不同，每個時期讀者的經驗背景，會影響他對文學作品的看法，進而也可能影響當代作者下筆時的態度。十九世紀前的童書，可能以教育為主，在當時的確有其需要，但放在現代，我們大概不以為然。

2011 年新版的馬克・吐溫著《哈克歷險記》，將書中原為「黑鬼」（nigger）的指稱全改為「奴隸」（共出現 219 次）；馬克・吐溫寫作的年代是南方蓄奴時代，普遍使用「黑鬼」一詞稱呼地位低下的非裔美人，現今看來當然不宜。該不該修改，可以討論。美國拓荒文學作家羅蘭・英格斯・懷德（Laura Ingalls Wilder），其【小木

屋】系列暢銷多年，但因書中出現種族歧視（針對印地安人），於是近年將原本以他之名設立的童書獎，改了名稱。說明了檢視過往歷史，重新評斷是非功過有其必要。

第二、檢視它是否對現代讀者有益

　　正因為有前項理由，有些古典小說，放在今日，早已不合時宜，比如有些小說強調須忠於君主，或男尊女卑，這類充滿意識形態的小說，不需要鼓勵現代少年閱讀，但可以討論它的哪些論點不合時宜。又如沒有人會勉勵現今的孩子守「尾生之信」，與遵從二十四孝。

　　早期許多小說歌頌：人定勝天、戰勝自然、征服自然，但而今更新的觀點應該是與自然和平共處才對。

　　再如《木偶奇遇記》，可以閱讀書中驚險刺激的冒險情節，以及不可說謊的基本道德；然而它的宗旨是教導小男孩皮諾丘必需成為「文明人」，可能也不符合當今的教養觀點，此點可以深入討論。

　　繪本《花婆婆》也可用以說明「過去的經典，未必適用現今」。書中花婆婆到處撒羽扇豆種子，以為是為世界做一件美麗的事。但羽扇豆其實是入侵性強的物種，已造成許多原生物種滅絕。因此如今若要帶讀此書，反而必需強調「想為世界做美麗的事，應先請教專業，勿以一己喜愛，造成生態浩劫」。

　　日本出版的《代做功課有限公司》，獲獎無數，臺灣 1998 年也曾引進中譯。然而原來書中對日本原住民愛奴族的部分，書寫時帶有歧視，因此作者古田足日 1996 年針對此部分加以重寫，以尊重的角度重新看待愛奴族，發表新版本。說明了舊經典有時也需被時

代檢驗。因此，到底該不該讀經典小說，前提當然就是：它適合如今的小讀者嗎？

不過還是要強調，並非因為它不合現代觀點，便摒棄不讀。如果小說本身有其文學價值，雖情節中帶有不妥，但可解釋是因為當時的背景因素所然。例如許多經典小說中，必定有階級之分，但我們不可能因為它有階級意識就全排斥。

第三、可以讀改寫版或濃縮版的經典小說嗎？

閱讀國外經典名著，必需藉由翻譯，然而不同譯本，各有其優劣；尤其早期資訊不足，難以查證，加上譯者若功力不佳，僅懂英文卻無文學背景或不通文意，可能譯錯。比如我曾在不同的《長腿叔叔》譯本中，發現仍有譯者將第一章「Blue Wednesday」譯為「藍色星期三」；然而依照文意，孤女不喜歡星期三有孤兒院的董事來參訪，心情不佳，譯為「憂鬱星期三」才適當。

又如《格列佛遊記》，英文原始版本應有四冊，臺灣較常見的是刪節版與改寫版。然而原作者本意其實是藉荒謬奇幻的遊歷故事，諷刺時政，如果改寫或刪減，已離原來的創作本意甚遠。例如格列佛在「小人國」時，見到國王會賞賜藍、紅、綠三種不同顏色絲線給舞者，本意在諷刺當時英國被授與的三種爵士勳章，等於嘲諷軟骨頭、長袖善舞者才會授勳。但在被改編的簡版兒童小說中，這樣的原始細節便看不到。

掌握閱讀原版或簡化版的四原則

所以，讀經典小說，需讀原版，不該讀簡化版、改寫版嗎？我覺得可以從以下角度思考。

其一：如果已達適讀年齡，不妨盡量讀原版，尤其如果本就讀得懂的，何必過度體貼，刪減或改寫。除非改的是原文不合宜的語詞用法與情節不當處，且改了之後，並不妨礙小說原意，便可接受。最怕的是像《紅樓夢》的改寫版，被改得只留情節梗概，時間軸般地只交待大宅院中發生的事，精髓的文學與人生況味，全都不見，讀它做什麼？

有些大人可能也發現一個警訊，若小讀者讀過簡寫版的經典，通常便不會再讀原典。正如「十分鐘讀懂文學名著」之類的大綱讀過之後，不少大人也覺得讀過這些名著了。

解決之道，以下幾點可以參考：

1、搭配電影，試著引起閱讀原著興趣。

2、找出全書最適合少年讀者的部分，先從這部分開始，其他部分可日後再讀。比如德國赫曼‧赫塞（Hermann Hesse）的《德米安─徬徨少年時》，可共讀前半段，此部分的童年成長經驗，必能引發共鳴。而後半段較富神學意識的部分，可建議少年日後再讀。

其二：有些以情節取勝的，或稍加改寫後仍保住原始創作最核心價值的，便可接受。因為有些原典其實太囉嗦、充斥過多不重要細節，此類便可選擇精簡版。比如法國儒勒‧凡爾納不少小說，例如《海底兩萬里》，除了主線情節，還夾帶許多冗長的科學解說，對少年讀者而言，這些實屬累贅，可適度刪減。《西遊記》一百章

回，讀起來較吃力，且原來的語言對少年兒童可能略有障礙，改寫後仍能保留最重要的精神（互助、勇氣、自我實現），便可先讀改寫版。

英國的蘭姆姊弟（Mary & Charles Lamb）改寫 20 部莎士比亞劇作，出版了給兒童閱讀的《莎士比亞戲劇故事集》。兩人刪去冗繁與兒童不宜部分，濃縮精簡，不過仍盡量保留精采原句，後因短篇易讀而大受歡迎，十分暢銷，反而是莎劇流傳最廣的改編版本。此類改寫版，讓少年兒童輕鬆進入文學殿堂，是成功之例。

然而如果全書皆改寫，以作家自己的語言重新詮釋舊小說，描摹仿寫一個老故事，我覺得已經失去經典原味。

其三：如今大家對閱讀階段必需搭配認知發展，已達共識，所以從前認為經典的書，不見得要逼現代少年此刻讀它。比如《傲慢與偏見》、《簡愛》、《紅樓夢》等，雖為經典，但高中之後再讀也不遲。

其四：帶讀經典少年小說，討論的重點除了一般的深論之外（請參考本書「第 4 課：如何引導孩子討論少年小說？」），還可以針對以下幾點思考：

1、為什麼那個時代會有這本書？

2、作者想解決什麼問題？

3、書中那時的事件與現代還有連結嗎？那時的困境，現在仍有嗎？

4、為什麼現在要重讀它？

Q8 如何激發讀者閱讀少年小說的興趣？

　　我們不妨先思考為什麼讀者不愛讀少年小說？原因可能有二：不愛文字，比較喜愛圖像，或是覺得讀小說不好玩、不酷。針對這二種情況，以下提供幾個解決方法。

第一、不愛文字，比較喜愛圖像的解決方法

　　遇到這種情況，建議解決方式有四：

　　方法1：從小開始習慣文字並培養專注力。小說必定字數較多，需要專注。而文字閱讀與圖像閱讀，大腦運作模式本就不同。一旦只看繪本、漫畫，大腦習慣此模式，忽然改為文字，大腦便覺得有障礙。因此，我常提醒，就算小時候讀繪本、橋樑書，也別忘了讓孩子感受這些有趣故事，來自「文字」。

　　方法2：可從孩子小時候，便為他們朗讀簡易小說。《長襪皮皮》主角是9歲，朗讀其淺近的小說情節，不但有親切感，且提早習慣「小說語言」。一旦習慣小說字多、情節與對話多的文字模式，將來正式閱讀較無障礙。

　　方法3：可從文字較淺白、字數較少、版面編排較寬疏的書開始（不要密密麻麻的），陪讀、朗讀、輪流讀，當孩子可以朗讀流暢，還可以鼓勵孩子朗讀小說給大人、爺爺等長輩聽，增加自信。

　　方法4：從圖像小說開始，當作過渡方式。圖像小說既有小說的模式，又有圖像，稍微緩解全文字的壓力。

《閱讀的力量》是知名的加州大學語言教育教授 Stephen D. Krashen 博士所著，他長期追蹤閱讀困難的兒童，發現有限的閱讀量直接造成有限的辭彙量，而有限的辭彙量造成聽力理解和閱讀理解的困難，等於惡性循環。**認得愈少字，讀得少；讀得少，就認得更少。所以，5 歲以前，便該開始讓孩子累積每個年齡層該有的字彙量。**家長要多讀書給孩子、陪著共讀；教師要補救教學，以求足夠字彙量[6]。

第二、覺得讀小說不好玩、不酷的解決方法

　　遇到這種情況的解決方法，建議如下：

　　方法 1：找到小讀者喜愛的主題。或想辦法讓他迷上某個系列，比較可能一直追著讀，從而建立成功的文字閱讀經驗。

　　方法 2：設計「閱讀挑戰」，不論家庭或班級皆可進行。約定以一年為限，在這一年當中，設計九宮格表（見「2019 年我的閱讀挑戰九宮格」範例），讀 9 本書。但每一格的書，各自有不同條件，例如故意在孩子平常喜愛的類型中，拓展出別的類別，其中也有小說。可全家、全班一起，看誰能最快完成挑戰任務；或是只要讀完三本，連成一線，便可得到一種獎勵。

　　方法 3：小說如果有改編為電影，可以用欣賞電影的方式，告訴小讀者，兩者有不同處，例如故意先找差異很大的，比如結局大不同的來看。然後再拿小說來對照，引發小讀者閱讀動機。

　　方法 4：如果是教師，可為學生舉辦有趣的少年小說讀書會。如果是家長，鼓勵孩子參加有趣的閱讀活動。而少年小說讀書會的形式及做法如下表「三種有趣的少年小說讀書會」。

「2019年我的閱讀挑戰九宮格」範例

女作家寫的小說： _____ _____ _____	我覺得作家長得很帥的書： _____ _____ _____	一百年前的小說： _____ _____ _____
書名只有兩個字的小說： _____ _____ _____	外國人寫的科普書： _____ _____ _____	系列的書： _____ _____ _____
跟吃有關的書： _____ _____ _____	封面美到爆的書： _____ _____ _____	我確定老師會嚇到的書： _____ _____ _____

　　最終，我也想提醒大人們，想要孩子保有閱讀習慣，從自身做起，永遠是個好開始。所謂的「MSSR：身教式持續安靜閱讀（Modeled Sustained Silent Reading）」，便是希望由大人親身示範。想要孩子讀小說以成長，自己卻從不接觸，哪能與孩子良好對話？

三種有趣的少年小說讀書會

讀書會名稱	主要做法
文學圈 （Literature Circles）	在美國行之多年。老師先提供多本書，讓學生自由選擇要讀哪一本。選相同書者成一組，自己訂議題討論，以「摘錄要點、提出問題、預測推論、連結延伸和評價判斷」為主。 因為是學生自主獨立的閱讀，較適合已有基本閱讀能力者，比如小學高年級以上。
作家粉絲團	以作家為主題形成小組。各組選讀喜愛的小說，再討論。若在班級舉行，可分為數組，學期中各自活動。學期末再擇一節舉辦發表會。
主題讀書會	以吸引人的主題，來設組討論。比如：推理小說讀書會、旅行小說讀書會等。

 Q9 如何帶領兒童少年練習寫自己的小說？

2012 年美國真人實事改編電影《永不放棄》（Won't Back Down）中，有一幕是小學教師勉勵她的學生：「**你們要勇於閱讀、勇於思考、勇於發言、勇於寫作**」，其實這是美國第二任總統約翰·約翰·亞當斯（John Adams）演講稿中的一句：「Let us dare to read, think, speak, and write!」。我倒覺得這四個動作，正巧是閱讀的完整流程。

如果一個人博覽群書，卻說不出來、寫不出來，總是可惜，因為無法精確表達自己。不能表達思想的，哪能叫自由人？所以，讀完小說，還能創作小說，那就太完美了。不見得是為了成為小說作家，但可以在寫作中，再次整理邏輯。

在閱讀後，請孩子陳列情節模式來學習寫作

一篇精采故事，通常模式為：開始 → 過程 → 轉折 → 結局（或開放式結局）。平時閱讀任何文本，可鼓勵小讀者列出作者的情節模式，並思考背後的用意；藉此學習如何設計吸引人的鋪陳。

以王早早繪本《安的種子》（2010 出版）為例，老師父交給「本、靜、安」三個小和尚珍貴的千年蓮花種子，讓他們各自栽植。「本」急著在雪天裡便種下，等了幾天不萌芽，便生氣得刨開土壤，不管了。「靜」則寶貝萬分的以金盆種在溫室裡，用名貴藥水與花土養護，萌芽後還用金罩子保護，但因缺乏光照與新鮮空氣，也枯死了。期間只有「安」將種子放著不管，一如往常做該做的事，等到春天，才將種子種於池塘邊；於是盛夏時，只有「安」成功的讓種子開出美麗的花。在帶領孩子閱讀完後，再依著作者的情節模式，請孩子陳列在紙上（見「繪本《安的種子》的內容架構」），並思考背後的用意，以藉此學習故事情節的寫作及發展。也就是多從別人作品的脈絡中，學習如何完整表達核心主題。

繪本《安的種子》的內容架構

項目	分段大意	猜作者用意
開始	本、靜、安得到老師父給的蓮花種子，要他們各自種植。	1、三人姓名有其含意 2、蓮花是花中君子，象徵理想的人格
過程	1、本的方式：衝動 → 種於錯誤時節 → 憤怒停止 2、靜的方式：強加介入 → 違反天性 → 枯死 3、安的方式：平常心 → 最適當時機才種在適合的環境中	從行為中知道三人性格 本：原始衝動 靜：揠苗助長、方法錯誤 安：珍視生命天性
轉折	本與靜皆失敗後，安才種下	萬物生長有其時
結局	只有安成功的讓蓮花盛開	順其本性才是萬物生長之道

從短篇小說下手的六種創作練習法

至於平時的創作練習，可從簡單的小短篇入手。有幾種方法供參考：

方法1：從有趣的短片開始練習。因為影片中已有角色、情節、背景等小說三要素，只須將影像改為文字即可。可提醒看完影片後先列出三要素各是什麼，再來寫。

方法2：改編某首具有情節的詩。比如「松下問童子，言師採藥去。只在此山中，雲深不知處。」可請小讀者改為短篇小說，而且還可試著規定：驚悚版、搞笑版或是浪漫版等。

方法3：模仿法國雷蒙‧格諾的《風格練習》。他將一則平凡

無奇的情節，以 99 種寫法來表述，比如筆記、隱喻、倒敘、否定等，極具創意。可以找一則新聞事件，或社會課本一樁史實，練習以三種不同風格來寫。

方法 4：找幅世界名畫，寫成小說。比如達文西的「蒙娜麗莎的微笑」、孟克的「吶喊」，這些畫面本身已具有戲劇性，可先一起討論它有什麼可能，大家集思廣益，寫成小說。

方法 5：選一則經典故事，再依小說技巧來改寫。方法有下列數種：

1、改變敘事觀點。比如原來是全知觀點，規定改為第一人稱觀點。

2、互文：選一則小讀者熟知的故事，比如《人魚公主》，寫依此模式的短篇小說。模式為：愛上不該愛的人 → 求偏方解除障礙 → 如願近水樓台 → 遇到轉折 → 結局。

3、角色原型：以某個大家熟知的角色，比如《國王的新衣》中的說真話小孩，為他寫篇小說，描述說真話的遭遇與心情。

4、逆寫邊緣角色：取某本經典，但以配角、尤其是與主角相反的角色，以他的視角重新寫這個故事，加入心理感受。比如從佛地魔的眼光，簡寫《哈利波特》。

5、續寫：以經典故事的結局，當作小說的開頭繼續寫。

6、創造支線：取經典某個角色或情節片段，分支出去，延伸寫。此手法其實也常被現代小說作者使用。比如《波西傑克森》系列，便是以海神之子來延伸成現代冒險小說。

方法 6：嘗試原創寫作。如果要原創，可先參考後面第 2 課及第 3 課的小說內容及形式分析，知道小說到底長何模樣，再來寫，

比較不會落得只是寫故事，而非小說。

　　這也就是提醒小讀者，小說要有主題與角色、情節、背景。角色要有個性，所以可以寫出他想什麼、做什麼，與他人有何互動，來呈現他的個性；個性特質必需經常出現、重複，以加強讀者印象。而情節要有：開始 → 過程 → 轉折 → 結局（或開放式結局）。

創作少年小說的五個前置準備動作

　　至於我自己在創作少年小說時，一開始的前置準備通常是：設定目標／主題 → 選擇闡述的態度／觀點（Tone）→ 不只是交待情節 → 心中有少年讀者 → 希望獲得的效果，來抓住少年小說的創作方向。以下便以《我是白痴》為例來分析：

步驟	書名：《我是白痴》
Step 1： 設定目標／主題	關懷、尊重
Step 2： 選擇闡述的態度／觀點 （Tone）	1、不以灑狗血的悲悽氣氛（Poverty porn）來呈現。平靜的以主角第一人稱來寫。 2、以「不可靠的敘述者」，讓主角自認為快樂，以加強諷刺與對比。
Step 3： 不只是交待情節	1、注意情節可能引發的感受。 2、安排不同老師與同學都想幫主角，但其實有些幫助是多餘且負面效果。藉以加深讀者反思。 3、多用象徵物。

步驟	書名：《我是白痴》
Step 4： 心中有少年讀者	1、不刻意指導「要關懷、同情、理解」，以較輕鬆諧趣方式，先讓讀者無壓力，但願意留在腦中繼續思考。 2、以能引發少年共鳴的校園、家庭生活為主。
Step 5： 希望獲得的效果	1、以短篇呈現，符合第一人稱主角的表達能力。 2、家人、好友、同學，師長、社會人士對智能不足者的態度，在各篇中逐一出現，一篇陳述一種態度，好讓讀者能留在此關鍵點清楚反思。

註釋

1　每年九月的最後一週是美國的禁書週（Banned Book Week），美國圖書館協會（American Library Association，簡稱「ALA」）會公佈一項統計數字：當年度在學校、圖書館，最常受到檢舉、申訴的書，提出申訴者（通常是保守團體）希望將他們認為對少兒讀者不利的書下架。比如 2017 年被申訴最多的前三名是《漢娜的遺言》（Thirteen Reasons Why, 2007）、《一個印第安少年的超真實日記》（The Absolutely True Diary of a Part-Time Indian, 2007）與《追風箏的孩子》（The Kite Runner, 2003）。從禁書名單看，都跟性、種族歧視、自殺等議題有關，顯示不論在何等文明的時代，有些大人仍然會以保護兒童為名，禁止少年讀者接觸他們主觀認為有害的讀物。而 ALA 公佈此書單的目的，為的是提醒言論自由，所以反而邀大家來讀這些書。青少年當然也會起身捍衛自己的自主閱讀權，比如 2011 年起，在推特（Twitter）上便流行 Tag「#YAsaves」，表示某些大人眼中有問題的書，其實反而為自己帶來省思，拯救了自己。

2 丹尼丁研究（The Dunedin Study）：是紐西蘭的「丹尼丁跨領域健康發展研究」（Dunedin Multidisciplinary Health and Development Study）發現自我控制對一個人健康、財富和犯罪機率有直接的關係，這個研究是追蹤 1972～1973 年在丹尼丁郡出生的 1037 名嬰兒到他們 32 歲。研究者從孩子 3 歲起，就攻擊性、過動、毅力、持續性、注意力和衝動性做評分，然後每隔 2 年重新評估一次；當孩子進入青春期後，更加入驗血、面談，評估他們對敵意、暴力、挫折的忍受度。結果發現從小有自我控制的孩子，在健康、財富和事業各方面都比較好，而且愈早訓練效果愈好。

3 含指讀者的說法是來自德國著名文藝理論家（也是康士坦茨學派的奠基人）伊瑟（Wolfgang Iser）的同名大著《含指讀者》（ *The Implied Reader* ，德文為 *Der Implizite Leser* , 1972）。指在十九至二十世紀的小說中，作者已明顯抽身而出，讓文本中隱含的讀者（the implied reader）與真實的讀者（the actual reader）在閱讀過程中對文本產生的回應。

4 閱讀素養（Reading Literacy），指的是有知識與技能，還能付諸行動（態度與價值），加以應用。臺灣 2019 年上路的新課綱，國語文領域便十分強調閱讀素養、提升自學能力，不但要「學」國語文，還要會用；其實，自古以來學以致用本就是教育重點。

5 閱讀小說，會強化大腦左顳葉皮質（the left temporal cortex）的神經連結，此區為語言接收區。就算讀者放下書，大腦的連結、變化持續存在，並無消失，此現象稱為「存影活動」（shadow activity）。同時間，大腦的主要感覺運動區：中央溝（the central sulcus），也會加強神經連結，幫助腦部把情節具像化，讓讀者對書中人感同身受、身歷其境。

6 《閱讀的力量》在「提升閱讀興趣的方法」上，提出幾個簡單的事實：（1）製造親近書的機會。（2）家中接觸書的機會愈多，閱讀也愈多。（3）教室中的書庫愈好，閱讀也愈多。（4）學校中的圖書館愈好，閱讀也愈多。

少年小說趣聞，你知道嗎？

❊ 有本小說與一樁世界聞名的謀殺案相關？

謀殺知名樂團披頭四的主唱約翰藍儂的兇手，行兇前與後讀的小說是《麥田捕手》（*The Catcher in the Rye*, 1951）。兇手還在法庭上說：「我的辯護詞可以在這本小說中找到。」不過日後兇手接受訪問時表示，對《麥田捕手》作者沙林傑很抱歉，罪行與書無關，是自己爬進書中，自我假想，他甚至還想寫信向沙林傑致歉。

❊ 小說史上最早的長篇寫實小說是哪部？

由日本女作家紫式部創作於十一世紀初所寫的《源氏物語》（げんじものがたり），是目前被稱為世界上最早的長篇寫實小說。

❊ 全球最多文學創作被改編成影視作品的作者是誰？

美國恐怖小說大師史蒂芬‧金（Stephen Edwin King）被金氏世界紀錄正式登錄為「全球最多文學創作被改編成影視作品的作者」。第一部被改編的是《魔女嘉莉》，他自己最愛的則是《站在我這邊》，觀看電影首映時還落淚呢。而我個人以為金庸作品被改編為影視版也不少，不知是否有人做過統計？

不過，並非所有作家都樂見小說被改編為電影。比如《說不完的故事》作者麥克‧安迪還曾提告，要求電影改名，因為他認為電影已不符原著精神。

❊ 關於紐伯瑞得獎者的趣味小統計？

1 1968 年，柯尼斯柏格（E. L. Komigsburg）同時囊括金牌與銀牌，是截至 2018 年止，唯一有此殊榮者。金牌獎是《天使雕像》（*From the Mixed-Up Files of Mrs. Basil E. Frankweiler*）；銀牌獎是《小巫婆求仙記》（*Jennifer, Hecate, Macbeth, William Mokinley, and Me, Ellzabetn*）。1997 年，她又再度以《*The View from Saturday*》奪下紐伯瑞金牌獎。由美國圖文作家布萊恩・賽茲尼克所著的《奇光下的祕密》一書，便是受到《天使雕像》啟發而得的靈感。

2 除了柯尼斯柏格之外，2018 年為止還有四位作家得到紐伯瑞金牌獎兩次，包含露意絲・勞瑞 1990 年《數星星》與 1994 年《記憶傳承人》。以及凱薩琳・帕特森（Katherin Paterson，《通往泰瑞比西亞的橋》作者，得獎年度為 1978、1981）、Elizabeth George Speare（1959、1962）、Joseph Krumgold（1954、1960）。

3 2018 年為止，只有一對父子前後獲得紐伯瑞獎，1987 年的 Sid Fleischman 與 1989 年他的兒子 Paul Fleischman。

4 2018 年止，亞裔得獎者有《碎瓷片》（*A single shard*）作者韓裔的琳達・蘇・帕克（Linda Sue Park），以及《閃亮閃亮》（*Kira-Kira*）作者日裔的辛西亞（Cynthia Kadohata），《月夜仙蹤》作者臺裔的林珮思 (Grace Lin)，《龍門》(Dragon's Gate) 作者華裔的葉祥添（Laurence Yep），《再見木瓜樹》(Inside Out & Back Again) 作者越南裔的賴曇荷（Thanhha Lai），《嘿！有人在聽嗎？》(HELLO, UNIVERSE) 菲律賓裔的恩特拉達・凱莉 (Erin Entrada Kelly)。

❋ 哪本小說的情節模式被大量互文套用，並形成一種類型？

答案便是《魯濱遜漂流記》，自 1719 年出版後，無數的後作皆採取「孤單流落荒島」模式，形成「魯賓遜體」（Robinsonade）。較著名的有：瑞士的江恩・威斯（Johann David Wyss）的《海角一樂園》（*The Swiss Family Robinson*, 1812）、美國的庫伯（James Fenimore Cooper）的《火山口》（*The crater*, 1847）、法國的儒勒（Jules Gabriel Verne）的《神秘島》（*L'Île mystérieuse*, 1874）、英國的 H・G・威爾斯（H. G. Wells）的《攔截人魔島》（*The Island of Doctor Moreau*, 1896）、英國的威廉・高丁（William Gerald Golding）的《蒼蠅王》（*Lord of the Flies*, 1954）、美國的司卡特・歐德爾（Scott O'Dell）的《藍色海豚島》（*Island of the Blue Dolphins*, 1960）、美國的西奧多・泰勒（Theodore Taylor）的《珊瑚島》（*The Cay*, 1969）、英國的麥克・莫波格（Michael Morpurgo）的《島王》（*Kensuke's Kingdom*, 1999）、加拿大的楊・馬泰爾（Yann Martel）的《少年 Pi 的奇幻漂流》（*Life of Pi*, 2001）、美國的安迪・威爾（Andy Weir）的《火星任務》（*The Martian*, 2011）改編電影為《絕地救援》。

第 2 課

快速進入少年小說
樂趣的基礎篇
——從內容著手

認知發展學家主張：

閱讀素養或能力是要培養的；

並不是讀很多書，知道很多故事情節，就是高明的讀者；

而是能讀到「美與憐憫」，

讀到「冰山底下潛藏的真意」的「專家級讀者」。

閱讀素養養成的重要性

「一天早晨，葛里高從不安的惡夢中醒來，發現自己變成了一隻巨大的甲蟲，肚皮朝上的躺在床上。」這是捷克作家卡夫卡《變形記》開頭的敘述。

「如果你讀了卡夫卡的《變形記》後，並不認為它只是昆蟲學上的奇想，那麼我要向你祝賀，你已加入了優秀而偉大的讀者行列。」這段話，則是俄裔美籍文學大師納博科夫（Vladimir Vladimirovich Nabokov）在《文學講稿》中說的。

所以，我們讀《變形記》，不該將它僅僅視為一本「人變成昆蟲」的奇幻小說，雖然很明顯它真的很奇幻。那麼，該讀到什麼？

納博科夫說：「美加上憐憫——這是我們可以得到的最接近藝術本身的定義。何處有美，何處就有憐憫。」

納博科夫的意思是，卡夫卡藉著「人變成蟲」此種小說形式，來呈現真正內涵：「人形不等於人性；卑微人生往往彰顯出殘酷人性」。如果能讀到此點，才是優秀而偉大的讀者，從此懂得真正的藝術：既領略到美，又領悟到憐憫。讀卡夫卡小說，在奇想情節中，必需「既得其情，哀矜勿喜」。

這便是帶讀少年小說最難做到，不過，卻也最重要的。

閱讀的四個層次

這也便是認知發展學家主張：閱讀素養或能力是要培養的；並不是讀很多書，知道很多故事情節，就是高明的讀者。《神曲》作

者但丁在1316年寫給友人的信中，自謂《神曲》是寓言，可以有四重詮釋的層次：字義、寓義、道義、奧義。《如何閱讀一本書》也將閱讀分為四個層次：**基礎閱讀、檢視閱讀、分析閱讀、主題閱讀**；皆明白揭示閱讀不只是知道情節，還需要逐步提升眼界，成為「專家級讀者」。

「專家級讀者」才能讀到「美與憐憫」，讀到「冰山底下潛藏的真意」──這是美國作家海明威在他的冰山理論說的[7]：作家只寫了露在冰山之上的那八分之一，但只要寫得夠好，所省略的八分之七（通常才是小說的真正涵義），讀者亦可覺知。

文學類型中，小說是比較複雜的，通常需要先由有經驗者帶領引導，少年讀者較知道如何尋覓並解讀冰山下、作者未明寫但卻是要表達的意旨。

舉例而言，許多冒險類少年小說，主角往往須先通過一道特殊關卡，才能抵達一個充滿各種考驗的奇幻世界，然後展開旅程。就像《愛麗絲漫遊奇境》是掉進兔子洞，《綠野仙蹤》是被龍捲風帶走，《哈利波特》的九又四分之三月台。為什麼呢？因為這道關卡，是成長儀式的外形象徵，通過此門，展開成長啟蒙之旅；如果限縮在現實世界，便無法完成各項具有內在意義的挑戰。真實世界裡，我們不會遇到「想要有個腦袋的稻草人」。

當少年讀者一旦破譯解碼：「喔～原來《綠野仙蹤》中的稻草人，是象徵我們該追求自主思考。」這樣的專家級讀者，必會帶來成就感，得到閱讀的真正喜悅，彷彿與作者交心溝通。有些心理學家主張，這種成就感，與吃巧克力一樣，都會產生腦內啡（即endorphin，又譯安多酚），生出幸福感。所以，起初跟著有經驗的帶領人，讀通讀懂，之後便能自主閱讀，讀出門道，愈讀愈聰敏，

完全補捉到作者未明言的八分之七。

如果套用更專業的文學術語，專家級讀者就是不但讀到「修辭陳述」（rhetorical presentation，指文本中明確的意義），還能自己推論出「辯證陳述」（dialectical presentation，指加入自己推論出的意義）。舉例而言，愛因斯坦說：「我不知道第三次世界大戰的武器是什麼，但我確定第四次大戰的武器是棍子與石塊。」這句話就是「修辭陳述」，我們讀到愛因斯坦說他確定第四次大戰會回歸原始野蠻（冰山上被讀到的）。至於「辯證陳述」，就是這句話隱藏的真正涵義（冰山下）。你知道愛因斯坦說此話當然是諷刺或警告，但他是什麼意思？讀者必需自行解讀。

從入門者到專家級讀者，體驗閱讀的幸福

少年小說該讀到什麼，以便成為「專家級讀者」呢？我認為可從兩點來談：

第一、閱讀時，找重點 → 辨認出內容（小說材料）與形式（小說使用的技巧）。

第二、閱讀後，找意義 → 小說閱讀之後的思考，此部分將在「第4章　如何引導孩子討論少年小說」來談。

內容與形式指的是什麼？簡單來說：

內容指的是小說材料，包括主題及小說三要素——角色、情節、背景。

形式指的是小說技巧，包括結構、敘事觀點、修辭、原型、典故、互文與象徵、伏筆等等。我們簡單分類如下表：

小説的內容與形式分類

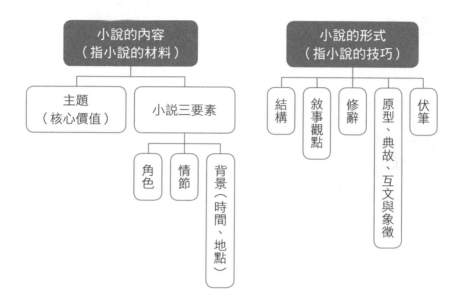

捷克著名作家米蘭‧昆德拉在《小說的藝術》三部曲中提到：「好小說，必需先從『主題與結構』開始。」主題（核心價值）是一本小說的靈魂，應該沒有作家會故意寫毫無意義的書（除非有特殊用意）。而當主題確定，決定如何演出這個主題時，結構便是首要考慮元素，因為不同結構會呈現不同效果，比如：回憶式的倒敘結構，可能有往事如煙的噓唏感傷；雙線並行結構，則能對照呼應。

因此，**雖然我將內容與形式拆開來談，但此二者其實應該融為一體，以營造小說想表達的主題價值。**要注意的是，優秀作家會選擇以最適當的形式來演出內容，所以，分析形式時，也要時時扣回內容（尤其是主題）來思考。

從主題、角色、情節、背景剖析小說內容結構

內容包含「主題」與「小說三要素：角色、情節、背景」。

找出主題

　　小說主題其實是最難確認的。尤其有些小說主題尚可分為「表面的主題」及「潛藏的核心價值（也可說是象徵意義）」。例如托爾金著作《魔戒》，表面的主題：排除萬難，將魔戒丟入火山，解除危機。但若深入探討其實潛藏的核心價值：在旅程中體會悲憫、同心齊力、正義。

　　另外，由日本百萬國民作家喜多川泰所寫的輕薄短小作品《從謊言開始的旅程：熊本少年一個人的東京修業旅行》，表面的主題：是非抉擇。為了圓謊，至東京拍照，回程之旅遇到一些始料未及事件，在過程中做出正確選擇，得到成長。而其潛藏的核心價值：自我定位，生命該追求的不是那些用來炫耀的短暫虛榮光芒。而阿思緹·林格倫（Astrid Lindgren）的《獅心兄弟》，則表面的主題雖是勇敢冒險，兄弟一起勇敢戰勝邪惡。但潛藏的核心價值卻是在討論昇華、永恆的價值——死亡本身並不可怕，無法與自己最親愛的人一起共患難才可怕；死也不代表消失，而是在另一種國度裡重生、繼續奮戰。

　　不過，建議先討論小說三要素＋小說技巧，對全書有整體理解後，才歸納出主題。

少年讀者剛開始不易歸納出主題，帶讀人可以設計幾個選項，讓他們練習從中挑選。如何確定主題？可先擬出大意，根據情節中的重要轉折點或關鍵，來聚焦出主題（見下表「尋找小說主題學習單」）。以《綠野仙蹤》為例：小說大意是指角色追尋自己欠缺的東西，像桃樂絲要回家、稻草人要大腦、錫樵夫要心、膽小獅要勇氣。關鍵過程中彼此互助，到奧茲國時，發現魔法師是騙局。結果最後其實都是靠自己。由此引導孩子找出主題為「追尋、勇敢互助、自我認同」。

尋找小說主題學習單

書名：綠野仙蹤		
作者：李曼・法蘭克・鮑姆		
大意	關鍵	主題
角色追尋自己欠缺的東西：桃樂絲要回家、稻草人要大腦、錫樵夫要心、膽小獅要勇氣。	過程中彼此互助，到奧茲國時，發現魔法師是騙局。結果最後其實都是靠自己。	追尋、勇敢互助、自我認同

之前在第1課裡有提到，少年小說常見的四大主題：自我實現、人際關係、社會議題、想像未來。優良的少年小說，必定是因為作者有話要說，闡述某個重要的核心價值而寫。

以近幾年的幾本優秀少年小說為例（見「10本主題多元的優秀少年小說推薦」），每本書的主題皆十分明確，很適合讓初學者入門，並用來分析主題。

10 本主題多元的優秀少年小說推薦

書名	作者	主題
《追鷹的孩子》（*Sky Hawk*, 2011）	吉兒・露薏絲	關懷弱勢、自然環境
《一個女孩》	陳丹燕	戰爭、逆境下的成長
《媽媽向前跑》（*Mon petit coeur imbecile*, 2009）	賽維爾-勞倫・佩提	自我實現、戰勝逆境、永不放棄
《喬治安娜街 33 號》（*The Ant Colony*, 2009）	珍妮・瓦倫堤	走過傷痛、自我定位、愛與善良
《我兒佳比》（*Son*, 2012）	露薏絲・勞瑞	反烏托邦、人性 vs. 體制
《誰偷了維梅爾》（*Chasing Vermeer*, 2004）	布露・巴利葉特	推理邏輯、藝術美學
《院子裡的怪蛋》（*The Enormous Egg*, 1956）	奧利佛・巴特渥斯	邏輯判斷、科學知識、勇氣
《獵書遊戲》（*Book Scavenger*, 2015）	珍妮佛・夏伯里斯・貝特曼	邏輯推理、同儕互助、勇氣
《口琴使者》（*Echo*, 2015）	潘・慕諾茲・里安	人性光輝、希望、仁慈寬容
《書店的黛安娜》（本屋さんのダイアナ ,2014）	柚木麻子	同儕情誼、兩性關係、成長困境

小說三要素：角色、情節、背景

請注意，這個部分，建議大人避免像在做課文分析般，花太多精神與時間做細節瑣碎的拆解分析，以免少年讀者反感，失去閱讀興致，簡要掌握即可。

一、**角色**：小說中出場的重要角色，彼此激盪出動人情節。

優秀的小說，會讓「扁平人物」(flat character) 與「圓形人物」(round character) 交互出場、彼此互動 [8]。

以「扁平人物」來說，乃指單一個性，好辨認也好記，通常多為配角，用以襯托主角；但也不一定，有些小說為了聚焦主題，人物皆十分類型化，好讓讀者迅速進入小說情境。比如《紅樓夢》中的劉姥姥，讀者藉由她鮮明的個性：純樸率直，得以襯出大觀園的華麗貴氣、大宅院內的庭院深深、糾葛複雜。

而「圓形人物」比較立體，重要角色必需多面多樣，才能製造豐富動人的情節。比如《水滸傳》中的林沖，在八十萬禁軍前是陽剛威武的槍棒教頭，在摯愛妻子前，是深情丈夫，因此才能撞擊出複雜人性的可歌可泣情節。

好的小說，不會出現太多典型人物，讀來無新意。比如總有人一寫到原住民，就是愛喝酒，富二代就是欺負窮人的惡霸。如果小說重點不在誰是主角，而是主角做了什麼，那麼主角若是典型人物也無妨，比如福爾摩斯、亞森羅蘋以及現代偵探類小說，主角顯然都是典型人物，但無礙讀者喜愛其情節。

典型人物有其「共名」優點，也就是一寫到此類型，讀者立刻知道代表何種個性，比如「唐吉軻德」是追夢不悔的典型。但如果全書中出現的人，都是制式規格，讀者必覺得索然無味，且也表示作者速成、現成，失去創意。

二、**情節**：小說情節雖說就是告訴讀者發生什麼事，但絕不僅只於依照順序報告。**好的小說情節，必是作者有意義的安排，縝密滲入作者思想，以便讀者也跟著這些秩序，走到作家設定的目標。**所以，同樣一件事，誇張地寫，或直白素樸地寫，都會造成不同的效果。

而且情節有因果關係，作者邏輯理性安排。但也必定有神秘的、美學的、感性的，甚至違背常理的，且往往此部分才是小說迷人之處。情節通常有頭有尾，但現今也流行開放式結局，故意不揭曉結果，讓讀者餘味繞樑。

英國作家克里斯多福·布克（Christopher Booker）曾寫過一本書《七種基本情節》，整理出世界上的所有故事，不出七種情節（通常還會重疊）：

1、打敗惡魔（Overcoming the Monster）：主角戰勝邪惡，如《哈利波特》。

2、白手起家（Rags to Riches）：一無所有（或失去一切）最終獲得財富或權勢等，如《基度山恩仇記》。

3、完成任務（The Quest）：主角（或加上同伴）力抗難關，完成任務，如《魔戒》。

4、旅程與返回（Voyage and Return）：抵達陌生之處，獲得經驗與成長之後再回歸，如《格列佛遊記》。

5、喜劇（Comedy）：輕鬆幽默的事件，或原本混亂局面終被釐清，幸福結局，如《閱讀小天后》。

6、悲劇（Tragedy）：主角因性格上致命缺陷或嚴重失誤，導致不幸結局，如莎士比亞最受歡迎的劇作之一《羅密歐與茱麗葉》。

7、重生（Rebirth）：因某種關鍵契機，使主角有所改變，成為更好的人，或得到新生，如《美女與野獸》、《祕密花園》。

三、**背景**：指小說場景。包含時間與空間的設定；空間則有人為（社會）的，也有自然的環境。背景設定通常是為了烘托氣氛，所以小說中的背景，多半具有象徵意義。

帶讀「六何法」，快速剖析小說內容

　　帶讀時，可用簡單的六何法（即 6W：包括「誰（Who）」、「什麼（What）」、「何時（When）」、「何地（Where）」、「為什麼／為何（Why）」、「如何（How）」）設計學習單，以表列出小說的主題、角色、情節與背景，以幫助少年讀者全盤理解全書梗概。以下表格即以《西遊記》為例做帶讀學習單。當然，如果小說內容較簡單，也可簡化為：「主題、角色、情節與背景」即可。

小說六何法的學習單應用

小說結構	對應的六何法	書名：西遊記
主題 （核心價值）	Why 為何： 事件的關鍵原因	表面的主題：同心協力、戰勝考驗。
		潛藏的核心價值：人性中總有缺憾，正如每個角色皆有弱點。或許我們每個人心中都有一點點八戒的懶貪，唐三藏的懦弱，悟空的衝動好強；取經過程就是象徵人生的修煉，關關難過關關過，堅持就能成功。
角色	Who 何人： 主要角色	唐三藏、孫悟空、豬八戒、沙悟淨、白龍馬
情節	What 什麼 （情節1）： 重要關鍵物與事件	情節簡介：師徒四人往西天取經，歷經八十一難，終於完成任務。
		重要關鍵物：人蔘果、如意金箍棒、九齒釘、月牙鏟、緊箍咒、芭蕉扇等。
		重要事件： 大鬧天宮 → 唐三藏收得三徒 → 三打白骨精 → 大戰紅孩兒 → 三借芭蕉扇 → 盤絲洞蜘蛛精 → 取經成功
	How 如何 （情節2）： 衝突與解決或結尾	八十一難，靠著師徒四人各自的專長逐一化解，最後主角們也都修得正果。

小說結構	對應的六何法	書名：西遊記
背景	When 何時 （即時間背景）： 發生時間	中國古代，主要根據唐代僧侶玄奘取經的情節。
	Where 何處 （即空間背景）： 主要發生地點	天庭神界：大鬧天宮。 人間：從長安到天竺國，再回到長安城。

註釋

7　海明威的冰山理論，主要是針對作者的忠告，本意是：「冰山為什麼在海上看起來威嚴壯觀，是因為只露出八分之一，底下有八分之七厚實基墊。」意思是只露出／寫出必要的、簡潔的，但因為寫得夠精確，讀者也就明白那雖未明說，但背後的涵義。正如《老人與海》不需要寫上一千多頁，只薄薄一本書，讀者卻能讀到老人一生的壯闊胸懷、人生的無常，悲壯勵志卻也令人感傷。

8　「扁平人物」（flat character）與「圓形人物」（round character）此二種小說人物類型，是英國文學家佛斯特提出的分類。

少年小說趣聞，你知道嗎？

❀ 小説史上著名的始祖級作者有哪些？

1. 科幻小說之母：《科學怪人》作者英國瑪麗‧雪萊（1818 年出版）。

2. 科幻小說之父：兩人並列；一為硬科幻之父法國的儒勒‧凡爾納，比較注重科學。一為軟科幻之父英國的赫伯特‧喬治‧威爾斯，較注重人性的部分。

3. 偵探小說之父：英國亞瑟‧柯南‧道爾。日本推理小說之父為江戶川亂步。神秘（解謎）小說之父：美國埃德加‧愛倫‧坡。

4. 神秘小說之父：美國埃德加‧愛倫‧坡。

❀ 跟小説相關的趣味週邊產品？

1. 「Out of Print」這家公司，賣的全是文學週邊產品，比如有個馬克杯，杯身印滿書名，卻被黑線覆蓋，只看得到 The、of、with 等字，表示曾是禁書。當倒進熱水，黑線才會消失，露出書名。

2. 有些小型手作工作室以愛書人為對象，製造「書香香水」或「書香蠟燭」。比如「Frostbeard studio」這家公司的「愛書人蠟燭」，有針對特定小說設計產品；有一款與美國作家雷 布萊伯利（Ray Bradbury）撰寫的小說《華氏 451 度》（*Fahrenheit 451*）同名蠟燭，便在提醒世人要點蠟燭、而非燒書。

3. 為鼓勵閱讀，2015 年巴西出版商「L&PM」於 4 月 23 日世界閱讀日出版十本《車票書》（*Ticket Book*），皆為經典小說，免費提供給民眾。它是書也是車票，可搭乘十次地鐵。

❋有一本小說，作家2014年已寫好交稿，但100年後 (2114) 才會出版？

是真的。為加拿大女作家瑪格麗特‧愛特伍（Margaret Atwood）的書，她沒有給任何人看過這本《草寫月》（*Scribbler Moon*）。這是蘇格蘭概念藝術家派特森（Katie Paterson）發起的「未來圖書館」活動，瑪格麗特是首位獲邀的作家。稿件將被封存在挪威首都奧斯陸的圖書館，目的是：希望百年後仍有人類存在，並且持續在閱讀。為保百年後還有樹木可造紙，還在奧斯陸種下一千株雲杉幼樹。

❋ 關於小說書名的譯名相關趣事。

書名是一本書的第一印象，十分重要。書名翻譯更是一項學問，比如《愛麗絲漫遊奇境》（*Alice au pays des Merveilles*）顯然比《愛麗絲夢遊仙境》好，因後者不但破哏預告「這只是一場夢」，且原文與情節，都顯示並非「仙」境。至於原文《*The Giver, 1993*》，台灣中譯為《記憶傳承人》，比起原文，多做了解釋（傳承的是記憶）；改編電影在台灣上映，硬是多加了副標題「極樂謊言」，更是提早預告這一切都是謊言。

史蒂芬‧金小說改編的電影《刺激1995》紅極一時，原書名是《麗塔海華絲與蕭山克監獄的救贖》（*Rita Heyworth and Shawshank Redemption, 1982*），臺灣電影譯為《刺激1995》其實只是因為1995年在臺上映，離原書名甚遠。

讀小說，若有機會將原文書名與譯名做對照，也很有趣。

快速進入少年小說樂趣的進階篇——從形式著手

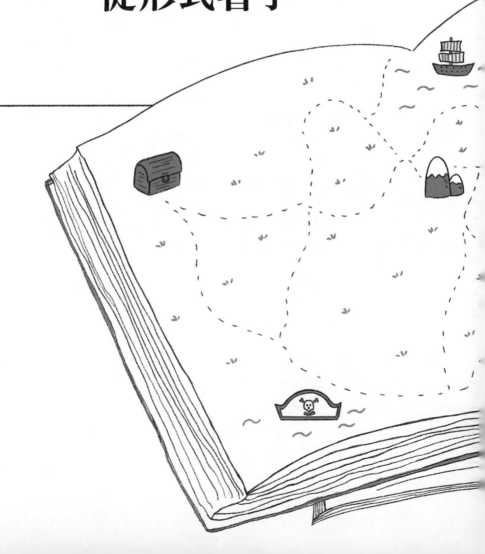

嚴謹的作者，
寫作時必是「形式跟著內容」。
而不同寫法，造成的效應必定不同。
作家選擇怎麼寫，應該有他的背後理由。

小說技巧 | **從「結構」解析**

俄裔美國作家納博科夫在他的《文學講稿》中提到：「我很反對將內容與形式區分對待。」意思是小說採用何種形式，必定是因為內容需要這樣表演。所以在分析形式（小說技巧）時，不妨隨時回頭想一下主題（核心價值）為何，思考作者為什麼用此形式表達？**嚴謹的作者，寫作時必是「形式跟著內容」。**

也就是說，如果有位作家，不管什麼主題、什麼材料，都使用一套技巧，某一種固定形式，那就不夠專業，恐怕淪為只是講故事，而非寫小說。

舉例而言，其實描寫關懷弱勢的小說有很多，為什麼有的採用全知觀點，以旁觀的、客觀的描述角色如何可憐、值得同情，有的卻以弱勢者第一人稱來寫，例如寫出來的可能是：我很痛苦，為什麼我這麼不幸？或是：我其實不需要同情、我自己過得很好。**不同寫法，造成的效應必定不同。作家選擇怎麼寫，應該有他的背後理由。**

因此，小說表演的形式多樣化，作者採取哪種方式，皆是為了彰顯主題。

而小說主要技巧分為以下五大項：

一、結構（Narrative structure）。

二、敘事觀點（Point of view）。

三、修辭（Rhetoric）。

四、原型（Archetypes）、典故（Allusion）、互文（Intertextuality）與象徵（Symbolic）。

五、伏筆（Foreshadowing）。

這一章將依這五項小說形式做簡單描述，方便少年小說帶領人及閱讀者能快速掌握分析的重點。

結構帶來小說閱讀的節奏感

第一個小說技巧就是「結構」（Narrative structure）。**結構會帶來節奏，不同結構安排造就小說整體節奏感受。**《尤里西斯》厚厚的十八章，卻只寫了一天中 18 小時發生的事，按照時間順序，表達人生的冗長、緩慢、複雜與命定的必然。由美國近代著名科幻小說家弗里蒂克・布朗曾寫過被稱為史上最短的科幻小說《最後一個人》，只用兩句話便戛然而止：「地球上最後一個人坐在房間裡，此時傳來敲門聲。」（原文：The last man on earth sat alone in a room. There was a knock on the door.）短小結構，卻反而能呈現對未來的猛力衝擊感。

王淑芬的小說《我是好人》，採用七章、七個人分別敘述的串珠結構，七象徵七原罪，因為乖孩子的乖，有時也像原罪，從此成為包袱。而串珠，是想表達所有人既活在同一時空，不可免的便互有影響，像有條無形線將大家串在一起，彼此牽動。最特別的是，其中有一章「小李」夾入「劇本」式，因為作者想傳達小李這個角色，完全沒有個性，只會聽命於人，像照著別人給他的劇本，老實的照著演。

要注意的是，現代小說不見得在一本書中只用一種結構。比如艾登・錢伯斯（Aidan Chambers）著的《在我墳上起舞》，夾雜著自白、日記摘要、訪談報告、作文甚至有漫畫、圖解，屬多重文類，

顯然是為了凸顯愛、死亡、同志議題的衝擊力道，不做單一結構，呈現其複雜性，也符合文中錯亂、反覆、不安定的少年心緒。

結構的分類方法很多，以「形式」來歸類，分為：單線、雙線或雙線以上、串珠／圓圈／迴圈、框架／戲中戲、以及其他，例如三明治、碎片式等。以下簡單敘述。

結構形式 1：單線

單線的結構通常是依時間順序來描述情節，從開始到結局，一條線講完。有些採倒敘，以回憶方式倒溯往事，但在主要情節部分仍是單線進行。

而呈現的方式則有：事件敘述、多部曲、日記體、書信體、報告體等。像是多數有關歷史、冒險、推理類的小說大多採用此結構，比如《福爾摩斯》、《亞森羅蘋》、《西遊記》等，因為要讓讀者清楚事件的來龍去脈。《葛瑞的囧日記》是日記體，《長腿叔叔》、《查令十字路 84 號》是書信體，《獻給阿爾吉儂的花束》則是報告體，皆依時間順序單線進行。

另外，《深夜小狗神祕習題》雖是單線且順時間敘述，但有趣的是篇章順序是以質數 2、3、5、7、11，直到 233 排列，而非傳統順序。因為書中的主角是高功能自閉的少年，對質數十分著迷，所以篇名也採質數順序排列。

結構形式 2：雙線或雙線以上

當小說結構採雙線或雙線以上（三線、多線）方式呈現時，指

的多為故事軸線採交錯或並排方式安排。

　　所謂「交錯」，指的是甲、乙兩條線，各自輪流講述。交錯的方式可以是：虛實、古今、此地與他方。最典型的比如《親愛的漢修先生》是書信與日記交替輪流出現。又如琳達・蘇・帕克著的《尋水之心》是採不同時間，但地理位置相同的兩位主角，雙線並行順敘。意味著貧困悲哀像兩股線纏繞，一直都同行著。日本文壇最受矚目的女作家柚木麻子所著的《書店裡的黛安娜》，是兩位女主角雙線交錯並行的小說。而羅柏・寇米耶的《我是乳酪》也是雙線交錯，一條是亞當騎著腳踏車，前往醫院；另一條是亞當與使用代號的質詢者，兩人的對話錄音帶。兩條線穿插交錯，充滿懸疑與緊張。

　　至於《奇光下的秘密》採文與圖各自雙線進行（男孩班的故事以文字陳述，女孩羅絲的故事則以圖像進行），是比較特殊的手法。《三國演義》則有魏、蜀、吳三個國家以三條線反覆交叉呈現。

　　「並排」指的是在頁面做特殊排版，讓兩條故事線分別放在一左一右，或一上一下。其實它也是一種雙線，但並排是相同時空、彼此平行。比如：王淑芬著的《地圖女孩・鯨魚男孩：十年後》讓全書左頁全部是男孩故事，右頁全部是女孩故事。同作者的另一本《羅蜜海鷗與小豬麗葉》，書頁分為上下兩排，上排是羅蜜海鷗的故事，下排是小豬麗葉的故事，兩條線平行進行；直到原本不相識的兩人見面那一刻，才變成全頁式（不分上下）排版。

結構形式 3：串珠／圓圈／迴圈

　　所謂的「串珠」式的結構呈現，以一條軸心，集合所有的短

篇，但是彼此仍有相關，可能是一條時間線，將各個短篇串在一起。較常見的比如：《口琴使者》是三段式小說，但以一把口琴串起三篇故事，且最後三篇也聚合在一起。又如瀨尾麻衣子著的《晴空下與你一起狂奔》採六個人、分別為接力賽的六棒來敘述，是很明顯的以接力棒順序串起來的小說。

另外，有些則是分散式的短篇集合，比如《小王子》以小王子的遊歷為軸線，串起一篇篇星球故事。《鏡花緣》、《西遊記》的本質也類同。也有些串珠式結構，與單線結構相近，只是串珠，有較明確的「線軸串起」概念。

「圓圈」式結構指頭與尾最後又連接在一起，便形成圓圈。比如《小教父》雖然頭尾的四句話一模一樣，但書開頭那四句是情節，書末四句是主角寫下來的，並非真正意義上的循環。另外，《晴空下與你一起狂奔》不但是串珠，且從開始的「0」（從第六棒開始）到第六區（即第六棒）又接在一起，亦為圓圈。

至於「迴圈」是指回到原點（原貌），或是回到一樣的模式，再次重複，形成迴圈。常見的比如電影《今天暫時停止》（*Groundhog Day*）般，不斷回到相同一日，重新開始。小說《還有機會說再見》便是讓女主角不斷回到即將死去的那一天。又如史鐵生著《命若琴弦》，故事結尾，老瞎子對小瞎子說自己記錯藥方，扣回到當年老瞎子的師父也是對老瞎子說自己記錯。一樣的情節模式，師父與徒弟命運相同，是一種悲哀的迴圈。

比較特別的是《說不完的故事》，中間加入一段「故事不斷回到原點的迴圈」。

結構形式 4：框架／戲中戲

　　框架小說或故事（Frame story），是指小說裡的故事中涵括了一個或一個以上的故事。這種框架小說的手法在西方文學中有很長的歷史，比如《一千零一夜》，王妃講了一個個故事。原有的王妃與國王情節，像是個引子，那些被講的故事才是重頭戲。又如文藝復興時期義大利薄伽丘的《十日談》也是十個人在別墅躲避瘟疫，約定每天各講一個故事，最後集合而成一百篇的小說集。再如林世仁著《不可思議先生故事集》，小說前後的登山者只是框架，被他講述的「不可思議先生」才是小說主要內容。通常框架內的主情節是用於傳達重要信念，或可能與原有框架有所呼應，但重要的還是被講的那些故事，而非框架。

　　「戲中戲」（Story within a story），則源自框架小說。在主要情節中，又加入幾個不同故事，但加入的故事，是為了強化、說明原有的主要情節。比如《怪物來敲門》中，怪物說了三個故事，都是為了讓主角體會人生中的困境[9]。

結構形式 5：其他

　　其他結構形式，例如三明治、碎片式等，尤其在「反小說」（法文稱為「anti-roman」，英文為「antinovel」）中常見。反小說指的是跳脫傳統書寫手法；此詞由法國哲學家、作家沙特（Jean-Paul Sartre）評論他人作品時所提出。不過每個時期皆有作家以實驗精神創作新形態小說，反小說其實也是一種「傳統」。在這裡整理 8 種特殊的結構形式（見下表），有助於更深入分析小說結構。

特殊結構形式介紹

結構名稱	舉例說明
三明治	如：《小殺手》（*Wringer*, 1996）是夾在兩篇報紙報導中的情節，中間敘述的部分，是報紙未能呈現的真相。 王淑芬著《小偷》（2014 出版），第一章與第十章都是相同的時空「星期一上午」；夾在中間的情節，才是事件真相。
碎片式	如：凱特・克利斯著《飲水噴泉的秘密》（*Regarding the Fountain*, 1998）全書以便條紙、報紙、信函、通知等集合而成。
撲克牌式	法國馬克・薩波塔（Marc Saporta）曾出版一本小說《作品第一號》（*Composition n°1*, 1962），故意不裝訂，採活頁式盒裝，讀者可以隨時重新排列組合，自行決定情節順序。不過此種特殊形式，別人再模仿便無趣了。
劇本式	沃爾特・狄恩・麥爾斯（Walter Dean Myers）的《禽獸》（*Monster*, 1999）。本書讓主角先以第一人稱開始敘説心中的不平，覺得被冤枉入獄，於是開始在心中回想，並以劇本形式進行，製造人生如戲的衝擊效果。
意識流	呈現角色的心中想法，含所有意識、無意識等，比如我們可以在腦中同時想著「等一下去市場、我好想睡、下雨了」等紛亂思緒，時間不連貫、跳躍的內心世界。最著名的例子是喬伊斯的《尤利西斯》。少年小説比較少刻意全書採用此寫法。 斯洛伐克作家雅娜・博德娜洛娃（Jana Bodnárová）1999 年出版的少年小説《艾伊卡的塔》（*Dievčatko z veže*）是少見以意識流概念書寫的作品，為利於少年讀者閱讀，全書雖呈現女孩的各種念頭，但圍繞著一個主軸開展，不至於紛亂。

結構名稱	舉例說明
跳接	如：阿根廷作家胡立歐·科達薩（Julio Cortázar）寫的《跳房子》（*Hopscotch*, 1963），全書 155 章，前 56 章可依序讀，也可照作者的「說明表」跳接著讀，或自己決定如何讀，因此有不同結局。至於後面 99 章，標題為「省略無妨」。
符號	2012 年，大陸藝術家徐冰出版一本小說《地書：從·到·》，內容是一個人一日的生活。從封面、目錄到內文，沒有任何文字，皆為符號，號稱是文盲也能讀懂的小說。這些符號取自他在數個國家旅行所收集而得，算是另類的小說。
互動小說（Interactive novel）	早在 1940 年代，阿根廷作家波赫士（Jorge Luis Borges）便有多分支、多結局小說，讀者依不同選擇，便得到不同結果。現代若不以紙本為限，電子書除了讓讀者有更多選擇（即同一本小說，選不同路徑便讀到不同情節），還可讓讀者也加入寫作的功能。

 小說技巧 **2** 從「敘事觀點」出發

敘事者，就是負責述說情節的人，敘事者對事件的觀察就是敘事觀點，或稱「**視角**」。敘事觀點（Point of view）就是他看到、想

到什麼。敘事觀點可以轉換，沒人規定一本書只能採用一種敘事觀點；也就是小說的視角，可分為：單一（只有一種觀點）、複合（兩種）、複雜（三種及以上）等。

不過，如果要照顧年輕讀者或初讀小說者，作家通常不會故意運用太複雜、不斷更換敘事觀點的手法，使讀者迷惑。少年小說通常會採用單一觀點（視角）、或複合（一種為主，加入部分第二種）來表述。

常見的敘事觀點有下列幾種：第一人稱、第二人稱、第三人稱及全知觀點。

「第一人稱」的敘事觀點

第一人稱即是以「我」的眼光與心思來說整件事。美國著名的經典小說《白鯨記》第一句便是：「叫我以實瑪利（Call me Ishmael）。」開場便知本書基本上是以第一人稱（以實瑪利）來述說。另外，《我是馬拉拉》、《追鷹的孩子》、《夏之庭》、《從謊言開始的旅程》全以主角的眼睛看待世界，也不時讓讀者知道他心裡在想什麼。

《藍色海豚島》也是以「我」來敘述，但亦出現「也許我應該說明我們島的情況，以便你瞭解它的地形」，書中的你指讀者。

日本著名的編劇家兼作者瀨尾麻衣子所著的《晴空下與你一起狂奔》，讓六個主角輪流以第一人稱來陳述，屬於「多重第一人稱」，雖有轉換，但因為篇章獨立（依照接力賽的每一棒來寫），讀來不致錯亂。也可視為另一種形式的全知觀點。

第一人稱有種特別用法，稱為「不可靠的敘事者」（Unreliable

narrator）[10]。書中的我，可能是天真小孩、智能較低者、精神恍惚甚至錯亂者、說謊者，於是他說的話、描述的情節當然就不可靠。但因為不可靠，反而帶來一種反差效果。

比如《少年小樹之歌》一開始五歲小樹與爺爺搭公車，見到一位婦女臉色慘白、嘴唇血紅，又發出奇特聲響，小樹以為她生病；但其實是鄙視他們的白人婦女，濃妝豔抹且大聲嘲笑。小樹雖為不可靠的敘事述者，但讀者反而對照出大人的醜態。美國電影《阿甘正傳》（Forrest Gump）是典型的不可靠的敘事者，觀眾也能因而看出反諷效果。

「第二人稱」的敘事觀點

所謂的「第二人稱」敘事觀點，即以「你」來敘說情節，「你」是讀者（真正的讀者，或指某個特別角色）。少年小說較少使用，李潼某些作品，如《明日的茄苳老師》是以第二人稱書寫。

又如電影《異星入境》（Arrival）的原著小說《你一生的預言》，全書說著「你正在……你……」，正是語言學家的我（女主角）在對未來出生的你（女兒）說話。

「第三人稱」的敘事觀點

「第三人稱」的敘事觀點即以某個人來當主角，以他之眼看發生之事與心裡想法，所以讀者看到的都是此人有在場的事件。比如《數星星》是以安瑪麗為主，說出發生的事與她心裡怎麼想。【哈利波特】系列以哈利波特為中心，不時可讀到他的內心想法；不

過，此系列時空相當龐大，某些部分亦屬全知觀點（即哈利波特不在場，所發生的事）。事實上，許多小說會以第三人稱加上部分全知觀點呈現。

「全知觀點」的敘事觀點

所謂的「全知觀點」，指讀者像是一個旁觀者，觀看書中的事件，所以可能會看到許多不同觀點與想法，比如同一事的相反兩個觀點。

全知觀點大致分為兩種：一種是不但說出書中人做了什麼，也讓他們說出心裡想法。另一種是只說書中人做的事，不說其心聲。

最著名的例子：韓國小說《閃亮亮的小銀》除了以鮭魚小銀為主角，也加入眾多角色的觀點與心思。沈石溪許多動物小說，比如《狼王夢》，或駱圓紗著《河濱戰記》，敘寫流浪狗悲歌，也是全知觀點。其他如經典科幻小說《時間的皺摺》亦是。

 小說技巧 3 從「修辭」賞析

修辭（Rhetoric）可分為「論述」（Discourse）與「語言風格」來探討。

「論述」是作者選用哪些方式來說情節，比如小說中通常有大

量的對話、描述環境。或是有些小說乾脆全部以日記──主角自說自話的方式來論述。

至於「語言風格」，指的是作者的用字遣詞營造出什麼氛圍，是熱鬧的、抒情的、囉嗦細節的、簡潔直白的、搞笑的，還是嘲諷的等。

所以在閱讀小說的修辭應用時，可注意三個重點：書中的角色「什麼人說什麼話」、優秀作者會在修辭下功夫呈現恰到好處的氛圍、文學語言既聰明又優雅。

書中的角色「什麼人說什麼話」

要想讓讀者貼近或認同小說人物，便該讓角色依身份使用語言，可能是俚俗淺白，或深奧玄祕。比如《戰爭遊戲》中，穩重的主角安德，總是言簡意賅不多廢話，壞脾氣的彭佐，動不動就語出威脅。

另一明顯的例子是《獻給阿爾吉儂的花束》，全書是一篇篇的報告。描述一個智能障礙者接受腦部手術，變為科學奇才。於是開頭的報告，不但錯別字一堆，文法錯誤，句子也簡短直白。但到後來的科學奇才，卻是長篇大論，且邏輯清楚、語句精確、常有哲理深思。直到書末又變回智能障礙者，文字當然又變回原樣。讀者在主角第一人稱的字裡行間，讀出了巨變之後的巨大悲哀。

優秀作者會在修辭下功夫，呈現恰到好處的氛圍

例如：尼爾蓋曼的《墓園裡的男孩》，略帶詭祕的墳場，一群

鬼撫養一個嬰兒。開頭的「黑暗中有一隻手，手上握著一把刀」，不拖泥帶水，立刻將讀者帶進血腥緊張的夜色恐懼中。

《梅崗城故事》故意以小女孩第一人稱書寫，所以小說中常見到女孩與爸爸天真單純的對話，用以對比出成人世界的複雜迂陋、甚至鄉愿不義。

又如派崔克‧奈斯（Patrick Ness）的《噪反》三部曲[11]，以大小不一的字體與零亂語句表達主角陶德聽到的噪音：「結束 班 希禮安 漂亮的小脖子 我呼吸時好痛 以神的命令 垃圾 我們什麼時候才能出去？陶德？病菌，一隻病菌，一種病菌 蘋果 我美麗的茉莉 這不公平……」呈現一個焦噪不安的世界。

文學語言既聰明又優雅

常被用來說明語言會帶出文學效果的，是魯迅在其散文詩「秋夜」中的句子：「在我的後園，可以看見牆外有兩株樹，一株是棗樹，還有一株也是棗樹。」不直說「後園有兩棵棗樹」，而以緩慢悠長、重疊反覆的語法，表現出一種希望沉靜下來的氣氛。

文學語言常不直說，代以更有象徵意義的高明方法。電影《絕世英豪》（The Count of Mount Cristo，根據《基度山恩仇記》改編），主角被關在牢中與神父的一段對話如下：主角說（已關 7 年）：「我的牢房有 7 萬 2 千塊石頭。」神父答（被關 11 年）：「但你有幫它們取名字嗎？」不直說，但對話中，便將主角的苦悶忿恨與神父的無奈、長還要更漫長，表達無遺。

說到語言，有本著名的「玩語言」奇書不能不談：法國雷蒙‧格諾（Raymond Queneau）的《風格練習》（Exercices de style, 1947）：

全書以 99 種不同語言（因而產生不同風格）來寫一段相同情節，包含：筆記、隱喻、倒敘、驚呼、夢境、預告、亂序等，十分有趣。之後仿效者眾，比如日本神田桂一與菊池良合著的《大仿寫！文豪的 100 種速食炒麵寫作法》，運用一百種著名文豪的風格去寫「泡速食炒麵的步驟」，妙趣十足，算是練習運用語言的創意練習。

 小說技巧 4

原型、典故、互文與象徵

如果能辨識小說中的「原型、典故、互文與象徵」，不但增進對情節與背後涵義的了解，也增添閱讀的額外樂趣，彷彿認出作者的暗號，或破解作者設下的機關。

小說中的原型

原型（Archetypes）是指在作品中反覆出現的典型現象，比如主題、意象、敘事方式等。最早是用來解釋神話、宗教中的共同現象（比如許多宗教都有大洪水傳說）。之後心理學家卡爾‧古斯塔夫‧榮格（Carl Gustav Jung）用以解釋「人類的集體潛意識」。美國學者卡蘿‧皮爾森（Carol S. Pearson）的《內在英雄》提出人類的六種原型性格，不但常用於諮商輔導，例如：尋求自己內在心靈的提

升、深化之旅等，在文學創作上也可做為參考。

因此不妨將原型當成一個基本單位，像細胞核分裂，而後發展成核心相同、樣貌卻不同的有機體。卡蘿的六種生活原型分別是：天真者、孤兒、流浪者、戰士、殉道者與魔法師，對應不同的心境及性格（見下表「卡蘿·皮爾森的六種生活原型」）。

卡蘿·皮爾森的六種原型性格

原型	心境
天真者（Innocent）	單純與信任
孤兒（Orphan）	從天真受挫後，黑暗中希望得到安全感
流浪者（The Wanderer）	矛盾、尋覓
戰士（The Warrior）	奮鬥、爭取勝利
殉道者（The Martyr）	為下階段更高目標，有所犧牲
魔法師（The Magician）	改變、超越

小說創作者常有意無意間，循著「原型角色」與「原型模式」來書寫。如果仔細尋找，必會發現某些角色或情節模式，不斷被反覆套用，算是一種「母本」。

原型角色：對《聖經》熟悉的人，必定讀過許多小說中的角色，取自耶穌這個原型。比如《納尼亞傳奇：獅子·女巫·魔衣櫥》裡的獅子亞斯藍，捨身救艾德蒙，最後又復活，當然是以耶穌為參考的原型而塑造。而相對的，艾德蒙背叛親友、投效女巫，就是聖經

中的猶大。至於英雄原型就更多了，比如在希臘神話中的阿基里斯等等。

　　孤兒原型也不少，從《孤雛淚》以降，到《鉛十字架的祕密》皆是。其他如「吸血鬼、科學怪人」等，皆為小說中屢見不鮮的原型角色。

　　原型模式：再以《聖經》為例，該隱與亞伯兄弟，是後來許多小說採用的模式，比如凱瑟琳‧佩特森（Katherine PA）的《孿生姊妹》，妹妹三千寵愛集一身，姊姊完全相反。此模式相當常見。而《白蛇傳》、《鶴妻》等的「化身報恩」模式，也來自民間傳說的原型。羅密歐與茱麗葉也是許多兩情相悅、卻受阻礙（尤其是雙方家世）而無法在一起的原型。至於灰姑娘，亦為許多後代文學作品的原型：本為貧困或遇難少女，被神仙教母拯救，最後終於與白馬王子過著幸福日子。

小說中的典故

　　典故（Allusion）是指小說中引用讀者熟知的例子，能迅速引起共鳴。典故可能出自某本書、電影、新聞、歷史等。引自文學作品常見的來源有：神話、聖經、寓言、莎士比亞劇作、經典童話、名家著作等。而典故可分「直接引用」與「間接引用」兩種。

　　直接引用：是指直接引用實例（直接使用）。例如：「你真是個諸葛亮。」意思是你很聰明、有謀略。或描述一個人是「彼得潘」，意思是說他像永遠長不大的孩子。而《小王子》書中的玫瑰花常被引用，意思是「獨一無二的愛。」

　　又如：甲對乙說：「布魯托，你也有份嗎？」典故出自莎士比

亞的《凱撒大帝》，意思是乙背叛了甲。「我們已經離開伊甸園」，意思是離開無憂無慮的樂園，伊甸園典故出自《聖經》。「這裡真是一處桃花源」，指世外樂園，典出《桃花源記》。「我們已經不在堪薩斯了」，指離開家鄉、離開舒適圈，典出《綠野仙蹤》。德國少年小說作家烏利希·胡伯（ulrich hub）的《狐狸不說謊》中，出現「禁止去禁止」，這句話典故出自「1968 年法國五月學運」著名的口號。《哈利波特》第一集，看守魔法石的三頭犬，出自《希臘神話》看守冥界的三頭犬。

　　間接引用：指間接引用實例（截取某部分使用）。例如：英國謀殺天后阿加莎·克里斯蒂（Dame Agatha Mary Clarissa Christie）在她的推理小說《命運之門》，出現「下一步我要去做：早餐前六件不可能的事！」英國科幻小說作家道格拉斯·亞當斯（Douglas Noël Adams）的《宇宙盡頭的餐廳》，也出現「如果您今早做了六件不可能的事，何不到宇宙盡頭的餐廳，畫下完美句點。」上二例不約而同提到「六件不可能的事」，便是出自《愛麗絲鏡中奇遇》裡，白皇后說的話：「有時，我在早餐前便能相信六件不可能的事。」另外，臺灣作家李崇建著《麥田裡的老師》，典故出自《麥田捕手》。

小說中的互文

　　互文（Intertextuality）是指文本的意義，乃建構於一個大家熟知的原始母本[12]。比如：許多小說都有《綠野仙蹤》的影子，皆為帶著缺憾，出發到彩虹彼端，希望圓夢。我們便可說它互文了《綠野仙蹤》。

　　《魯濱遜漂流記》是常被互文的母本之一，比如《珊瑚島》、

《島王》等，情節皆為遭遇船難，漂流至荒島，想辦法求生，且有患難相助的夥伴。

法蘭西絲・霍森・柏納特著的《小公主》是十分經典的少年小說，明顯互文了《灰姑娘》，壞校長是繼母、有錢的好鄰居則是神仙教母。

英國作家尼爾・蓋曼獲得紐伯瑞金獎的《墓園裡的男孩》，互文了英國作家吉卜林的《叢林奇談》，都是小男嬰被一群特殊的族群撫養長大：《墓園裡的男孩》中的巴弟是被一群鬼養大，《叢林奇談》的毛克利是被狼群。尼爾・蓋曼將一部短篇小說《沉睡者與紡錘》改編為繪本後，得到凱特格林威金牌獎，此書則明顯互文了《白雪公主》與《睡美人》。

有點惡搞的《傲慢與偏見與僵屍》，賽斯・葛雷恩・史密斯（Seth Grahame-Smith）著，當然是互文了《傲慢與偏見》。

互文與原型模式某部分算相同，但是互文更強調兩個文本之間是有意義上的聯結關係，而原型模式只是被套用，不見得有共同的象徵意義。比如許多小說以《小紅帽》為原型，但在意義上可能不全然相關，只是借用它的模式。

小說中的象徵

象徵（Symbolic）寫的是甲，藉著甲表達乙（以明喻或隱喻方式），且並不說出乙是什麼。通常是以微小的甲，象徵宏大的乙（比如表面上是寫一家子的故事，實則象徵整個大時代）。或是具象的甲來象徵抽象的乙。

有些象徵是通用或單一的，比如玫瑰（甲）象徵愛情（乙）、日

出（甲）象徵希望（乙）、大霧（甲）象徵迷失（乙），舉白旗（甲）象徵投降（乙）。有些是作者刻意運用的。以下舉數例說明：

《鷹與男孩》藉著可以高飛遠揚的鷹，象徵處於低下階層的男孩心中最大渴望。

《愛德華的神奇旅行》一開始是冬天，結束時是春天；象徵主角的心境由冷漠轉變為溫暖。

《納尼亞傳奇：獅子‧女巫‧魔衣櫥》中的女巫控管國度，是冰雪天地，象徵了無生氣、殘酷不仁，而亞斯蘭最後帶來春天，象徵重生。

《永遠的狄家》中狄家媽媽，隨身總帶著音樂盒，上了發條便無止境原地旋轉，正是不死之人的心境寫照。

菲利普‧普曼著《發條鐘》裡的那口發條鐘，象徵意義十分明顯：運轉的人生命運。

《想念五月》中的風信雞，象徵著主角的人生（心）開始活動、轉動；主角名字為夏兒，收養她的媽媽名字是五月，象徵著夏兒的人生是從養母開始（因為夏季始於五月）。

三浦紫苑著《哪啊哪啊～神去村》，主角至山林中擔任伐木工，象徵著回歸真樸。

《追風箏的孩子》，風箏象徵看似自由高飛，但是心仍有羈絆牽掛（被風箏線束縛著）。

尼爾‧蓋曼的《墓園裡的男孩》，故意讓原本象徵死亡的墓地，成了撫養小孩的生命之所，而充滿死亡威脅的地方，反而在墓園之外、有活人的地方。

《珊瑚島》中的白人小男孩，原本歧視黑人，但船難眼睛被打傷失明，被老黑人救起，在島上互助共存時，才真的「看見」人心

善惡與膚色無關。

　　王淑芬著的《我是好人》中，常出現的暗物質，象徵著「那些看不見的，卻是宇宙／人際間最大的運作能量。」另外，同一作者著的《地圖女孩‧鯨魚男孩》，地圖象徵女孩需要穩定、指引，鯨魚則象徵男孩的寬闊胸懷。

　　小說中的時間（季節、早晚等）或地點（霧中代表看不清、迷惘、情勢未定；十字路口代表不知何去何從等），可能帶著象徵意義；常出現或重要的物件，也都可能有其意義，比如巧克力代表甜美、老虎代表權勢、力量。就連事件的發生順序、反覆或交錯，皆可注意是否與主題相關。

　　如能帶著小讀者挖掘到作者埋藏的各種象徵意義，必會帶來一種閱讀的成就感。對之後的自主閱讀，也有助益，能自發去尋找隱藏在文字中的意義寶藏。

　　因此，鼓勵在閱讀時尋找象徵，加以討論，是引發興趣方法之一。不過，象徵並非一成不變。有時，不同讀者有不同解讀，那也無妨，比如「雨」既可象徵沖刷流失，也可說洗滌淨化；「火」象徵浴火重生，也可說銷毀一切。開放式的討論，反而激盪出許多意義火花。

小説技巧 **5** **伏筆**

伏筆（Foreshadowing）是在情節中安排的「因」，也像是給讀者一些線索，埋下一個懸念，但最後會鋪墊出一個「果」。或許讀者會想：講這個做什麼？跟主情節有關嗎？其實高明的小說家，常常讓這些伏筆乍看好像沒什麼，但是魔鬼就在細節裡，那些不經意的描寫，可能導致意想不到結果，或引發大轉折。

伏筆隱藏在劇情裡，甚至姓名

諾貝爾文學獎作者約翰·史坦貝克著名的《憤怒的葡萄》，開頭不久便寫一隻烏龜如何賣力爬行，穿越公路，被車子撞開，後來被主角撿起。既是象徵，指烏龜雖然緩慢不利於行，卻也有堅固的殼／性格可以自我保護，亦是伏筆，預告主角一家的命運之路也困難重重。

《姊姊的守護者》中，妹妹安娜不滿自己生下來是為了救姊姊，不斷進出醫院，輸血、捐骨髓給她，於是小說一開始，讀者知道安娜找律師，準備討回「醫療自主權」，不再當姊姊的備用軀體。如果是這樣，安娜應該很恨姊姊才對，然而我們讀到的，卻是她還是無微不至的照顧姊姊，夜裡聽到姊姊嘔吐，立刻趕來幫忙，這不是很矛盾嗎？這便是一種伏筆。原來並非安娜主動要告姊姊，是姊姊拜託她的。

【哈利波特】系列小說自然也運用不少伏筆，其中著名的如額頭上的閃電刀疤（因），第一集便出現，而它是制服佛地魔重要物

（果）；當閱讀之後，會回過頭恍然大悟閃電疤是魂器之一，內有佛地魔的一片靈魂，引發之後的連鎖效應。

《奇風歲月》開頭，有一幕是孩子們看火星人入侵的電影，都被嚇壞，因為電影中爸媽外出後，回來會變成火星人，也是種伏筆。之後某位男孩爸爸出門後，果然變成另一種人──其實是去喝酒，回家之後已不再是原來的好爸爸。

《回家》一開始在停車場等媽媽時，大弟為弟妹們講《漢瑟與葛瑞桃》（糖果屋）故事，預告著媽媽將一去不回，他們被遺棄了。

許多小說中的人名，姓名本身就是一種伏筆，比如《白鯨記》的亞哈船長、以實瑪利，前者即是引用《聖經》中有位一心復仇、命運悲慘的亞哈國王名字，後者則是用《聖經》中的「聆聽神」者，最終蒙神庇佑──既然取自《聖經》中同名人物，等於預告了兩人在小說中的性格與命運。

電影中的伏筆例子更多，比如《靈異第六感》中的小男孩不斷說：「我看得到死人」，已明顯的預告男主角就是個鬼。

推理小說最喜愛運用伏筆。或是有些續集小說，第一集結尾時，也會預留伏筆，讓讀者掛著懸念，試想之後可能的結果。

建立自己的文學批評能力

當小讀者具備了對小說的形式與內容分析能力之後，便奠下了「專家級讀者」基礎。當然專家級讀者還有一個最後的任務，便是想辦法建立自己的文學批評能力。

專家級讀者同時也是書評家，練習與作者對話、提出問題，挑戰作者──沒有人規定：讀者只能同意作者，但是必需能說得清反

對或同意的理由。建立此能力之後，對寫作的幫助最大，因為有自己的論述能力。

　　至於，如何有文學批評能力？探索作者的觀點（Tone）——也就是他選擇用什麼態度來闡述此主題，是個練習好方法，請見下一課的討論。

註釋

9　《怪物來敲門》的戲中戲手法，三個故事的寓意，分別為：故事1：世事真相不見得只有一面，對主角的寓意是「生死不會只有一個答案」；故事2：信仰比什麼都重要，寓意是「存於心中的，可超越生死」；故事3：不是隱形就能解決問題，寓意是「不說或假裝沒有，其實是沒用的」，因此帶出最終故事4：自己做的崖邊惡夢，也就是要主角放手，讓媽媽走，讓自己正視生死。

10　不可靠的敘事者（Unreliable narrator）一詞出自美國文學評論家韋恩‧布斯（Wayne Clayson Booth）在《小說修辭學》（ *The Rhetoric of Fiction*, 1961 ），但不可靠的敘事者不一定採第一人稱。

11　《噪反》三部曲分別為：《I 鬧與靜》、《II 問與答》、《III 獸與人》，以及《噪反前傳：新世界》。

12　文學理論中，有關「互文」的解釋與用法其實相當多元，本書的「互文」解釋是其中一種。

少年小說趣聞，你知道嗎？

❋ **與少年小說相關的有趣節慶有哪些？**

1 美國在每年 4 月 12 日舉辦「D.E.A.R Day」（National Drop Everything and Read），因為這天是著名童書《親愛的漢修先生》作者：貝芙莉·克萊瑞的生日。鼓勵每個家庭陪孩子閱讀 30 分鐘以推廣兒童閱讀。相關資訊可至官網：http://www. readingrockets.org/calendar/dear。

2 美國位於密蘇里州的漢尼拔鎮，每年 7 月 4 到 6 日舉辦「湯姆·索耶節」紀念在當地出生的馬克·吐溫。此三天設有許多相關競賽與活動。

3 7 月 21 日是海明威生日，美國佛羅里達州的基威斯特市（Key West）為了紀念海明威在此地寫下許多作品，於是訂立他生日當週是海明威節（Hemingway Days）。這段期間不但會舉辦海明威大賽（許多參賽者最喜歡打扮成白鬍子、戴紅色軟帽的海明威形象），還有短篇小說比賽等活動。

4 每年 9 月 22 日，被喜愛《魔戒》的讀者訂為哈比人日，因為是書中的比爾博與佛羅多生日。除了舉辦讀書會或電影欣賞，有人還選擇模仿哈比人的習慣：一天吃七頓飯來慶祝。

5 每年的 6 月 16 日是愛爾蘭都柏林的「布魯姆日」（Bloomsday），這是為了紀念愛爾蘭作家詹姆斯·喬伊斯於 1922 年出版的小說《尤利西斯》（Ulysses），小說以意識流形態，描述了主人翁布盧姆（Leopold Bloom）1904 年 6 月 16 日這一天的生活。

✵ 經典小說的著名開頭有哪些？

許多文學媒體，比如英國發行量頗高的《每日電訊報》（*The Telegraph*），都做過「史上最偉大的小說開頭」專題報導，以下整理幾則最常被列入或提及的小說開頭：

1. 《傲慢與偏見》：凡是有錢的單身漢，總想娶位賢妻，這是舉世公認的真理。

2. 《安娜卡列尼娜》：幸福的家庭皆相似，不幸的家庭卻各有其不幸。

3. 《雙城記》：這是最好的時代，也是最壞的時代；這是智慧的時代，也是愚昧的時代；這是信仰的時代，也是懷疑的時代；這是光明的時代，也是黑暗的時代；這是希望之春，也是失望之冬。

4. 《百年孤寂》：許多年後，當邦迪亞上校面對行刑槍隊時，他便會想起他父親帶他去找冰塊的那個遙遠的下午。

5. 《變形記》：一天早晨，葛里高從不安的惡夢中醒來，發現自己變成了一隻巨大的甲蟲。

6. 《華氏451度》：焚燒是一種快感。

7. 《一九八四》：四月間，天氣寒冷晴朗，鐘敲了十三下。

8. 《異鄉人》：今天媽媽死了。也許是昨天，我沒辦法確定。

9. 《彼得潘》：所有的孩子都會長大，只有一個例外。

10. 《哈克歷險記》：如果你沒讀過《湯姆歷險記》，你一定不知道我是誰，不過沒關係；那本書是馬克·吐溫先生寫的，大體上講的都是真的。

11. 《巧克力戰爭》：他們宰了他。

12. 《偷書賊》：先注意顏色，然後才注意到人，我向來是這樣看事情的。

13. 《追風箏的孩子》：我成為今天的我，是在十二歲那年。

14 《洞》：綠湖營其實沒有湖。

15 《墓園裡的男孩》：黑暗中有一隻手，手上握著一把刀。

❋ 少年小說作者得過諾貝爾文學獎嗎？

不論是 1907 年諾貝爾文學獎得主 —— 英國的約瑟夫‧魯德亞德‧吉卜林（Joseph Rudyard Kipling），著有《叢林奇談》（*The Jungle Book*, 1894）；或 1911 年得主 —— 比利時的莫里斯‧梅特林克（Maurice Polydore Marie Bernard Maeterlinck），著有《青鳥》（*L'Oiseau Bleu*, 1908）；2014 年得主 —— 法國的派屈克‧莫迪亞諾（Patrick Modiano），著有《戴眼鏡的女孩》（*Catherine Certitude*, 1988）等，都是成人作者、兼有少年小說出版。唯有 1909 年得主：瑞典的賽爾瑪‧拉格洛芙（Selma Lagerlof）以《騎鵝歷險記》（*Nils Holgerssons underbara resa genom Sverige*）獲獎，是首位童書作者與女性作者得主。

❋ 既有經典小說開頭，有沒有爛開頭？

有的，喜愛史努比的讀者，一定知道史努比喜愛在屋頂上打字寫小說，第一句便是「那是個月黑風高的夜晚」，其實這是在諷刺一則著名的文學故事：十九世紀英國知名作家愛德華‧喬治（Edward George Bulwer-Lytton）有許多名著，可惜有篇小說的開頭「那是一個月黑風高的夜晚」（It was a dark and stormy night）卻被評為史上最爛小說開頭。之後 1983 年甚至有位文學教授發起，邀讀者們評選最爛小說開頭獎（分類中也包含兒童文學），名為「The Bulwer-Lytton Fiction Contest」簡稱「BLFC」（網址：http://www.bulwer-lytton.com/）。然而有趣的是，知名科幻小說《時間的皺摺》第一句其實也是「It was a dark and stormy night」（據說是出版社編輯童書版時的結果）。

透過初期的引導討論，
讓小讀者明白「原來作者這樣寫是故意的」，
或是知道別人想的，居然跟自己完全不同。

如何引導孩子
討論少年小說？

設計一場成功的少年小說討論會

　　如果簡言之，所謂的「閱讀能力」，是希望小讀者在閱讀時「找重點」，閱讀後「找意義」。因此，針對「少年小說可以討論什麼」、「為什麼要討論」這些議題，無非是透過初期的引導討論，讓小讀者明白「原來作者這樣寫是故意的」，或是知道別人想的，居然跟自己完全不同。當少年開始獨立閱讀之後，偶而仍可以舉辦討論活動，這時的討論，更是一種腦力激盪，對同一事可以有不同解讀，或帶來不同領悟；有時，熱烈討論，會帶來比獨自閱讀、獨自思考更大樂趣呢！

　　在進行討論時，有個迷思一定要注意：勿將所有文本都「寓言化」。因為，並非所有少年小說都充滿象徵意義，或一定會結論出什麼偉大價值；要知道若刻意將焦點放在瑣碎的尋找象徵、討論細節上，反而會失去樂趣。

討論的三種形態

　　一般的「討論活動」會分為三種形態：不必討論、找重要的幾章來討論、全書讀完再討論。

　　一、不必討論：為避免像上課一般枯燥，或是造成閱讀壓力，不必每次讀完都得討論。有些時候，讀完一本書，沉浸在某種氣氛中，就已經是一種收穫。因此，可以約定某幾次，採取全家／全班

共讀方式進行，或者各自選讀一本自己喜愛小說，但不必討論。

二、**找重要的幾章來討論：**如果文本太龐大，時間又不夠，可以先選讀重要的幾章，再加以討論。但要注意最終仍希望能閱讀完整本書內容。

三、**全書讀完再討論：**如果時間夠，可給小讀者充裕時間好好讀，比如花一個月讀一本小說。但是期間可以偶爾提醒一下：讀到哪兒了？

討論題目的設計方向

在小讀者閱讀指定的小說之後，引導人（如家長或老師）可以就兩個方向來討論：小說的重點及價值。

一、**小說的重點：**例如這本書的主題、角色、情節、背景是什麼？作家有沒有使用比較特別的技巧來表現？像是有哪些結構、哪些象徵等等。

二、**小說的價值：**例如當這本書讀完後，對讀者的意義在哪兒？或是針對作家提出的表達議題，加以探討，並決定要不要同意作家觀點與態度。

討論題目的設計形式

至於討論題目的設計形式，根據不同文本與小讀者程度，可自行設計。基本原則是「有層次、多樣化」，不要永遠只提問某一種類的題目。

通常小說要讀到三個層次：語文的、文學的、人文的。

所謂**語文層次**，指的是本書的體裁、敘事觀點、用字遣詞、大意、文法、六 W 等。

　　文學層次，則指的是小說主旨、象徵涵義、作者觀點等。

　　人文層次，則是指對當前文化帶來什麼啟示、與其他文本的論點有何異同、對讀者的意義是建設或破壞、對將來有無啟迪等。

討論少年小說的題目設計形式

層次	相關提問內容
語文	體裁、敘事觀點、用字遣詞、大意、文法、六 W 等。
文學	小說主旨、象徵涵義、作者觀點等。
人文	對當前文化帶來什麼啟示、與其他文本的論點有何異同、對讀者的意義是建設或破壞、對將來有無啟迪等。

讓孩子積極參與少年小說的討論方式

　　引起孩子參與少年小說討論的方式很多，可參考以下幾種：國際間針對青少年閱讀能力檢核法，如 PIRLS 及 PISA、依認知層次來設計的「4F 提問法」，以及透過設計遊戲式的討論模式，增加趣味。但切記：舉行少年小說討論時，並非只有這幾種討論法，可以

依文本的性質決定要採用哪種討論方式，才能真正達到培養孩子閱讀素養的目的。

小學階段可搭 PIRLS，中學可搭 PISA 的層次來設計

目前國際間對於學生閱讀能力的檢核，有兩個較重要的評量：一個是針對小學四年級學生的 PIRLS，另一個是針對 15 歲學生的 PISA，以下簡述。

一、**PIRLS**：中文為「促進國際閱讀素養研究」（Progress in International Reading Literacy Study），由國際教育成就評鑑協會（The International Association for the Evaluation of Educational Achievement，簡稱 IEA）主導，主要是從國際觀來檢視小學四年級學生（大約 10 歲左右）的閱讀素養，是五年循環一次的評比。

PIRLS 對「閱讀素養」有五項定義：

1. 學生能夠理解並運用書面語言的能力。
2. 能夠從各式各樣的文章中建構出意義來。
3. 能夠從閱讀中學習新的事物。
4. 參與學校及生活中閱讀社群的活動。
5. 可由閱讀獲得樂趣。

因此在檢測的內涵上，主要了解小學四年級的學生在閱讀歷程上是否已具備以下能力：直接提取 → 直接推論 → 詮釋、整合觀點和訊息 → 檢驗、評估內容、語言和文章的元素（評鑑能力）。

二、**PISA**：全名為「國際學生能力評量計劃」（The Programme for International Student Assessment），是經濟合作暨發展組織（Organization for Economic Co-operation and Development，簡稱

OECD）自 1997 年起籌劃的。主要是針對即將完成義務教育走入社會的 15 歲在學學生（大約國中三年級，即九年級生），以情境化、生活化的試題，評量這些學生在閱讀素養、數學素養、科學素養的表現，以便了解他們是否做好準備，可進入社會成為公民。評量內容涵蓋閱讀，數學和科學三個領域，每三年評量一次。

其所檢測的內涵是：評估 15 歲在學學生的閱讀歷程是否具有以下應有能力：文本訊息的擷取 → 發展解釋 → 省思與評鑑文本內容、形式與特色。

國際間針對青少年閱讀能力檢核法 PIRLS 及 PISA 介紹

活動名稱	針對對象	主導機構及內容介紹	閱讀檢測內涵
PIRLS（Progress in International Reading Literacy Study）	小學四年級學生	由國際教育成就評鑑協會（簡稱 IEA）主導，主要是從國際觀來檢視小學四年級學生（大約 10 歲左右）的閱讀素養，是五年循環一次的評比。PIRLS 對「閱讀素養」有五項定義： 1. 學生能夠理解並運用書面語言的能力。 2. 能夠從各式各樣的文章中建構出意義來。 3. 能夠從閱讀中學習新的事物。 4. 參與學校及生活中閱讀社群的活動。 5. 可由閱讀獲得樂趣。	在閱讀歷程上是否已具備以下能力：直接提取 → 直接推論 → 詮釋、整合觀點和訊息 → 檢驗、評估內容、語言和文章的元素（評鑑能力）。

活動名稱	針對對象	主導機構及內容介紹	閱讀檢測內涵
PISA（The Programme for International Student Assessment）	15歲學生	PISA 的中文名稱為「國際學生能力評量計劃」，是 OECD（經濟合作暨發展組織）自 1997 年起籌劃的。主要是針對即將完成義務教育走入社會的 15 歲在學學生，以情境化、生活化的試題，評量這些學生在閱讀素養、數學素養、科學素養的表現，以便了解他們是否做好準備，可進入社會成為公民。評量內容涵蓋閱讀，數學和科學三個領域，三年一次。	是否具備閱讀歷程應有的能力：文本訊息的擷取 → 發展解釋→省思與評鑑文本內容、形式與特色。

依認知層次來設計的「4F 提問法」

關於「4F 提問法」則是一種依認知層次來設計的方式。這裡的「4F」指的是「Fact 我讀到、Feeling 我覺得、Finding 我認為、Future 我將來」，希望藉由有層次的提問，讓學生不僅有對文本的基本理解，也有情感的投射、內化，漸及於更複雜的邏輯推論，最終達到明白閱讀之後，對日後人生有何幫助。以下針對這「4F」大致簡述。

一、**Fact 我讀到：**是讓孩子將書中有寫的事實陳列出來。因此在設計討論題目時，可以請孩子為書中重要角色寫一段簡短的人物

介紹，並簡要列出書中的 6W 來討論。也可以將書中重要角色列出關係圖，或以時間軸方式，列出書中的重要事件。

二、**Feeling 我覺得**：是指孩子表達對書中的感覺。在設計討論題目時可以請孩子說出全書最能引起共鳴的地方是哪裡？或是覺得無法同意的地方是哪裡？甚至要孩子說出自己最喜愛書中哪個角色？並提出理由。或是全書最讓孩子感到驚訝的地方又是哪裡？……等等。

三、**Finding 我認為**：在這裡是教孩子如何針對本書做歸納與推論，例如：你認為書中某位角色是個什麼樣的人？證據是什麼？本書採用什麼結構或敘事觀點？為什麼？除了第一主題，亦即本書的核心價值，孩子在本書中，還發現了什麼議題可以探索討論？並讓孩子練習從截然不同的兩個觀點，扮演正反兩方，針對情節或結局做辯論。比如：早期十五世紀版本的《伊索寓言》，其啟示說「對無法得到的東西，假裝並不想要，這樣是聰明的。」而現代，大多解讀狐狸的酸葡萄心理是自我欺騙，較負面。可以試著從兩個觀點各論其理由。

四、**Future 我將來**：讓孩子思考將來如何應用，因此設計題目請孩子提出從本書閱讀後有沒有新的想法或新的知識，對自己將來有幫助嗎？或是針對書中的觀點，對未來自己遇到類似狀況，會怎麼處理？或造成影響嗎？

由於本書的討論範例，多半採用 4F 提問法（但有些可以只討論前 3F 討論法，即「Fact 我讀到、Feeling 我覺得、Finding 我認為」），因此還可應用「我讀到……我覺得……我認為……我將來……」來引導孩子寫下簡單的閱讀心得。

4F 提問法及建議提問的內容

項目	參考題目
Fact 我讀到： （書中有寫的事實）	1、請為書中重要角色寫一段簡短的人物介紹。 2、簡要列出書中的 6W。 3、將書中重要角色列出關係圖。 4、以時間軸方式，列出書中的重要事件。
Feeling 我覺得： （對書中的感覺）	1、全書最引起你共鳴、覺得頗有同感的地方是哪裡？ 2、全書你覺得無法同意的地方是哪裡？ 3、你覺得自己最喜愛書中哪個角色？請說出三個理由。 4、全書最讓你驚訝的地方是哪裡？
Finding 我認為： （歸納與推論）	1、你認為書中某位角色是個（　　）的人？證據是？ 2、你認為本書為什麼採用（　　）結構或敘事觀點？ 3、除了第一主題，亦即本書的核心價值，你在本書中，還發現了什麼議題可以探索討論？ 4、評估作者的觀點[13]，自己同意或不同意的地方。 5、本書與其他類似主題的書，看法有何異同？ 6、解析作者為何寫這本書？想達到什麼目的？ 7、試論作者為了寫這本書，需要收集哪些資料？

項目	參考題目
	8、練習從截然不同的兩個觀點，扮演正反方，針對情節或結局做辯論。（並非為了分出高下，而是為了練習：多元觀點的可能性。）比如：早期十五世紀版本的《伊索寓言》，其啟示説「對無法得到的東西，假裝並不想要，這樣是聰明的。」而現代，大多解讀狐狸的酸葡萄心理是自我欺騙，較負面。可以試著從兩個觀點各論其理由。
Future 我將來： （將來如何應用）	1、本書讓你有了新想法或新知識，對你將來有幫助嗎？ 2、書中的觀點，會對未來自己遇到的類似狀況，處理方式造成影響嗎？

設計成遊戲模式來討論，增加趣味

當孩子已很熟練 4F 提問法，有時可以設計遊戲式的討論模式，增加趣味；比如「一人一問」。

做法也很簡單，就是請參加成員在家設計一則討論題目，並準備一樣小禮物。禮物以自製為佳，例如：一張小卡片、一張得意的風景攝影等。將題目與禮物名稱（須註明姓名）各自寫在紙條上。

當討論會開始時，每個人的題目與禮物分別投進兩個箱子中。然後大家輪流上台抽題目，抽中者有優先答題權，答出者可抽一樣禮物。如果抽到的題目無法作答，可以徵求他人解救。解救者獲有抽禮物權。此活動可以改為「挑戰領導人」，也就是每個人準備一道題目考領導人。領導人回答不出來，可徵求其他成員代答，答出者得分。

13 辨識作者的觀點（Tone）十分重要也十分有趣，如果讀的夠多，或是可能的話，同一時間選讀「相同主題、不同觀點」的書，會感受到每個人創作時，必有其主觀（但無關好壞）。應該鼓勵小讀者練習看出作者的意圖，然後想想自己是贊同或反對。

你所不知道的少年小説趣聞

✻ 有作家生平只出一本經典小説（One-Book Author），但便足以名垂千史？

英國艾蜜莉・勃朗特（Emily Jane Brontë）的《咆哮山莊》（*Wuthering Heights*, 1847）、英國安娜・休厄爾（Anna Sewell）的《黑神駒》（*Black Beauty*, 1877）、美國瑪格麗特・米契爾（Margaret Mitchell）的《飄》（*Gone with the Wind*, 1936）、蘇聯鮑里斯・巴斯特納克（Борис Леонидович Пастернак）的《齊瓦哥醫生》（*Доктор Живаго*, 1957）等都是。

✻ 你知道被改編並拍成電影及電視劇的最多次數的是哪一部小説嗎？

由於小説因有其迷人處，獲得不少閱讀者支持，因此有不少小説改編為電影或電視劇，根據著名影視網站「網路電影資料庫 IMDb」統計，文學小説中的角色，被改編為最多影視作品者，為《吸血鬼德古拉》（Dracula-Bram Stoker），第二名是由亞瑟・柯南・道爾著的【福爾摩斯】系列。但如果改為：被改編最多次的影視作品小説「人物」，就是福爾摩斯了，目前共有二百多部。

❋ 想寫小說，卻沒有靈感，怎麼辦？

其實有不少網站，專門提供寫作的點子，讓大家可以從這些點子汲取想法，或延伸、聯想到創作的素材。例如在美國的 Reddit 網站中，有「Writing Prompts」專區，讓大家提供故事點子，供所有寫作者參考。以下是我看見的其中兩則，引發熱烈反應，有將近上千個回應。

例題 1：十五歲時，你告訴女友：「只要妳需要，我永遠在你身邊。」愛神聽見了，讓此話應驗─儘管三週後你們已分手。之後每當她需要，你總會出現，就算十年後。

例題 2：凌晨三點，政府的警示系統傳來訊息：「千萬不要看月亮！」而同時，你的手機有上百則隨機傳來的短訊：「快看窗外，今晚月色真美。」

以下就整理一些有趣的創作題材網站，提供參考：

網站名稱	語文	說明	下載網址
美國 Reddit 網站的「Writing Prompts」專區	英文	提供寫作者相互幫忙激發創意及刺激寫作的園地，可以在裡面找到自己喜歡的提示，幫忙編寫出一個簡短的故事，以獲取其他人的評論，或為其他人的作品留下評論。	
WritersDigest. com 下的「prompts」專區	英文	這個網站示範了實用的方法與點子。比如：執出兩個骰子，連續六次，根據這六個點數，看能聯想到什麼單詞，再以這六個單詞組成一篇情節。或：警察帶著搜索票來你家，而你知道確實有樣東西絕對不能被找到。	

網站名稱	語文	說明	下載網址
thinkwritten.com 下的「365 Creative Writing Prompts」專區	英文	顧名思義，此網站鼓勵大家以一年時間，每天完成一則寫作的小練習。比如：向宇宙提出一道問題、誰在跳舞，敲打著腳趾？	

✽ 只有六個字的小說？

雖然本書介紹的書，以長篇小說為主，但其實小說中亦有數百字的短篇，甚至海明威還寫過六個字的微形小說呢。

據說海明威有次在酒吧，有人知道他是小說作家，便與他打賭：能不能只用六個字寫一篇小說？結果大文豪果然沒被難倒，寫的是：「For sale：baby shoes，never used.」譯為中文，意思是「全新嬰兒鞋出售，從未穿過。」短短數字，讓人聯想到一對期待新生寶寶的父母，卻無緣見到，背後的感傷故事。

若再往前推，西元前羅馬時期的凱撒大帝那句「我來，我見，我征服」亦可說是六字微小說。

美國 Reddit 網站，設置有「六字小說」（Six Words Stories）專欄，供大家上傳自己的六字創作（https://www.reddit.com/r/sixwordstories）。其中幾則引起熱烈迴響。

之一：「Sorry soldier, shoes sold in pairs.」（抱歉，士兵，鞋子按雙出售。）暗喻作戰歸來的軍人失去一條腿。

之二：「Strangers. Friends. Best friends. Lovers. Strangers.」（戀人從陌生到情濃、轉淡，最後又變陌生。）

也曾有中文網站讓大家以六字中文寫小說。其中幾則也頗耐人尋味：「母親萬能，謊言。」、「長篇故事，短說。」

15 個閱讀主題
與 19 本書導讀實例

小說閱讀的流程是比較複雜的過程，
因此在小讀者未有閱讀素養前，
是需要被引導、示範的。

導讀之前：
了解帶讀少年小說的流程

　　很難以一套公式教大家如何帶讀少年小說，因為不同文本、不同閱讀經驗，當然要彈性的調整方式。所以再強調一次，本書所提供的題目範例僅供參考，可彈性增、刪應用，因此請視小讀者的閱讀經驗或當下氣氛，不必每次都問一堆問題。有些時候，讀完一本小說，沉浸在快樂或感動氣氛中，那是藝術家所謂的「靈性時刻」，也就夠了。千萬不要每次都嚴肅的問與答，反而有負面效應。

小說閱讀的流程

　　小說閱讀的流程，依理論而言，主要是讀者針對文本，以基模（schema，一種認知結構，即讀者利用所學過的先備經驗 [14]）去讀 → 填補空隙（Gap），補上作者沒寫，但必需自行融會貫通的部分 → 預測與修正、破譯與解碼（decoding） → 結論 → 整理自己的觀點，檢視作者觀點，對照評論。也因為是這樣比較複雜的過程，小讀者在未有閱讀素養（能力）前，是需要被引導、示範的。

理論性的小說閱讀流程

基模閱讀 → 填補空隙 → 預測與修正、破譯與解碼 → 產生結論 → 整理自己與作者觀點，對照評論

就如同 2017 年有位臺灣留學美國的七年級生曾回臺灣分享她在美國上的英文課程，教師會要求學生閱讀一本小說後，必需做三件事：

1、練習做摘要。

2、理解文本涵義。

3、討論作者觀點和動機。

帶領小組閱讀的 5 大步驟

　　所以，整理統合一下，若是要帶領全班或小組的小說閱讀，一般通用流程，大致分為五個步驟：

　　步驟一：前置準備——帶領小讀者先了解文本，知道主題與重要的寫作技巧，擬訂此次閱讀討論的重點。因此帶領導讀的重點在於剛開始時，一次只針對一種重點進行。比如這次只鎖定文本的議題討論，先不深究其創作技巧。

　　步驟二：閱讀前的引導——以「預測策略」，引發小讀者興趣；或以簡單的導讀，提示重點。這段時間建議約 20 分鐘，不宜拉太長，以免失去興趣。導讀的重點可以用猜看看的方式進行，比如：從書名猜想可能的情節；或是從目錄的篇名，猜情節或主角身份、可能的結局。甚至也可以從序（含作者序、推薦序）猜情節或作者書寫本意。

　　步驟三：各自閱讀——若選擇一本約 4 萬字以上小說各自閱讀，預計至少需要一個月時間，讓小讀者自行閱讀與思索。而在這段期間可偶而問一下：「我讀到第 10 章了，你呢？情節愈來愈緊張呢！」另外，為了維持氛圍，期間可適度加入相關活動，比如：觀

賞相關影片、將作者的其他書或相同主題的書，找出來放在顯眼處可隨時翻閱一下，或是請孩子彼此相邀一起逛書店、圖書館尋找相關資料等等。

　　步驟四：閱讀後——可以花費大約一節課時間，進行討論。至於討論的方式，可以參考本書「第4課　如何引導孩子討論少年小說」。

　　步驟五：心得撰寫——可以透過寫心得或延伸寫作，讓小讀者自己檢視自己的想法。這時帶讀者要注意：心得撰寫必需視時機或檢視文本適不適合，不見得每個少年小說適合這一步驟。如果，這文本適合讓孩子撰寫心得，或有其他類型相似的文本，則可以安排讀多本後綜合一起寫，或一學期寫一篇，彈性調整。

　　另外，除了傳統寫作格式，也可試試讓小讀者出版自己的「Zine」（即獨立出版品）[15]。

　　討論時，帶讀者的態度也很重要，請自我提醒勿「權威化」，或加入過多的意識型態。每個人都有意識型態本無可厚非，但在與小讀者對談時，若無意中流露太多大人自己的主觀，難免影響小讀者的判斷。其實小讀者的看法也很可貴，在一本書之前，人人都該是平等的。

　　以下將列出15個重要主題，並各自以1～2本書為例，分析這本小說可以讀到什麼重點，可以討論什麼；也會列出相關書單。有些主題，正巧有相關影片可以互相對照，或簡單的延伸活動，也會一併列出。請注意，有些書其實內涵豐富，可橫跨幾個主題。

帶領小組導讀小說的閱讀流程

步驟	活動內容	帶讀重點
前置準備	帶領小讀者先了解文本,知道主題與重要的寫作技巧,擬訂此次閱讀討論的重點。	建議剛開始時,一次只針對一種重點進行。比如這次只鎖定文本的議題討論,先不深究其創作技巧。
閱讀前的引導	以「預測策略」,引發小讀者興趣。或以簡單的導讀,提示重點。建議約20分鐘。	比如:從書名猜可能的情節;從目錄的篇名,猜情節或主角身份、可能的結局。甚至從序(含作者序、推薦序)猜情節或作者書寫本意。
各自閱讀	一本4萬字以上小說,至少需要一個月時間,讓小讀者自行閱讀與思索。	1. 期間可偶而問一下:「我讀到第10章了,你呢?情節愈來愈緊張呢。」 2. 為了維持氛圍,期間可適度加入相關活動。比如觀賞相關影片、將作者的其他書、或相同主題的書,也找出來放在顯眼處可隨時翻閱一下,或逛書店、圖書館。
閱讀後	進行討論,建議花約一節課時間	請參考本書「第4課 如何引導孩子討論少年小說」。
心得撰寫	寫心得或延伸寫作	1. 必需視時機或視文本適不適合。 2. 可讀多本後綜合一起寫,或一學期寫一篇,彈性調整。 3. 除了傳統寫作格式,也可試試讓小讀者出版自己的Zine。

《親愛的漢修先生》
尋找「自我認同／成長啟蒙」

　　強說愁的年紀，意味少年心靈有著浪漫本質；不浪漫的年代，更要鼓勵少年朋友多讀小說補給養分：閱讀與不閱讀的人，是不一樣的。尤其走在這個青黃不接的青少年讀者群中，在開始探索「自我」之時，更希望懂得自己是誰，將往何處去，渴望有生命導師引領—但不屑權威訓誡曾獲紐伯瑞獎的《親愛的漢修先生》，透過小讀者與作家的書信往來，寫出單親孩子心中的孤獨與種種因搬家、轉學的不適應。

甘苦成長路的《親愛的漢修先生》

　　由美國作家貝芙莉‧克萊瑞寫的《親愛的漢修先生》，講述單親小男孩白樸從二年級起至六年級，寫信給他心儀的作家漢修先生，並表示自己也想成為作家。漢修先生回信中不但加以指導，也建議他透過寫日記增進寫作能力。全書共 26 封信及 34 篇日記，互相穿插，記錄著白樸對爸爸的想念、與媽媽的互動、老師指導閱讀、孤單之後終於交到朋友等。最後男孩得到寫作比賽的入圍獎，對爸爸的離去也能釋懷，勇於面對生活中的難題。

　　本書曾獲 1984 年紐伯瑞金牌獎。作者貝芙莉是史上最長壽的童書作家，2019 年慶祝了 103 歲生日。她的兩個系列：【雷夢娜】與【亨利‧哈金斯】也極受歡迎。另外，哈潑出版（HarperCollins）發起每年 4 月 12 日是「D.E.A.R Day」（National Drop Everything and

Read）因為這是貝芙莉的生日，鼓勵全球愛書人在此日拋開一切來閱讀。

關於本書的資料，以及內容、形式的剖析分析如下表。

《親愛的漢修先生》快速剖析

原書名與出版日期
《 Dear Mr. Henshaw 》，1983 年美國初版

作者
**貝芙莉・克萊瑞（Beverly Cleary），
美國，1916 ─ 2021**

臺灣出版社及譯者
東方出版社，柯倩華譯

適讀年齡
國小四年級以上

本書內容及形式剖析

小說內容	重要形式技巧
主題：成長、閱讀寫作、親情、孤獨 1、主要角色：白樂與父母、校工費伯伯、作家漢修先生（在書中並沒有真的現身） 2、主要場景：白樂學校與家庭 3、時間：主要時間在白樂六年級 4、主要情節：以書信與日記雙線穿插，記錄單親男孩想念父親、覺得孤單，透過書寫與作家回信中的指導，慢慢發現想法是可以轉變的，勇於面對生活的不完美。	1、結構：書信與日記雙線，依時間順敘。 2、敘事觀點：第一人稱。 3、主要手法：以男孩的語氣，直白敘說心裡對父母離異的失落、孤單。幸好有書寫與閱讀，陪伴成長。而大人適時的鼓勵更重要。全書帶著淡淡感傷，卻也為男孩最後的勇敢承受而感動。

⇒ 帶讀時的 4 個注意重點及設計小說的「3F 提問法」

接下來，進入帶領孩子或小組進入導讀時的注意要點如下：

1、書中的作家漢修先生並未真的現身，讀者只能透過白樂的信與日記，間接了解此位作家。因此可以引導小讀者察知此種寫作技巧：如何描述角色說與做了什麼，來呈現此人的特質。

2、本書結局並不完美，非傳統全家團圓的幸福結尾。但在不完美中，像主角一樣堅強與釋懷，是作者本意。不妨讓小讀者比較一下，如果最後讓書中父母再度復合，會比較好嗎？或是接受人生真實面貌？

3、主題雖是主角的成長，但其實也示範了優秀文學作品該如何寫，須提醒小讀者注意到此部分：漢修先生指導如何寫作（透過白樂信中的描述）。

4、重要象徵或寫作手法：

（1）白樂爸爸是卡車司機——漂泊不定，此職業暗示父親的性格，也是最終無法定居一處的伏筆。可提示這是作家刻意安排的手法，如果改成別的職業，效果不佳。

（2）為什麼加入「白樂午餐被偷」這個副線情節？白樂認為自己的家不完美（沒有爸爸），正如他的完美午餐被偷，而變得不完美。在試圖極力挽回／救回完美的過程中（挽回爸爸與抓到午餐賊），最終領悟到被偷的午餐，或許對某人來說是必需；爸爸長期不在身邊，對爸爸來說可能也是一種必需。

（3）與作家通信——不論書信或日記，都是思想的表述。以此方式讓讀者看見白樂如何逐漸改變自己的生活態度，因此本書是典型的成長小說。

當清楚知道上述要討論的問題後，便可以透過上一章所學的「3F／4F 提問法」來設計問題，讓小讀者可以循序漸進且有系統地分析並討論本書的議題及背後代表的涵義。

《親愛的漢修先生》的「3F 提問法」

項目	參考題目
Fact 我讀到	1、本書中出現幾位大人，對白樂的幫助也很大。請列出你找到哪幾個大人，幫白樂什麼忙（不論實質的或精神上的）？ 2、白樂六年級那封信，信中列了 10 道題與其他要求，結果並未獲得及時回信。原因是什麼？ 3、白樂的父母最後並沒有復合，主要原因是什麼？ 4、假設你是白樂，請為漢修先生寫一份簡介。
Feeling 我覺得	1、白樂從二年級開始寫信給漢修先生，也收到有趣的回信。你覺得漢修先生為什麼不嫌麻煩的回信給白樂？ 2、你找得到書中哪些地方，充分顯示出白樂的「寂寞」嗎？ 3、找找書中除了直接讓白樂說他很想念爸爸之外，還用了哪些方式，顯示他十分想念爸爸，希望爸爸回家與他在一起？ 4、白樂想盡辦法製作午餐盒中的防盜警鈴，最後並未真的為他找到午餐賊，但是他卻慶幸沒有真的抓到，為什麼？從此點看：「本來很氣憤、一心想抓賊，到覺得沒抓到比較好」，白樂的心境如何轉變？為何轉變？ 5、小說最後兩句，顯示白樂的矛盾心情。試著想想為什麼心境可以在感傷中又帶著安慰？

項目	參考題目
Finding 我發現	1、書中對作家訪談列出制式的 10 道題目。請評估哪幾道題目不夠好？不好的理由是什麼？ 2、如果你是漢修先生，白樺的哪封信最打動你，讓你願意不嫌其煩的繼續與他通信？ 3、白樺寫給漢修先生信會署名，有些署名還加上形容詞，比如「討厭你的白樺」。請找一封你印象深的署名，並試著依前後情節，揣測他如此署名的原因。 4、雖然白樺希望父母復合，但作者顯然沒有讓書中主角如願。你認為作者如此安排的用意？若是你，你會選擇讓白樺一家團圓嗎？背後理由是什麼？ 5、白樺說「好書不一定要好笑」，你認為呢？還應該有什麼？ 6、整理一下全書中你讀到的寫作技巧，包含漢修先生與貝喬女士說的，並列出三項你認為對你也很有用的方法。

⇒ **設計「延伸活動」，加深閱讀印象**

　　最後，還可以透過延伸活動的設計，讓小讀者們加深對本書的印象及增加閱讀樂趣。以下提供二個關於《親愛的漢修先生》的延伸活動：

　　延伸活動一：白樺最後放棄「十尺高蠟人」的故事，請你試著將他的創作概念，寫成一篇完整故事：延續著他本來的故事發想，或是另外設計不同情節皆可。記得要注意書中漢修先生與貝喬女士提示的寫作要點。

延伸活動二：透過短文寫作或用八格書的小書製作，在裡面寫下「三種我」分別思考：

1、別人眼中的我。

2、真正的我。

3、理想中的我。

從中思考自己對自我有深度認識嗎？你比較在意自己的定位，或是別人的看法？

「三種我」八格書製作

第六頁 理想中的我 封底	第五頁 理想中的我 封面	第四頁 真正的我 第一頁 別人眼中的我	第三頁 真正的我 第二頁 別人眼中的我

「自我認同／成長啟蒙」推薦書單

書名與作者	簡介	適讀年齡
《孤雛淚》（*Oliver Twist*, 1838），狄更斯（Charles Dickens）著	救濟院長大的孤兒奧利佛，因故被趕走，流落街頭，經歷許多悲慘折磨，也遇到慈祥老紳士的拯救。幾經波折，終於得到溫暖的歸屬與幸福。（臺灣東方出版社有改寫版）	國小五年級以上
《白蜂巢》（*The Nest*, 2015），肯尼斯・歐珀（Kenneth Oppel）著	主題為戰勝恐懼，有一點點與內心惡魔交易的味道，逐步讓自己脫離象徵意義十足的蜂巢，被螫被咬都沒關係。情節雖不那麼直白，有些獨白式的、與蜂后超現實略帶奇幻的對話，可引人深思。	中學以上
《那又怎樣的一年》（*Okay For Now*, 2011），蓋瑞・施密特（Gary D. Schmidt）著	邊緣少年道格，儘管被霸凌、亦不為家人所關愛，但在找回珍貴的古書《美洲鳥類》書頁／作畫過程中，也找回自信與人生意義。書中對每張畫的文字敘述，都象徵道格當下處境，也揭示著：藝術就是一種最佳療方。除了成長與家庭議題，本書還包含美國歷史、生態意識、藝術欣賞、鳥類知識，豐富動人。	中學以上

《牧羊少年奇幻之旅》、《小王子》探討「人生意義／重要價值」

人生究竟要追求什麼、放棄什麼？常有人比喻生命是一場追尋之旅，到達終點後，有人心滿意足，有人心懷不滿，有人仍渾渾噩噩。價值是自己訂的，不需要跟隨世俗標準，只要覺得有閃著意義的光芒，碳與鑽石並無兩樣。

勇於追尋自己夢的《牧羊少年奇幻之旅》

由巴西作家保羅・科爾賀撰寫的《牧羊少年奇幻之旅》，主要在講述牧羊少年聖狄雅各因夢境，展開註定的人生追尋之旅。歷經錢財被偷、為水晶商工作、加入沙漠商隊、在綠洲遇見真愛女孩法諦瑪。與煉金術士同行，繼續前行尋寶遷徒中，被阿拉伯部族戰士擄獲；脫險之後，至金字塔被襲擊時，才知道寶藏原來就在一開始夢見寓言的無花果樹下，於是返鄉得到寶藏，也學習到與心對話的能力。

本書至 2018 年止共 68 種譯本，是「作者仍在世、最多語言版本的文學書」，已被列入金氏世界記錄。作者叛逆年少時，行為脫序，還曾進出精神病院。之後在信仰中回歸平靜。於歐洲朝聖之旅中，完成兩本著作，本書即為其中之一，而且他的人生經歷，被拍為傳記電影《朝聖之旅：保羅科爾賀》（The Pilgrim，2014 年上映）。三星影業（TriStar）在 2016 年表示準備將本書改編為電影。

而關於本書資料以及內容、形式的剖析介紹，可參見「《牧羊少年奇幻之旅》快速剖析」。

《牧羊少年奇幻之旅》快速剖析

原書名與出版日期
**葡萄牙語《*O Alquimista*》，
英文《*The Alchemist*》，1988 年初版**

作者
**保羅．科爾賀（Paulo Coelho），
巴西，1947 —**

臺灣出版社及譯者
時報出版，周惠玲譯

適讀年齡
中學以上

本書內容及形式剖析

小說內容	重要形式技巧
主題：人生意義、平靜心靈、信仰 1、主要角色：牧羊少年聖狄雅各、撒冷之王、水晶店商人、英國人、煉金術士、法諦瑪 2、主要場景：西班牙村莊、北非丹吉爾、沙漠、綠洲、埃及金字塔 3、主要情節：牧羊少年因一個奇特夢境，在解夢者與撒冷之王指引下，決心到埃及金字塔尋寶。尋寶旅途中，歷經各種人生處境，最後以意想不到的方式，真的找到寶藏。而最大收穫，當然是遇見煉金術士，知道宇宙共通語言，傾聽自己的心，勇於追尋自己夢。	1、結構：單線順時間敘述。 2、敘事觀點：全知觀點。 3、主要手法：充滿寓言意義的對話，與富有奇幻情節、宗教象徵及靈性啟示的領悟，顯然作者希望閱讀本書，是一場洗滌心靈的朝聖之旅。

⇒ 帶讀《牧羊少年奇幻之旅》時的 7 個注意重點

接下來，進入帶領孩子或小組進入導讀時的注意要點如下：

1、原文書名直譯其實是《煉金術士》（*The Alchemist*），書中也真有煉金術士陪同牧羊少年走過一段，示範與教導真正的煉金術，與精神上的提升法。因而整場旅途，是在尋寶與煉金（尋寶是目的，煉金是過程），且兼具實質與象徵意義。比起若只是象徵，而非真有寶藏，或所謂煉金只是一種象徵說法，可能更具小說可讀性（不致於太空靈、空泛）。

2、全書旅程，雖寓有豐富象徵意義，但因為事件本身也具小說該有的懸疑、戲劇性，所以第一次閱讀，可先不急著解讀書中抽象部分。不妨先預測「真有寶藏嗎？會是什麼？」。也可提示：「不但真有寶，且是以有趣的方式得到的」來引發閱讀興趣。又因重點在寓意，反而非小說技巧，因此不建議多作形式上的細節分析，可多引導思考書中論點（不論同意與否）。

3、本書充滿宗教典故與寓意，但帶讀時只需略知典故由來，毋需強調，畢竟每個人對宗教看法不一，各有其信仰自由。因而不需聚焦在太多宗教上的細論與深究。比如書中煉金術士說：「因為追尋過程中的每一片刻，都是和神與永恆的邂逅。」此語中的「神」，可擴解為自己的信仰與人生觀。

4、本書較難言說的是「少年變成風」這段，作者本意應該是「天地萬物、天地之心」皆為神之心，自己透過虔敬禱告，誠心跟隨天命註寫的，即可變幻萬千，與萬物合一，用來呼應「當你真心渴望某樣東西時，整個宇宙都會聯合起來幫助你完成」。靈性、神祕的部分，只須讓小讀者領會作者理念，不急著深論，不同意亦可。

5、煉金術士教導少年三件事：了解沙漠的語言、尋求自己的天命、並且傾聽自己的心。如何傾聽自己的心？許多書中常見此空玄說法。本書則將心擬人化，從「心說自己是不可靠的、害怕受傷、不想受苦的」，彷彿有顆心真的在跟自己對話。將抽象的「傾聽自己的心」做了不錯的寫作示範。

6、牧羊少年與金字塔下難民搶匪老大，皆做了「寶藏在何處」的夢，但是兩人的結局不同，明顯對比出作者強調「尋夢」必需採取行動。而此點也見於英國人代表的意義，煉金術士要英國人：「去做。」。

7、重要象徵或寫作手法：

(1) 以牧羊少年為主角，牧羊與羊群是聖經中常用的象徵。意味著人是迷途羔羊，牧羊者會帶領尋得人生方向。

(2) 以煉金比喻人生修行，其中的「哲人石」與「長生露」，以具體的質變現象，象徵人心亦可改變，最後獲得智慧與永恆。

(3) 撒冷之王給的黑白二石：烏陵與土明，代表「是、否」。然而在故事中，他們出現時卻常一起掉落，意味人生選擇並非只有單一面向，是非可能並存。

(4) 場景以沙漠篇幅最多，可與《小王子》對照比較其意義。沙漠代表艱困環境，往往一無所有、隨時侵襲吞沒，但也代表總有地方藏著一口井，或當有綠洲出現，更彰顯珍貴；所以少年的真愛法諦瑪便居於綠洲。

(5) 寶藏其實是在教堂原有更衣室、現為無花果的樹下。更衣室是教堂中貯藏聖器之處，無花果在聖經中也有安樂的象徵，如同摩西向同胞說：進入迦南，有河……無花果樹……。

（6）根據作者自序，英國人的煉金方法，是透過研讀其實沒有多大意義的文字、符號，像是心理學家榮格的「集體無意識」。而有些人雖然早就發現天命（煉成金），但自己並不知道，因為過於簡單純樸。所以書中的英國人，便是繁文縟節、華而不實（或說方向錯誤），卻想追求簡樸的諷刺。

⇒《牧羊少年奇幻之旅》的 4 種「思考討論題」方向

討論方向 1：由於牧羊少年奇幻之旅有許多寓意可以探討，因此在設計討論題目單時，便不建議用「3F ／ 4F 提問法」來進行，而改以用寓意探討、佳句欣賞、關卡抉擇以及主旨思考引導的方式來進行。

例如在寓意探討部分，其實少年所遇之人與經歷之事，皆有其寓意可思考，像少年所遇到的撒冷之王鼓勵他出發尋寶，但要求給十分之一的羊（現有的），而非寶藏的十分之一（未來的）。其背後可能的涵義為何？當遇到水晶商店賺錢時，如果你是少年，是要繼續尋寶？……等等。

《牧羊少年奇幻之旅》主角所遇人事物的寓意思考

人物與事件	可能的涵義
撒冷之王鼓勵他出發尋寶。但要求給十分之一的羊（現有的），而非寶藏的十分之一（未來的）。	
麵包師傅渴望旅行，但決定先開麵包店賺錢，好去旅行。	

人物與事件	可能的涵義
水晶商人說，他是靠著想去麥加的念頭活下來的。	
駱駝伕說，一切災難更讓我明白，人不需要恐懼未知。	
煉金術士認為，人們太著迷於圖片和文字，最後就忘了宇宙的語言。	
綠洲中的少女法諦瑪告訴男孩，她希望他去追尋天命，而非留在少女身邊。	

討論方向 2：另外，本書最為讀者樂道的，便是許多鼓勵人心或充滿啟示的佳句，可整理並試想它在自己的生活中，有無呼應或將來可能的幫助？

《牧羊少年奇幻之旅》的佳句啟發

書中佳句	自己的理解、共鳴或其他想法
當你真心渴望某樣東西時，整個宇宙都會聯合起來幫助你完成。	
世界上最大的謊言就是在生命的重要時刻，只能聽天由命。	

書中佳句	自己的理解、共鳴或其他想法
寶藏要靠流水的力量才能露出來，但也是同一個力量把寶藏深埋在底下。	
駱駝伕與預言家的對話中，預言家說：「未來是屬於神的，只有祂才能揭露。我只是根據現在猜測未來。如果你專注現在，就能改善現在。」	
魔鬼不是喝進人們嘴巴裡的東西，而是從人們嘴巴裡說出來的東西。	
「幸福的祕密就是去欣賞世界上所有的奇妙景觀，但不要忘了湯匙裡的油。	
一個人往往渴死在棕櫚樹已經出現在地平線上時。	

　　討論方向 3：請小讀者一起討論有關《牧羊少年奇幻之旅》的主角在面臨重要關卡時，做了什麼抉擇？如果換成讀者你又會怎麼做？

《牧羊少年奇幻之旅》主角的重要關卡抉擇

關卡	結果與想法（若是我，我的選擇）？
賣掉羊群去尋寶 VS. 繼續牧羊	結果：賣掉羊去尋寶。 想法：
水晶商店賺錢，繼續尋寶 VS. 衣錦榮歸	結果：繼續尋寶。 想法：
離開心愛的法諦瑪繼續尋寶 VS. 留下	結果：離開，繼續尋寶。 想法：

　　討論方向4：以全書主旨來思考，可以設計以下兩個題目來引發討論：

1、牧羊少年最後有尋到寶藏，是圓滿結局。如果沒有呢？是否這趟旅途純屬白費？或是書中的寶藏，也是一種象徵？

2、本書情節，是少年小說最常運用的模式：離家 → 追尋 → 返家。不論《綠野仙蹤》、《青鳥》都與本書類似，皆為：繞了一大圈，又回到原點，要追尋的目標是本來就有的、或本來就在身邊的。但如果沒有這趟追尋之旅，也不可能知道答案。但在實質意義上，每趟旅程又有所不同。試比較一下這些書的異、同點。也可深入探討這三本書：他們追尋的目標一樣嗎？找到寶藏的方式一樣嗎？最後得到的東西一樣嗎？

面對人生必經時刻的《小王子》

　　《小王子》是世界上被譯為最多不同語言版本的文學小說，由法國作家安東尼·迪·聖-修伯里講述一個飛行員在沙漠中因飛機迫降，遇見小王子。他聆聽小王子述說他的 B612 星球與六個星球之旅、來到地球後遇見的人物與經歷的事件。小王子提出許多問題，對談中，飛行員更加了解小王子，並與自己的人生對照省思。

　　本書是世界上被譯為最多不同語言版本的文學小說，2017 年 4 月，出版了第 300 種語言版本（Hassanya―北非變體的阿拉伯語）。作者安東尼·迪·聖-修伯里是飛行員，1935 年曾遇意外，迫降在沙漠，走了五天。因此書中的沙漠迫降，是作家親身經歷。但在二次大戰對抗德軍戰役中，作者卻不幸於 1944 年 7 月執行飛行任務時失蹤。1988 年，一位漁夫在法國馬賽港外捕獲他的飛行員手鍊。

　　因為本書知名度高，有些新發現的小行星，會以本書相關資料來命名。比如 1975 年的「2578 Saint-Exupery」小行星（作者名字）。而且互文自本書的出版品與影視、藝術等作品相當多，比如 2015 年有 3D 動畫電影《小王子》。世界各地的展覽與紀念郵票不計其數。日本也有小王子博物館。

　　而其內容及形式的簡要分析如下頁的「《小王子》快速剖析」。

⟹ 帶讀《小王子》時的 6 個注意重點及「3F 提問法」思考

　　雖說《小王子》膾炙人口，但在導讀時仍有不少地方要注意：

1、本書插畫亦為作者手繪，充滿純真童趣。小王子的形象，在文學中被視為是一種純真童年的原型代表，但因為純真，所以需要歷練與啟蒙，但最終希望回到純真原點。可以說，全書就是一趟人生意義的追尋與修行之旅。

《小王子》快速剖析

原書名與出版日期
英語《*The Little Prince*》（1943 年美國初版），
法語《*Le Petit Prince*》（1945 年法國初版）

作者
安東尼・迪・聖－修伯里
（Antoine de Saint-Exupéry），
法國，1900—1944

臺灣出版社及譯者
愛米粒出版，艾林譯

適讀年齡
國小五年級以上

本書內容及形式剖析

小說內容	重要形式技巧
主題：人生意義、重要價值、愛的真諦 1、主要角色：小王子、玫瑰花、狐狸、飛行員 2、主要場景：沙漠與六個星球、小王子的 B612 小行星。 3、主要時間：飛行員六年前與小王子相遇，小王子在地球一年。 4、主要情節：飛行員在沙漠中遇見小王子，小王子向他描述了自己的星球、心愛的玫瑰花，以及六個奇妙的星球之旅。最後來到第七站地球，認識一些人與豢養了狐狸。書末，小王子與飛行員道別，讓黃蛇帶他踏上歸程。	1、結構：回憶倒敘。 2、敘事觀點：第一人稱（飛行員）。 3、主要手法：充滿哲學含意的對話，與優美的文句、童趣的想像，令人心動的溫柔情感。可說結合小說、童話與寓言的豐富文本。

2、雖為法國作品，但大戰之故，反而先在美國出版，二戰結束才在法國出版。本來小說中有一段寫著「小王子憂傷時就去看落日，有一天看了 43 次落日」，其實作者是暗喻 1940 年，德國納粹花了 43 天攻下法國。之後因作者 44 歲英年早逝，法國版開始改為「看了 44 次落日」。可在帶讀時，強調真實人生反映於作品中的感傷。

3、本書許多佳句常被引用。但更重要的其實是書中對「人生什麼是重要的」有許多省思。所以它有許多議題可以與小讀者深入討論。人生哲學不會有標準答案，但願意思考與反省，並進而應用，是閱讀本書很重要的心態。

4、書中的賣止渴藥丸商人覺得：省下時間很重要，小王子卻有不同看法。這一段，不妨與德國麥克‧安迪的《默默》對照。在《默默》中，灰衣人勸大家「儲存時間」，不要花時間探望家人、送花給情人等。兩書對時間的應用，可以比較討論。

5、建議中學後，可延伸閱讀作者的《風沙星辰》、《夜間飛行》，描述飛行員的人生觀察與哲思，會更了解《小王子》的創作背景。

6、重要象徵或寫作手法：

（1）小王子的玫瑰，象徵愛情。地球上有千萬朵玫瑰，卻只有自己的這朵（有付出）才是真愛。狐狸又是另一種愛，尤其是豢養（或譯馴養）這一段，詳述人際關係的藝術與美好，可好好帶讀欣賞此章節。

（2）綿羊：意味著心，不能長角、不可生病或老化。平常看似溫順，安放於箱內，卻也必需戴上口罩，以免帶來誤傷。

（3）小王子的星球之旅，像是人性修煉之旅。六個星球上各代表人性的弱點，例如：國王是可笑的統治者，還會自找台

階（自大井底蛙）；虛榮者追求毫無意義的掌聲（名聲）；酒鬼自欺（逃避、作繭自縛）；商人追求虛幻數字（貪婪）；點燈人（愚忠、不懂變通）；地理學家閉門造車（自以為是、是非不辨）。

（4）黃蛇是死神，或說人生終點、人生之謎。蛇曾說「每當我遇見人，我都會把他送到原來的地方」，意思是人生終點是回到原點。蛇在開始也出現過，其象徵意義可開放討論。

（5）星星在本書的意象十分豐富，可以說代表夢想、希望（因為抬起頭就看得到、發出光芒、一直都在）。

（6）沙漠，暗喻成人的心雖廣闊卻乾枯，幸而藏有一口井，有希望湧泉的可能。但因為是藏在某處，所以需要尋找與挖掘。

《小王子》的小說 3F 提問法思考

項目	參考題目
Fact 我讀到	1、若你是童話星球旅行社社長，請設計一張海報，簡介「小王子的星球之旅」前六站，以及各站特色。 2、狐狸教小王子如何與他建立關係，也就是如何豢養他。請簡述狐狸的步驟。 3、小王子送給飛行員的離別禮物是什麼？
Feeling 我覺得	1、飛行員一開始畫的那幅作品 1 號，其實是蛇吞大象。要是你，你覺得它像什麼？ 2、書中說了兩種愛。小王子與玫瑰花，小王子與狐狸。你覺得哪種愛比較讓你感動？你分辨得出兩種愛有何不同嗎？

項目	參考題目
	3、賣止渴藥丸的商人覺得：省下時間很重要。你覺得呢？
	4、狐狸與小王子的愛中，先是建立關係，卻又必需離別。小王子對狐狸説「你什麼也沒得到」。你覺得狐狸有得到什麼？若是你，你覺得這種「得到」是值得的嗎？
	5、書中常提到「大人」，而且多半是負面的描述。你覺得書中對大人描述中，你最贊同的是哪一點？你不太同意的是哪一點。
	6、全書中你最喜愛的句子或段落是哪一段，請輕聲朗讀，並試想像作者的用意。
Finding 我發現	1、作者以許多段落描述小王子的性格，你會如何形容小王子？並説理由。比如：小王子是善良的，因為（ ）。
	2、飛行員為小王子畫的綿羊是裝在箱子裡的，但他卻説「真不幸，我已經看不見箱子裡的綿羊了。」這是什麼意思？
	3、喜歡下命令的國王説「審判自己比審判別人困難多了」。你認為困難之處在哪裡？
	4、酒鬼喝酒，是為了要忘掉愛喝酒的羞愧。這其中的矛盾在哪裡？
	5、計算星星的商人，真的擁有它們嗎？小王子説自己有幫「擁有的」火山疏通，商人卻沒給星星好處。你認為作者對「擁有」的定義是什麼？
	6、對地理學家來説，山很重要，花不重要。你認為他説的理由有道理嗎？你同意嗎？
	7、小王子説：「星星很美，是因為有一朵看不見的花。」、「沙漠美，是因為總有個地方，藏著一口井。」，你認為這兩種美，相同與不同之處在哪裡？

項目	參考題目
	8、「人們要找的東西，在一朵玫瑰或一點水裡就能找到。但是用眼睛看不到，得用心去找。」你認為這句話的「找到」，是找到什麼？ 9、飛行員知道小王子已經離開了。然而書末最後一句又寫著「他回來了」，指著是什麼回來了呢？

⇒《小王子》的「延伸活動」設計

延伸活動 1：列出一張清單，看看自己被什麼東西「豢養」？

延伸活動 2：小王子說他憂傷時會去看落日，你憂傷時會做什麼？或是你想勸好友，憂傷時做什麼？

延伸活動 3：電影欣賞《奇蹟 I wish》，是由日本是枝裕和導演拍攝，於 2011 年上映的故事。因雙親離異，兄弟被拆散各自跟父母同住，但心中都希望能恢復如從前一般闔家生活。哥哥從同學處聽見一個傳聞：在九州新幹線通車那天，如果能看見南下與北上列車第一次交錯的瞬間，就能許下願望，然後奇蹟就會出現。於是一群孩子帶著各自的心願，找到一個能觀看火車交錯之處，大聲說出他們的心聲。

「人生意義／重要價值」推薦書單

書名與作者	簡介	適讀年齡
《狐狸不說謊》（ *Füchse lügen nicht*, 2014），烏利希‧胡伯（Ulrich Hub）著	充滿寓意的德國警世小說，書中各種動物各有象徵。一隻狐狸帶著謊言而來，卻也揭開每隻動物身上亦有不可告人之隱秘。然而在顛覆勝負過程中，最終改變最多的，卻是狐狸自己。	國小五年級以上
《惡童》（ *Intet*, 2000），燕娜‧泰勒（Janne Telle）著	少年皮爾‧安東，鼓動同學以十分激烈的「意義之堆」來證明人生意義的存在：每個人輪流獻上自己覺得最珍貴的，再指定下一個人必需給出什麼。隨著人性的複雜，慢慢演變成瘋狂事件，有些人必需交出的東西是根本不該給的。是十分需要深思的丹麥少年小說。	中學以上
《默默》（ *Momo*, 1973），麥克‧安迪（Michael Ende）著	全書以「時間」為主軸，以小女孩默默（知道真正值得付出的是什麼），與灰衣人（控制時間、純然理性，管理節省時間，實則卻是失去人性）做對比，藉由時間老人「秒分鐘教授」，提醒世人珍惜每個「特別的瞬間」，喚回枯竭的心靈。	中學以上

書名與作者	簡介	適讀年齡
《口琴使者》（ *Echo,* 2015），潘・慕諾茲・里安（Pam Muñoz Ryan）著	三段不同時空故事，到最後才有了交集。議題多元：種族、戰爭、經濟蕭條；元素很多：戰爭、音樂、神話、成長、背叛、守護、命運等。流暢又富感情的說書語調，讓讀者最終融合出「人性有光」的感謝與滿足	中學以上

《看不見的敵人》
尋求「人際關係／友誼互助」

　　我曾在國際新聞中，看到極端的少年心理病例，有少女嫌自己在社群網站中的身材不夠好，於是採用激烈減肥法，導致厭食症，嚴重得幾乎致命。一個男孩每天在社群網站上傳自拍照，被批評不帥，於是拍更多，直到每日必需上傳數百張，最後壓力大到決定自殺，幸而經過心理治療救回一命。

　　青春期十分在意同儕想法，尋求認同。人際關係絕對是少年期一該說所有時期的人生重要課題吧。《看不見的敵人》，敵人是誰，會不會就是自己（心魔）？

崎嶇顛簸的成長道路《看不見的敵人》

　　由日本作家阿部夏丸撰寫的《看不見的敵人》，主要在講述小學六年級的健二，被鄰村小學高年級生欺負。健二的同學阿徹（打架高手），邀集聖陽（功課好，心機多），五年級學弟拓也（純真善良），向鄰村小學下戰帖，替健二討回公道。其實健二心中充滿掙扎與矛盾。之後又認識轉學生阿敦，因為阿敦來自不同社區，被排擠，健二只能偷偷與之為友。但最終，原本彼此為敵的孩子們，卻必需面對共同的敵人：大人。

　　本書與《說謊的阿大》、《不會哭泣的魚》並稱阿部夏丸的河川三部曲。其中，作者阿部夏丸曾當過書店店長、幼兒園圖畫教師，1995 年以《不會哭泣的魚》出道，即獲日本坪田讓治文學賞、椋鳩

《看不見的敵人》快速剖析

原書名與出版日期
日文《見えない敵》，1998 年日本初版

作者
阿部夏丸，日本，1960 —

臺灣出版社及譯者
親子天下出版，游韻馨譯

適讀年齡
國小四年級以上

本書內容及形式剖析	
小說內容	**重要形式技巧**
主題：勇氣、人際關係、真假友誼、相互排擠或和平共處 1、主要角色：小學六年級的阿健與同學們 2、主要場景：學校與孩子們的戶外活動 3、時間：六年級四月到九月 4、主要情節：健二總是被領頭的阿徹牽著鼻子走，就算明明不想做的事，也只能硬著頭皮盲從。認識轉學生阿敦，開啟他良善友誼互助的溫暖，卻在阿徹決定排擠外來轉學生中，軟弱屈服。最終大人焚燒草原，也燒掉男孩珍貴的秘密基地，阿徹終於也感受到被打擊、傷害的痛苦。	1、結構：單線依時間順敘。 2、敘事觀點：全知觀點，但以健二為主，詳述其內心世界，偶而加入拓也與阿敦的一點想法。 3、主要手法：作者以大量寫實手法，描寫孩子們在大自然中的快意生活，不論捉昆蟲、釣魚、採水晶石，充滿處於森林田野的舒坦。再穿插著「人為」不美好：同學之間的以強欺弱，本地人排擠外來住民，影響孩子也如此。在靜美自然與醜陋人性之間，彰顯出對比的張力。

十兒童文學賞。之後作品多以河川田野為主要背景，因而被趣封為「河川歐吉桑」。

　　而其小說內容及重要技巧分析如上表的「《看不見的敵人》快速剖析」。

⇒ 帶讀《看不見的敵人》時的 5 個注意重點及 4F 提問法思考

1、阿部夏丸的著作，總是帶著讀者走進大自然，尤其擅長以河川生態為背景。因此除了讀到許多原野清新氣息，得到相關專業知識，以物喻人，更是作者的特色。帶讀時可先提醒小讀者此點。

2、全書滿是以昆蟲、魚類等大自然之物，對照人際關係象徵。比如健二與阿敦在水晶山遇到的大人，以龍蝨比喻被排擠的人（明喻），且有正面想法（不必怕被排擠）。可引導小讀者專心找到這些象徵意味濃厚的明喻或暗喻（如：健二想起拓也說：「你人很好。」於是將好不容易釣到的魚，倒回河裡，隱喻健二心裡存著善念）。

3、書中許多對自然風光的描寫，充滿恬靜安詳，也讓這些場景中的孩子們，舒適而和諧。然而又有不少敵對、衝突事件發生，充滿不安。作者在安排一緊一鬆的小說節奏感上，頗費心思，故意造成明顯反差效果，以供對照。

4、全書充滿健二的心裡獨白，字體上刻意不同。此部分應能引起讀者許多共鳴。這是人性的不安，成長道路上滿佈著荊棘；提醒多在這些想法上，試著體　會。

5、書名《看不見的敵人》是由阿敦說的，接著阿徹也使用。對書中重要角色而言，看不見的敵人是誰？真的看不見，還是不願看見？還是看見卻假裝沒有？

以下整理本小說的「4F 提問法」進行思考討論。

《看不見的敵人》小說 4F 提問法思考

項目	參考題目
Fact 我讀到	1、全書中説了不少自然知識，説説你印象最深的三件事。 2、依時間軸，簡要列出書中孩子們共同做的重要活動。比如：比賽誰先捉到首支鍬形蟲 →_____ 3、以健二為中心，列出書中重要的人物關係圖。 4、依順序列出書中的強欺弱（有點霸凌的味道）事件，從健二被搶走鍬形蟲開始。 5、列出書中出現的「敢於反抗」場景。比如：拓也與大家不同，善待捉到的敵人，還請他吃糖。
Feeling 我覺得	1、對於健二不時的矛盾，你覺得最令你不能理解的是哪一段？如果是你，你會怎麼做？ 2、書中重要角色中，你最認同的是誰？你欣賞他的哪一點？ 3、阿徹在聖陽家聽《小白獅王》唱片，卻覺得不好聽，疑惑：「為什麼大家都説好，連老師都稱讚這音樂好？」後來他的領悟是《小白獅王》中沒有大壞蛋，邪惡一方很容易就被打敗，難怪他覺得無聊。你覺得是這樣嗎？你覺得阿徹會這樣想，表現出哪種性格？ 4、同一件事，卻造成不同感受，阿敦對健二說：「我們想法一樣，表示個性很合。」健二覺得開心，但也知道若是阿徹，會覺得噁心。你覺得跟別人不一樣（尤其是有影響力的人），你會擔心還是沒關係？ 5、城裡來的學生（比如阿敦），被鄉下地區學生排擠（比如阿徹不准大家跟他們玩），其實是受大人影響。你覺得大人為何如此？

項目	參考題目
Finding 我發現	1、書中第一次出現「看不見的敵人」是阿敦說的，他分析秘密據點與秘密基地的不同，基地是用來攻打「看不見的敵人」。想想這段作者的真意是什麼？ 2、全書中常出現健二心裡的矛盾，請列出三個你認為最具衝擊力的矛盾，並試想健二在此情境中，其實傾向哪個選擇？但為什麼反其道而行？例：第三章「錢龜」，當拓也好意送健二錢龜，健二反而大罵他，還說不要。健二到底在氣什麼？ 3、阿敦為轉學生美雪出頭，健二表示：「你竟然敢反抗阿徹？」阿敦卻說：「我並不是為了反抗才那樣。」阿敦是為了什麼？ 4、阿敦的爸爸以兩個國家的各科分數為例，說明不同專長的人帶來豐富文化。你認為這兩種型態，哪種比較適合現在的我們？ 5、健二遇到的矛盾中，有兩次採取「逃離現場」，一次是疏浚捉魚，一次是在阿敦家。比較兩次的異同，以及健二選擇逃離的內心想法。 6、你認為健二對阿徹又愛又恨的兩種心裡，背後理由是什麼？阿徹這樣的性格，你會選擇與他為友嗎？ 7、比較一下阿徹、拓也、阿敦三個人性格有無共通點？最大不同是什麼？ 8、阿徹圍攻阿敦、美雪，硬要大家攻擊他們是外來人。當健二終於勇敢說不，被摑耳光後，又服從了。這段作者的寫法，是當阿徹與阿敦先是相瞪，但走過後，眼睛盯的是遙遠的前方，已非對方。你認為阿徹與阿敦真正凝視的目標是什麼？ 9、以健二為主角，並呈現他許多內心告白，讓我們讀到成長期的許多擔憂與快樂。你認為健二與你有何共通點？

項目	參考題目
	10、最後一幕是阿徹、阿敦與健二看著大人焚燒外來的「北美一枝黃花」，三人心中也像被燃燒著。你認為三人心中為什麼而痛？
	11、從書中寫到的親子關係，分析阿徹、健二、阿敦的性格，是否也跟家長的教養方式有關？
	12、書中出現許多場景，是作者有意以大自然現象來比喻、對照人類行為。你能找出幾種？比如：大人燒黃花，意味著大人對「外來人、非我族類」的排斥，且還刻意安上莫須有罪名——有毒。（此舉被阿敦説成像是「獵巫行動」）。
Future 我將來	1、健二其實有自覺到：自己是懦弱的。當最後面對阿敦圍攻，勇於挺身反抗時，卻被阿徹打一巴掌，便又屈服。就你的觀察，人性果然很軟弱嗎？你未來面對此種明知不公不義的事，會做何種選擇？最大考慮點是融入同儕、合群，還是敢於選擇對的一邊？
	2、你認為事件過後，將來阿徹與健二會有所改變嗎？你認為期待別人改變可能嗎？如果不可能，將來我們仍會不斷遇到欺壓自己的人，怎麼辦？

⇒ 延伸活動：《小魔女 Matilda》電影欣賞

電影欣賞《小魔女 Matilda》，1996 上映，改編自羅德·達爾原著《瑪蒂達》（Matilda）的電影，小女主角清新可愛，又一臉聰敏相，十分符合原著中愛書小女孩的模樣。劇情輕鬆中又充滿對「壞大人」的嘲弄，甚至讓他們吃盡苦頭。適合國小三年級以上共賞，賞完影片相信再閱讀原著小說，更無礙流暢。

「人際關係／友誼互助」推薦書單

書名與作者	簡介	適讀年齡
《班上來了一隻貓》（さすらい猫 ノアの伝説, 2010），重松清著	以象徵意義的流浪貓諾亞，一句「你們班被選中了」來宣示面對問題的態度。書中處理的學生問題，如學長霸凌、因倔強誤事等，是成長過程常見困擾，主軸方向是：「所謂的勇氣就是找回失去的東西、絕不跟著做不對的事、幫助有困難的人」。但以貓串接，一付淡定之姿默默推動，便是作者不想直接喊口號的「不介入、只說故事」高明手法。	國小三年級以上
《其實我不想說》（I Hadn't Meant to Tell You This, 1994），賈桂琳·伍德生（Jacqueline Woodson）著	一黑一白兩個女孩，發展出一段攜手互助的友誼。當蕾娜對梅笠說：秘密讓兩人友情長存，其實也意味著彼此交心信賴。	國小四年級以上
《少女三劍客》（Raymie Nightingale, 2016），凱特·狄卡密歐（Kate DiCamillo）著	曾獲紐伯瑞金牌獎的作者以輕盈、甚至帶點誇張的筆法，寫出三個小女孩如何在各自困境中，拔出利劍，互助互愛，共度難關。是充滿陽光的勵志故事，卻又不板著臉說教。	國小五年級以上

書名與作者	簡介	適讀年齡
《晴空下與你一起狂奔》（あと少し、もう少し，2001），瀨尾麻衣子著	六位跑者，以不同心態進入田徑社。有人不愛跑步，但必需歸屬團體才有安全感；有人對什麼都放棄；還有人先天「運動型貧血」。每個角色的弱點，其實意味著青春路上某道障礙。作者還故意安排指導老師對田徑一竅不通，帶出「你們得靠自己」的無力現實狀態，更顯意味深長。	中學以上

《巧克力戰爭》、 《別告訴愛麗絲》 正視「霸凌議題」

　　雖然難過也得誠實承認，校園霸凌已成為少年小說的主流議題，這背後有太多複雜因素造成，而且坦白說，並非今天才這樣。古典小說中，從來也不缺同儕之間以強欺弱的情節。這種跨世代的無解命題，慶幸的是在現代，我們有更多讀本可學習，更多輔導系統可及早介入，協助需要的孩子勇敢走出陰影。

　　眾多霸凌議題小說中，以《別告訴愛麗絲》當主題書，是因為我喜愛童話愛麗絲，也因為本書不僅有議題，更有文學。《巧克力戰爭》更是少年小說必讀的震撼之書。

變色青春與偽善校園的《巧克力戰爭》

　　由美國作家羅柏‧寇米耶撰寫的《巧克力戰爭》，在講一位剛轉至三一高中的學生傑瑞，不想服從學校命令，加入不合理的義賣巧克力行動，惹毛學校黑道集團「守夜會」與貪腐的師長雷恩修士。不但慘遭霸凌，最後還藉著拳擊賽為名，讓一名惡霸學生將傑瑞擊倒送醫。原本過程中也有人想跟著起身反抗，不再義賣巧克力，卻在守夜會主腦——亞奇操控下，無法改變情勢。校園繼續由貪腐者掌權，霸凌者依然稱霸校園。

　　本書於 1988 年改編為同名電影《巧克力戰爭》，不過電影改變

了結局，若有機會觀看，可與小說對照討論。小說靈感來自作者的兒子親身經歷：就讀高中的兒子被學校要求要義賣巧克力，為學校募款，但兒子想拒絕。

因書中挑戰教育及宗教體制，常被保守團體列為禁書。比如 2000～2009 年統計的百本禁書（Top 100 Banned/Challenged

《巧克力戰爭》快速剖析

原書名與出版日期
英文《*The Chocolate War*》，1974 年美國初版

作者
羅柏‧寇米耶（Robert Cormier），
美國，1925 — 2000

臺灣出版社及譯者
遠流出版，周惠玲譯

適讀年齡
中學以上

本書內容及形式剖析	
小說內容	重要形式技巧
主題：校園霸凌、勇氣、權威、人性之惡 1、主要角色：傑瑞、亞奇、雷恩修士 2、主要場景：三一高中 3、時間：高中一段時期 4、主要情節：不想參與義賣巧克力的傑瑞，被守夜會與老師惡意圍攻，最後在拳擊賽中被擊倒送醫。	1、結構：單線順時間敘述 2、敘事觀點：全知 3、主要手法：語言簡潔，亦有不少年輕人的寫實粗話。節奏快、情節快速推進，讀來處處有衝擊。

Books），本書名列第三，第一名是《哈利波特》。另有續集《超越巧克力戰爭》，1985 年出版。可繼續閱讀，加深思考。

而本書的內容及形式分析如上表。

⇒ 帶讀《巧克力戰爭》時的 5 個注意重點

1、本書大量寫實描述人的殘暴行徑，不論在肉體或心靈；從各具不同原因而有暴行的高中生，到腐敗的師長雷恩修士。閱讀本書並不愉快，但每個不斷迭起的衝擊點，正是需要深刻省思的點。建議先讓小讀者一口氣讀完，各自思索數日後再討論。

2、被貼在傑瑞置物櫃那張海報，文字出自詩人艾略特的：「我敢不敢撼動這宇宙？」是全書焦點。雖然主角傑瑞以行動證明他想撼動，但內心深處亦不斷質疑自己，甚至結局也讓他不但未能撼動，還被擊垮。此部分可深入討論：如果一件事註定失敗，或早知會失敗（像遭命運懲罰的薛西弗斯），那麼還要起身撼動嗎？以本書為例，傑瑞是徹底失敗，還是其實有撼動一點什麼？

3、本書出現不少心理學上的恐怖運用，比如：雷恩修士對根本沒作弊的學生不實指控；以及守夜會主要任務分派者亞奇數度扭轉局勢，轉而對他有利。人性容易被洗腦嗎？為什麼人可以不辨是非？建議不妨與與另一本少年小說《浪潮》對照共讀。

4、全書將所有人樹立為三方（不論背後各自的理由為何）：放棄一切、換取和平者，比如多數的學生。稱霸校園、掌控一切者，比如雷恩修士與守夜會、詹達等。想起身反抗不公者，比如傑瑞與唯一好友羅花生。可帶領小讀者思考：對應自己曾經歷的事件，是否如此？以及為何會如此？人性本善還是本惡？

5、重要象徵及寫作手法：

（1）三一高中的三一，原本意思為聖經中的三位一體（聖父、聖子、聖靈），然而在本書中卻不無諷刺的用來比喻學校三方惡霸「雷恩修士、亞奇與守夜會、其他校園惡霸」三位一體。

（2）第一章描述傑瑞在球場四面受敵，已埋下他會被圍勦的伏筆，尤其是首句「他們宰了他」一語雙關。此處的「宰」除了美式足球場上的圍攻，也預告最後發動學生們孤立傑瑞，並以拳擊方式藉一人之手痛宰傑瑞。續集的首段是「傑瑞‧雷諾回到典範鎮的那一天，雷‧班尼斯特開始建造斷頭台」，也有象徵意義。

（3）小說開頭是在球場，以傑瑞為主的描述，無比堅強的對抗挑戰。小說結束也在球場，傑瑞被擊倒送醫，兩個霸凌者坐在球場邊對話，並回憶開頭時，他們就是在此相中傑瑞，做為任務犧牲者。前後的呼應，象徵著傑瑞其實不知道自己只是「被觀看」者，僅是一名被擺佈的角色（原以為是自己人生的主角）。

（4）以美式足球、義賣巧克力為主要事件背景：球場以暴力攻擊取勝，巧克力則甜美柔順。當善於蠻力作戰者最大任務，卻是必需推銷甜美，具有反差效果。

（5）主要角色亦多有象徵意義：本該清心寡欲的修士擔任學生導師，卻貪腐極權、官官相護。傑瑞父親是藥劑師，卻救不了自己與兒子。「守夜會」本為守護之意，卻是作威作福的黑道集團。又如亞奇的名字也有象徵意義，原書中已由譯者加上許多註釋，可注意參照。

（6）第三章遊民對傑瑞大喊：「不要錯過你的公車」（公車可載人前進、抵達目標，象徵人生旅途），以及在公車看到塗鴉「為什麼，為什麼不」，是開啟傑瑞思索自己人生的轉捩點。可從此部分起，整理出讓傑瑞逐步轉變的各階段重要事件，以便歸納出為何他堅持與全校對抗。

（7）置物櫃中那張海報，也充滿象徵。它是被貼在意味著私人之處所（內心），海報圖像：遼闊天邊閃著孤星、獨行男子顯得渺小，傑瑞之前讀過艾略特的《荒原》。這些都聚焦出明顯有力的意像：傑瑞的孤立。

（8）十九號教室一夜之間被拆解螺絲，第二天全教室半分鐘之內瓦解。意味著本該支撐教育的建築（體制），多麼脆弱。

⇒ 關於《巧克力戰爭》的討論與思考

當孩子都讀完《巧克力戰爭》後，可以下面的問題來探討：

1、書中那麼多霸凌者，請列出你也不敢抗拒的前三名，並想想你的內心恐懼是什麼？

2、傑瑞前十天拒賣巧克力，是因為守夜會給他的任務。當任務結束，他居然繼續拒賣，書中此段的描述是：「城鎮倒塌。地球裂開。星球傾斜……整個宇宙掉入恐怖的寂靜中」。請想想傑瑞為何在此關鍵點敢於說「不」？以及作者此處的「寂靜」是什麼意思？

3、書中安排一位默默支援傑瑞的朋友羅花生，但他自己也是弱勢。請想想作者為何書中一面倒的出現無數惡霸，並似乎讓讀者看不到希望？因為根據書末伏筆，顯然貪腐的雷恩修士會升官當校長。

4、第六章雷恩修士無端指控貝利作弊，運用的是什麼扭曲的心理學？請深思其中如何積非成是。在他一連串的謬誤邏輯中，你找得出如何反擊嗎？

5、亞奇是本書重要角色，雖為大反派，但不時看見「連他自己都受不了自己這麼說、他想到自己也會傷害小老太婆，身上起了一陣寒意」等，似乎是個害人不淺、卻明知自己不對的人。想想是什麼原因讓人可以明知故犯？

6、書中黑盒子裡的六顆骰子，是亞奇每次指派任務後，必需先通過的「白骰子」認證。想想作者這樣安排的意義？

7、你接受本書的結局安排嗎？你認為作者讓「撼動宇宙」之舉失敗，用意為何？

8、書名《巧克力戰爭》，主要是講戰爭。想想書中有哪些戰爭？

⇒ **延伸活動：觀賞歌劇《犀牛》**

　　羅馬尼亞籍的法國劇作家尤金　尤涅斯科（Eugène Ionesco）經典劇作《犀牛》（*Rhinoceros*, 1959），常被歸類為荒謬戲劇的代表之一。此劇所描寫的主題與本書相同：處於低下階層、但一直保有獨立性的白朗傑一人對抗全鎮；以魔幻荒誕手法，描述全鎮一窩蜂跟隨、逐一變成犀牛後，唯有他大喊：「我要對抗每一個人，我要保衛我自己；我是最後的一個人，我一定堅持到底，絕不投降！」若有機會觀賞此戲劇，或閱讀劇本，可與本書對照討論。

面對群體中的惡意《別告訴愛麗絲》

　　因紀念經典童話《愛麗絲漫遊奇境》出版 150 年紀念而寫《別

告訴愛麗絲》，書中主角八年級的愛麗絲・畢奇原想藉著參加校園女王舉辦的派對，融入群體，不再被排擠，豈料派對上摔下樓梯，陷入昏迷。

全書以雙線交錯陳述：一為經典童話愛麗絲的情境，愛麗絲・畢奇在此情境中遇見白兔、瘋帽客等人，並倒敘她六年級起至今的真實生活。另一線是摔傷後的醫院場景。愛麗絲最後復原，並寬恕加害者。

作者凱西・卡瑟迪創作的少年小說，在英國皆為暢銷書，還三度獲票選為「青少年女王」。

而全書的內容簡要分析如下頁的快速剖析。

⇒《別告訴愛麗絲》帶讀時的 5 個注意重點

1、原書名《Looking Glass Girl》取自經典童話、愛麗絲的第二集《愛麗絲鏡中奇遇》，但更是美國社會學家庫里（Cooley）提出的「鏡中自我」（looking-glass self）概念。意思是我們常會想像自己在別人眼中的樣子，別人就是鏡子，然後又依此想像來認定自己就是那樣。淺言之，我們常活在別人的定義中。書中的愛麗絲，顯然就是覺得自己被勝利組蔑視，而希望獲取認同。所以，可先帶領小讀者思考：本書中愛麗絲的「鏡子」是誰？

2、本書是為《愛麗絲漫遊奇境》150 週年紀念之邀而寫，於是必需搭著原有元素；這種互文自經典的創作，正是最佳的文學技巧練習。

3、作家筆下的愛麗絲，與經典的愛麗絲不同，可以想想其用意。列表、或討論一下：《愛麗絲漫遊奇境》的愛麗絲，與本書的愛麗絲在性格上有何異同，作家為什麼要這樣寫？

《別告訴愛麗絲》快速剖析

原書名與出版日期
英文《**_Looking Glass Girl_**》，
2015 年英國初版

作者
凱西・卡瑟迪（Cathy Cassidy），
英國，1962 ─

臺灣出版社及譯者
親子天下出版，黃意然譯

適讀年齡
國小六年級以上

本書內容及形式剖析

小說內容	重要形式技巧
主題：校園霸凌、寬恕、自我認同、親子關係 1、主要角色：愛麗絲（被霸凌者）、校園女王莎薇、蓮妮與雅絲（愛麗絲原來的手帕交） 2、主要場景：醫院、校園、莎薇家 3、時間：愛麗絲六年級至八年級 4、主要情節：與愛麗絲原本情同姊妹的好友，升上七年級後，不但漸行漸遠，還加入校園女王莎薇的圈子內，開始霸凌愛麗絲。想融入群體而參加派對的愛麗絲，不幸摔傷，這是意外還是刻意傷害？倒敘情節中，終於揭開真相。	1、結構：雙線交錯。第一條線為摔傷開始的現實情節。第二條線為童話故事《愛麗絲漫遊奇境》的重要片段＋倒敘式的回憶。 2、敘事觀點：第一條線為全知觀點，第二條線為愛麗絲第一人稱觀點。 3、主要手法：虛實交錯，以童話情境，暗喻被霸凌者的心境。

4、本書除了女孩的互動，對家庭背景也有描寫。可以請小讀者注意幾位主角的家人關係，想想是否也對女孩性格造成影響。

5、本書最重要的討論應該是 Feeling（我覺得）類，因此不必刻意採用「4F 提問法」，可多集中在設身處地類的議題。

⇒ 帶讀《別告訴愛麗絲》時的討論與思考

以下就設計四款關於《別告訴愛麗絲》的討論題學習單，提供參考。例如：《別告訴愛麗絲》既以雙線進行，必然是因為可以互相對照，因此可依時間列出各章的簡要情境，試著引導小讀者們填入自己的想法。或討論書中角色彼此關係，以及愛麗斯的矛盾所產生的心境變化、劇情的關鍵變化⋯⋯等等。

《別告訴愛麗絲》學習單 1 ／情境與想法對照

說明：本書既以雙線進行，必然是因為可以互相對照。下表依時間列出各章的簡要情境，試著填入你的想法。

童話愛麗絲情境 與昏迷愛麗絲的幻想	搭此情境的真實情節 （倒敘或現狀）	猜測作者這樣寫的用意
掉進兔子洞，兔子說：「走吧，我們遲到了。」	摔下樓梯，醫師開始診治	醫師診治，白兔卻說遲到，意味著再不診治（心病）就遲了。
黑暗中有手在戳、刺、推	開始被霸凌	象徵就算以為童話美好世界，也有黑暗的破壞力

童話愛麗絲情境 與昏迷愛麗絲的幻想	搭此情境的真實情節 （倒敘或現狀）	猜測作者這樣寫 的用意
遇見白棋王后		
毛毛蟲問：「你是誰？」		
林中迷路，遇見小鹿		
遇見意見不一的雙胞胎		
愛麗絲喝下「喝我」，縮小		
紅心王后：「砍下她的頭。」		
瘋帽匠勸：「找到回家的 路。」		
愛麗絲力抗紅心王后		
想起瘋帽匠的話，遇見柴 郡貓		

《別告訴愛麗絲》學習單 2／角色關係

說明：請列出《別告訴愛麗絲》角色的家人關係。

角色	書中寫到的家人關係	對角色性格可能的影響
愛麗絲		
莎薇		
蓮妮		

《別告訴愛麗絲》學習單 3 ／矛盾與看法

說明：愛麗絲時常充滿矛盾，想想她的那些矛盾，對你而言，也會是考驗嗎？

愛麗絲的矛盾	你的看法
想上私立中學，卻因兩位好友，選擇上女子中學	
喜愛戲劇與路克，卻在好友前閉口不提	

《別告訴愛麗絲》學習單 4 ／關鍵片段

說明：《別告訴愛麗絲》在書中有些片段或細節，十分關鍵，請思考，並填寫你的看法。

關鍵片段說明	你的看法
1、愛麗絲摔下樓梯的真相是什麼？請你還原現場報導一下，以及試想當時施害者的心態。	
2、書中愛麗絲遭受霸凌的前因後果是什麼？	

關鍵片段說明	你的看法
3、你認為「打入校園女王圈子」跟「勇於離開校園女王圈子」哪個比較難?	
4、蓮妮最後把手覆蓋在愛麗絲手上:「求求你別走。」意味著她仍有一絲人性,還是僅為良心不安,怕遭報應?	
5、書中最後的「寬恕」,你同意嗎?你認為若是你,做得到嗎?	
6、想想你親眼看見或親身經歷的霸凌事件,試著分析背後的原因?以及有無可能有藥方可解?如果沒有,怎麼辦?	

⇒ 延伸活動:我的能量清單

　　《別告訴愛麗絲》附有路克為愛麗絲選擇的播放清單,希望陪著愛麗絲,給她能量。可以請小讀者列出五項「能帶給你力量的播放清單」(不一定是音樂)。

　　比如:王淑芬「能帶給自己力量的播放清單」前三項是:

(1)抱抱心愛的貓巧可(我家愛貓)。

(2)做一本美麗的手工詩集,送給自己。

(3)背誦拜倫的詩句「愛我的,我致以嘆息;恨我的,我報以微笑。無論頭上是怎樣的天空,我準備承受任何風暴。」

「霸凌議題」推薦書單

書名與作者	簡介	適讀年齡
《打架天后莉莉》（*Lili la bagarre*, 2009），哈雪·蔻杭布莉（Rachel Corenblit）著	原本以暴制暴、覺得用拳頭便可解決一切的莉莉，在遇見堅持和平、反對暴力的車臣男孩阿思隆後，態度逐漸改變，進而領悟更好的相處之道。	國小三年級以上
《羅伯特的三次復仇》（*La Troisieme Vengeance de Robert Poutifard*, 2004），尚·克勞德·穆萊瓦（Jean-Claude Mourlevat）著	羅伯特是小學教師，教學期間被學生霸凌。退休後於是擬定計畫，針對三件最讓他無法忘懷的羞辱事件，對已長大的學生展開復仇行動。在母親的協助下，前兩件都順利完成，但是在第三件中，情節逆轉，羅伯特終於也放下心中之痛，重新面對此後的人生。	國小四年級以上
《我是怪胎》，2011 出版，王淑芬著	三個在班上被排擠的學生，各有其理由。在逐步復仇的計畫行動中，卻發現活得快樂，才是最好的報復。但並非駝鳥心態，而是認清人心有其限制與多變，不如讓自己穩定站在邊緣，不被擊落。	國小五年級以上

書名與作者	簡介	適讀年齡
《十字架》，2009 出版，重松清著	被霸凌的高中生自殺後，留下遺書，被列在遺書上的人，此後對人生造成極大改變。目睹霸凌卻選擇旁觀，算是見死不救嗎？背負著自責的十字架，在往後人生不斷痛苦思考。	中學以上
《漢娜的遺言》（13 Reasons Why, 2007），傑伊・艾夏（Jay Asher）著	高中生漢娜自殺前，錄下她的控訴，在錄音帶中，一一點數是十三個人逼使她不得不走上絕路。錄音帶一一寄達這些加害人，引發思索，而第十三個人是輔導老師，也意味著如果有力量的大人，最終能有效伸出援手，是可以阻擋悲劇發生的。	中學以上

《長襪皮皮》
「勇敢冒險」的省思

我們哪時候才能放心地讓孩子敢講出：「別擔心，我一個人沒有問題的啦！」其實讓孩子遠離危險，不如教他們如何面對危險，《長襪皮皮》以童話般的誇張劇情，提醒家長「獨立」與「勇氣」或許是孩子在探索未來世界時很重要的素質。

不乖孩子的冒險故事《長襪皮皮》

由瑞典女作家阿思緹·林格倫為患病女兒說故事時，所創作一位九歲女孩皮皮，帶著一匹馬與猴子尼爾森，住在亂糟糟別墅，鄰居湯米與安妮卡兄妹是她的好友，在皮皮帶領下，三個孩子做出許多充滿驚險卻又趣味收場的妙事。大人眼中冥頑不靈的皮皮，最後救了火災中的孩子，反倒成小英雄。而主角「皮皮」的名字，還是林格倫七歲女兒講的點子。

之後還有出版《長襪皮皮出海去》、《長襪皮皮到南島》等書。而且這本書已有改編為同名動畫與影片，在帶讀時，也可以參考分享討論。

而本書的內容及形式分析如下頁的快速剖析。

⇒ 帶讀《長襪皮皮》時的注意重點及討論議題

這是既幽默又顛覆的趣味小說，閱讀它，像是想像力的大冒險。所以大人千萬不必拘泥於書中皮皮不符規定的部分，請享受它

《長襪皮皮》快速剖析

原書名與出版日期
瑞典文《*Känner du Pippi Långstrump*》，
1945 年瑞典初版。
英文為《*Do You Know Pippi Longstocking?*》

作者
阿思緹‧林格倫
（Astrid Anna Emilia Lindgren），
瑞典，1907 — 2002

臺灣出版社及譯者
親子天下出版，賓靜蓀譯

適讀年齡
國小三年級以上

本書內容及形式剖析

小說內容	重要形式技巧
主題：勇敢、創意、突破框架 1、主要角色：皮皮、湯米、安妮卡、猴子尼爾森先生 2、主要場景：皮皮住家與社區 3、時間：皮皮 9 歲 4、主要情節：孤兒卻力大無窮的女孩皮皮，想法獨特，勇氣十足，會做出讓大人頭疼的違反規定之事，比如不愛上學；也會做出讓大人誇獎之事，比如為受欺負的弱小孩子打抱不平，勇於救災。	1、結構：單線順時間敘述。 2、敘事觀點：全知觀點。 3、主要手法：誇張的筆法，幽默語言，讓讀者意想不到的情節。

的誇大與勇於突破「傳統乖孩子形象」。

1、帶讀本書，請勿將焦點鎖定在皮皮那些不受拘束的行為（比如以蠟筆當口紅、煤炭當眉筆化妝，砂糖是拿來灑的），重點是她的人生態度，帶著小讀者體會這只是一種文學效果，也是一種價值思考，尤其是大人 VS. 小孩的強弱反轉省思。

2、不妨帶著小讀者想想，70 年前的瑞典，能接受這樣的非傳統小說、非傳統主角。如果在現代，臺灣的讀者會怎麼看？不同文化背景的讀者，會「製造」不同的作者，想想是否如此？

3、本書不該太瑣碎討論，建議輕鬆的聊書。參考題如下：

（1）皮皮是個很不一樣的小說人物，請小讀者整理一下她在書中展現的特點。（見下面「主角皮皮的人格特點」表格）

主角皮皮的人格特點

對皮皮的描述	特點說明
年紀	
原名	
髮型	
特殊專長	
穿著	
家人	
住家	
鄰居	

（2）書中描寫許多皮皮做過的事，請說說哪件事讓你覺得最瘋狂？

（3）找找書中哪些片段，會讓嚴肅又沒想像力的人讀了之後大崩潰？它挑戰了什麼？

（4）你能讀到書中有哪些地方，其實是在諷刺大人嗎？

（5）認真想想，書中不少地方也很有道理。比如：鄰居湯米問沒有爸媽的皮皮：「該上床或該做什麼，誰叫你呢？」，皮皮說：「我自己啊。」除此之外，你還有其他發現嗎？

（6）別忘了本書也有許多不可思議的絕妙想法。比如「要上學，才能放假。」請再找找你的其他發現。

（7）如果可以，你最想跟皮皮一起做什麼？

（8）如果你是皮皮的爸爸，有天回到家，會對皮皮說什麼？

（9）你曾在別本書中，看過類似皮皮的角色嗎？或是完全相反的孩子？試著比較一下。

（10）閱讀之後闔上本書，留在你腦中的最終印象，你會說：這真是一本（　　）的書？皮皮真是一個（　　）孩子？

「勇敢冒險」推薦書單

書名與作者	簡介	適讀年齡
《巧克力戰爭》大石真著（日本）	兩個被誤解的孩子，憤而想起身報復。過程中體悟到正當手法取得支持才是正確的。	國小四年級以上
《手斧男孩》（*Hatchet*, 1987），蓋瑞·伯森（Gary Paulsen）著	十三歲男孩因飛機失事，必需憑藉一把手斧與無比勇氣，獨自在原始森林自救生存。	國小五年級以上
《發條鐘》（*Clockwork*, 1996），菲利普·普曼（Philip Pullman）著	冬夜裡作家朗讀新作，故事情節卻成真；鐘錶匠的考驗，能成功嗎。女孩的真愛能拯救命命運嗎？緊湊又充滿哲理的奇幻中篇小說。	國小六年級以上
《謊話連篇》（*A Pack of Lies*, 1988），潔若婷·麥考琳（Geraldine McCaughrean）著	雖不是真正的外出探險，而是骨董家具店內，一個神秘男子帶來的 11 則似真似假的情節，充滿夢境般的描述，在虛實之間，滿足心靈上的浪濤起伏，不亞於外出征戰。	國小六年級以上

《長腿叔叔》
初識「關於愛情」的萌芽

　　心理學家認為，改變青春期最大的情緒因素，除了同儕關係，就是感情了。對愛的憧憬與不安，常是少年小說中的重要元素。不論《少年維特的煩惱》中的極端焦躁，或《暮光之城》的生死相許，必也撼動少年情懷。比較之下，《長腿叔叔》純淨多了。不過，愛情最好的面貌，本該是純淨啊！

少女情懷的《長腿叔叔》

　　由珍・韋伯斯特撰寫的《長腿叔叔》，算是勵志的愛情小說，講的是在「約翰・格列爾孤兒之家」長大的孤女茱蒂，因為寫作專長，受到董事資助，就讀大學。條件是必需寫信給這位董事，練習寫作技巧。因為茱蒂曾目睹此位董事像長腿蜘蛛般的高瘦背影，於是以「長腿叔叔」為名，開始向他報告大學生活。隨著每封信報告內容，茱蒂從沒自信的孤女，逐步成長為獨立女性。最後也與女同學之親戚傑夫展開戀情。最終才知，原來長腿叔叔便是傑夫，因而幸福的收場。

　　本書出版時的美國那個年代，女子受教育讀大學仍有爭議、女子也尚未有全國政治上的選舉權（美國 1920 年才通過婦女投票權）。所以作者藉書中情節，表達該有的女權，十分勇敢。臺灣也是在 1947 年通過的中華民國憲法中，才給予婦女平等的選舉權。

　　而本書的內容及形式分析如下表。

《長腿叔叔》快速剖析

原書名與出版日期
英文《*Daddy-Long-Legs*》，1912 年美國
作者
珍・韋伯斯特（Jean Webster），
美國，1876—1916 年，
媽媽是馬克・吐溫的姪女。
臺灣出版社及譯者
野人出版，趙永芬譯
適讀年齡
國小六年級以上

本書內容及形式剖析

小說內容	重要形式技巧
主題：真愛、少女成長、 　　　女性自主意識 1、主要角色：茱蒂、長腿叔叔、 　　女同學莎莉、莎莉哥哥吉米、 　　女同學茱莉亞、茱莉亞的叔叔 　　傑夫 2、主要場景：孤兒院、大學、農 　　場 3、時間：主要為茱蒂就讀大學的 　　四年 4、主要情節：孤女與資助人一段 　　懸疑但充滿陽光勵志的愛情小 　　說。	1、結構：除了第一章外，全採 　　書信體，且是茱蒂向長腿叔 　　叔的單向報告，並無他的回 　　信。 2、敘事觀點：第一章為全知觀 　　點。書信體部分是茱蒂的第 　　一人稱。 3、主要手法：少女青春式的活 　　潑且直白語言，並於書中加 　　入不少稚氣樸拙小插畫，添 　　加趣味。

⇒ 帶讀《長腿叔叔》時的注意重點及討論議題

　　現代人讀《長腿叔叔》，說不定會覺得「這根本是麻雀變鳳凰、灰姑娘的故事嘛」。但這本書可是一百多年前的著作，在那個父權時代，書中的茱蒂，代表著勇於展現自我，更是夢想成真的勵志象徵。我年輕時初次讀它，不但為它幽默輕鬆的內容吸引，也沉醉在等待白馬王子的憧憬中。

　　所以，如今讀它，反而能以「當現代女孩不必等待白馬王子」的心態對照出當時作者與塑造的書中茱蒂，是何等勇於開創心靈，打造屬於自己的種種可能。這也讓我想到夏綠蒂・勃朗特的《簡愛》，同樣在女性弱勢大環境中（甚至一開始寫書時，還得假裝是男生，取個中性的筆名），以書寫開闢自己的天地。我想，帶讀這本小說前，前置準備（預讀）時，可以在這一點上，多加著墨。也就是：

1、為什麼我們今天仍然要讀這本書，茱蒂這個角色，代表什麼價值？

2、以書信體呈現女孩的初戀情懷，你覺得有沒有比一般的全知觀點小說好懂？

3、這本書中描寫的愛情，與現代感情的互動相比，最大差異點是什麼？

　　以下也整理相關的「4F 提問法」來分析《長腿叔叔》的小說內容及對於愛情的想法。

《長腿叔叔》的小說「4F 提問法」思考

項目	參考題目
Fact 我讀到	1、請為茱蒂寫一段簡短的人物介紹。 2、請以茱蒂為中心，另選取全書重要的五位角色，列出關係圖。 3、請將全書中，茱蒂對自己的逐步自我認同，列出簡表，至少四個階段。 　　比如：守規矩的孤兒 → ＿＿＿＿＿＿＿＿＿
Feeling 我覺得	1、全書最引起你共鳴、覺得頗有同感的地方是哪裡？ 2、全書你覺得無法同意的地方是哪裡？ 3、想像一下你是長腿叔叔，你可能在哪個時間點上，開始愛上她的？ 4、你覺得茱蒂從一開始討厭孤兒院的舍監李派特太太，到後來在信中提到「真心的，有些愛她了」，其中的心情轉折理由是？ 5、哪些地方，讓你感覺到茱蒂具有女性自主勇敢的一面？ 6、你覺得自己最喜愛書中哪個角色？請說出三個理由。
Finding 我發現	1、你認為茱蒂是個（　　）的女孩？證據是？ 2、你認為是哪些事件，讓茱蒂開始愛上傑夫的？ 3、如果你是茱蒂，哪個事件起，其實就會開始懷疑傑夫就是長腿叔叔？ 4、如果你是茱蒂，想確定傑夫與吉米誰是比較適合自己的男友，請試著分析兩人的優缺點。 5、你認為本書為什麼採用第一人稱書信體（除了開場第一章外）？ 6、除了浪漫的愛情，你在本書中，還發現了什麼作家想要表達的核心價值？

項目	參考題目
Future 我未來	1、對你來說，將來想找的男／女友，最重要的條件是什麼？請列出三項。 2、遇到自己心儀對象，很想表白，該直說嗎？ 3、書中的男女主角家世地位具天壤之別；現實世界中，你認為出身背景會影響感情發展嗎？

⟹ 延伸活動：情書練習

可以請小讀者寫封情書給某位目前心儀的對象，但不要寄出去；將它鎖在抽屜中。一年之後，再取出想想，還對他／她有感覺嗎？如果有，覺得下一步可以怎麼做？

「關於愛情」推薦書單

書名與作者	簡介	適讀年齡
《地圖女孩·鯨魚男孩》，王淑芬著	兩位中學生之間的純愛情懷。全書採特殊的雙書雙封面（一左一右）形式，結束在中間。象徵兩人從感情的彼端，朝著對方走近。	國小五年級以上
《神啊，祢在嗎？》（ Are You There God? It's Me, Margaret, 1970），茱蒂·布倫（Judy Blume）著	11 歲的馬格麗特帶著青春期的困擾（覺得胸部太小、不夠吸引異性），忐忑的暗戀男孩。同時也擔憂人際關係、渴望被主流社會接納、有歸屬。	中學以上
《生命中的美好缺憾》（ The Fault in Our Stars, 2012），約翰·葛林（John Green）著	罹患癌症的女孩與失去半條腿的男孩，相識並相知，一起度過病痛不斷、但也充滿因為彼此默契與深刻情感的歡樂。雖然因為一方逝去，但亦為難忘之愛。	中學以上
《在世界的中心呼喊愛情》（世界の中心で、愛をさけぶ，2001），片山恭一著	日本純愛小說經典，中學生的淒美愛情，女孩去世後，男孩到澳大利亞的世界最大獨立岩石，亦即世界的中心，將女孩骨灰撒於天際。愛情不在時間長短。	中學以上

《我們叫它粉靈豆》
學習培養「幽默趣味」

　　我發現主流的少年小說，多半帶著嚴肅議題，似乎讀小說也須身負重任。這點當然是讀小說理由，但只該是理由之一。少年不愛說教，或許，邀他們讀讀好笑的、輕鬆的、貼近生活經驗的，尤其是校園生活，先別管會讀出什麼大道理——但其實深思之後，有些歡樂小說背後也有哲學思考的——藉閱讀舒緩情緒，也很重要。

當搞怪變成創意的《我們叫它粉靈豆》

　　由美國作者安德魯‧克萊門斯撰寫的《我們叫它粉靈豆》，講述一位五年級學生尼克，挑戰葛蘭潔老師的「文字起源」，故意造一個新字「Frindle」（即粉靈豆），代替「Pen」；全校學生為了好玩，也跟著使用。經由媒體報導，引發成為全國事件，最後這個刻意造的新字，還被收進字典中。而嗅出商機的投資商人，因此發大財，也分紅給尼克。長大後的尼克以此筆紅利，以葛蘭潔老師之名成立獎學金。

　　作者說因為父母是閱讀狂熱者，因此自小也愛閱讀，還說他認識的每位作家，也都是好讀者。高中時他寫的詩，曾被老師批「這太有趣了，應該出版！」所以《我們叫它粉靈豆》是他出版的第一本小說。本書獲得許多獎項，2015 年在美國已銷 650 萬冊。

　　而本書創作緣由，是作者安德魯‧克萊門斯 1990 年向一群低年級孩子解釋文字使用，所舉的例子。當他說：「比如我們決定將

《我們叫它粉靈豆》快速剖析

原書名與出版日期
英文《*Frindle*》，1996 年美國

作者
**安德魯‧克萊門斯（Andrew Clements），
美國，1949 — 2019**

臺灣出版社及譯者
遠流出版，王心瑩譯

適讀年齡
國小四年級以上

本書內容及形式剖析

小說內容	重要形式技巧
主題：創意思考、包容接納、媒體影響、群眾行動、文字力量 1、主要角色：尼克、葛蘭潔老師、同學與媒體記者 2、主要場景：林肯小學 3、時間：尼克五年級，結局為 10 年後 4、主要情節：鬼點子特別多的尼克，決定自造新字，還引起全國注目，蔚為流行。起初葛蘭潔老師覺得他搗蛋，但後來鼓勵他保有創意與行動力。10 年後不但讓此字收入字典，最意外獲得巨款成立獎學金。	1、結構：單線順時間敘述。 2、敘事觀點：全知觀點，但聚焦在尼克與葛蘭潔老師的視角，以此二人的所見所為與所想為主 3、主要手法：節奏快，角色塑造得十分生動。開場對尼克的描述：「不是最壞、最聰明、最乖，尼克自成一格」，便一語道出主角的與眾不同。

pen 改為 frindle……」，孩子們聽了都大笑、覺得有趣。因而幾年後，作者便決定將此事寫成一本小說。出版後大受歡迎，許多讀者希望能有尼克故事的續集。但目前沒有。不過作者另外寫的系列校園故事，如《不要講話》等也都十分暢銷。

　　《我們叫它粉靈豆》的內容及形式分析如右表。

⇒ 帶讀《我們叫它粉靈豆》時的注意重點及討論議題

　　這是輕鬆有趣、節奏明快的小說。時間主要是國小五年級這一年，還將引人懸念的「葛老師的神秘信」設定為 10 年後、當事件完全落幕後，尼克才會收到。頁數並不厚，所以能一口氣讀完。因此在帶領導讀時，可以更有創意，以便吸引孩子的興趣。例如：可以對小讀者說：「最後收尾的那句話，是本書最大亮點」，來引起閱讀動機。

　　除了注意「文字的力量」，還有三種力量也是本書的重點：創意發想的力量（一個點子最後不但成為字典新字，還賺得豐厚獎金）、群眾的力量、媒體的力量。

　　由於本書是校園優秀小說的典範，有趣話題中也含可深度思考的議題。以下為可以與小讀者輕鬆聊的話題：

1、是葛蘭潔老師那句「是誰決定那本大字典的內容，當然是我們每一個人。」引發尼克的新穎想法。而接下來事件會成真，也真的需要「每一個人」，而非尼克一人所為。試想整樁事件過程中，如何從「一個人」變成「每一個人」？而哪個階段如果沒有成功，結局就會不同？可以請小讀者填寫下面的「《我們叫它粉靈豆》主要角色及關鍵行動」學習單，再來討論。

《我們叫它粉靈豆》主要角色及關鍵行動

當事人	採取的行動
尼克	造了 frindle 代替 pen
六人秘密小組	在雜貨店說要買 frindle（筆），之後在學校使用
全五年級	
全校	
西田報記者茉蒂・摩根	
商人巴德・羅倫斯	
電視記者愛莉・盧德森	
葛蘭潔老師	

2、本書中的大人，也扮演相當關鍵的角色。校長、父母等，其中最出色的當然是葛蘭潔老師。她從一開始的生氣，到學期末時勉勵尼克。請設身處地想想：葛老師可能的心情轉折是什麼？（見下表「葛蘭潔老師心情表」學習單）。

葛蘭潔老師心情表

時間點	心情與行動
尼克上台報告字典起源	
尼克鼓動五年級用 frindle 代替 pen	
記者茉蒂・摩根的訪問	

時間點	心情與行動
第八章，尼克向老師解釋 frindle 的道理	
期末最後一天，尼克來找她談	
10 年後	

3、尼克成為媒體寵兒之後，反而有段時間消沉，你能體會那種感覺嗎？為什麼英雄也會沮喪？

4、事件中最爭議的事情竟然成為營利的商機，讓投資商人賺大錢。你注意到真實生活中，也出現過類似的例子嗎？

5、想想如果你是尼克同學，你會跟著一起行動，還是你另有不同意見？

6、小說核心是圍繞著「文字的起源與使用、變動」來開展。書中並提到 quiz 這個字是被刻意造出來。而其他的字，多半是有所根據的造字起源。小說舉的是美國文字（英語）的例子。想想中文是否也是如此，多數字是從象形等造字原理而產生，其中也經過演變。試著找一個中文字，或自己的名字當中一個字，好好探索它的起源與轉變。再想想中文是否也有現代「刻意被造出的新字」或原義已完全不同的字（比如「問」古字是窗戶明亮之意）？

7、尼克與葛老師之間的互動，其實也相當感性。尤其書末，當 10 年後尼克收到葛老師的贈禮，他才發現 10 年前，葛老師準備將自己最心愛的筆送他，並註明此筆名為「frindle」。於是 10 年

後，尼克也回贈葛老師一枝金色鋼筆，並寫著「此物之名全由她決定」。請想想作者安排的象徵意義。其一：為什麼讓兩人互贈筆，而不是其他東西？其二：兩人分別寫的文字，又代表什麼意義？

⇒ 延伸活動：相關電影欣賞

在帶讀完《我們叫它粉靈豆》後，可以舉辦影片欣賞，選擇像是日本影集《櫻桃小丸子》或法國電影《小淘氣尼古拉》等，比較這些描寫孩子們生活的影片，為何受到觀眾喜愛的主因。

 「幽默趣味」推薦書單

書名與作者	簡介	適讀年齡
《小淘氣尼古拉》系列（ Le petit Nicolas, 1959-1965）。 文：勒內・戈西尼（ Rene Goscinny）、插畫：讓-雅克・桑貝（ Jean-Jacques Sempe ）	1959 年開始連載，之後成書的尼古拉系列，以尼古拉第一人稱，述說家庭與學校生活。純真幽默，不時對比也嘲諷著大人的愚昧與迂腐，加上桑貝富童趣的插畫，是暢銷全球的書。也曾改編為同名電影。	國小三年級以上

書名與作者	簡介	適讀年齡
《院子裡的怪蛋》（ *The Enormous Egg*, 1956），奧利佛·巴特渥斯（Oliver Butterworth）著	男孩家院子裡，竟出現一顆早就滅絕的恐龍蛋！要不要趁此機會出風頭、大賺一筆？這是一本風趣但也飽含科學知識、人性議題討論的小說。除了嚴肅的，比如民粹議題，書中所安排的各行業角色，比如齊博士的恐龍知識介紹、各類商人的商業宣傳花招，啾啾家人與好友的幽默對話，讓本書閱讀起來既無冷場又添樂趣。	國小四年級以上
《葛瑞的囧日記》（ *Diary of a Wimpy Kid*, 2007）系列，傑夫·肯尼（Jeff Kinney）著	是美國暢銷小說，以中學生葛瑞為主角，採日記加圖像，描繪校園與家庭生活。滿符合現代少年的生活經驗。屬圖像小說。	國小五年級以上
《波西傑克森─希臘英雄報告》（ *Percy Jackson's Greek Gods*, 2014），雷克·萊爾頓（Rick Riordan）著	波西傑克森是混血半人神少年，以其為主角的系列小說已風靡全球，並改編為電影。作家另闢支線，寫出希臘天神報告之後，又加碼產出這本希臘英雄報告。諧趣之餘，其實也讓少年讀者連結幼時的童話經驗，又總結出古希臘人普遍的處世之道。原本複雜裂碎的一則則希臘神話，作者聰明的以如「海克力士做了十二件蠢事」手法，更有條理的細說始末。這是一本隨時可翻閱且邊讀邊會心一笑的好書。	國小六年級以上

《夏之庭》
談談「生命教育」的心境轉換

生死議題、生命關懷，應該是文藝作品中的主流議題。未知生，焉知死？所有的生死主題小說，重點可能都集中在活得有價值、雖死無憾。或是，死，會以另一種形式永遠存在，正如《夏之庭》中的獨居老人，會被三個男孩記得。

面對死亡及跨齡友誼的《夏之庭》

這個由日本療癒派國民作家湯本香樹實撰寫的《夏之庭》，是由三個 12 歲男孩，監視附近一個據說快死的老爺爺，想知道死亡究竟是什麼樣子。不料在過程中，從旁觀者逐漸成為老爺爺的關心者，彼此產生互動，因而滋生感情。雖然最後老爺爺平靜離開人世，三人在感傷之餘，卻也在告別童年、告別死去老爺爺時，得到力量，不再對各自的恐懼屈服。

本書曾獲日本與美國的童書相關獎項。更於 1994 年在日本改編為同名電影，並有舞台劇。而關於《夏之庭》的內容及形式分析在下一頁。

⇒ 帶讀《夏之庭》時的注意重點及討論議題

1、時空設定的象徵意義。夏天是生長旺盛之期，在此時間監看即將死亡的老人，有對比的強烈反差效果。而主要場景是老人的院子，從雜草叢生到開滿大波斯菊（花語：少女的純潔，意味著書中人的最後心境），院子歷經的不同景貌，象徵書中主角們

《夏之庭》快速剖析

原書名與出版日期
1992 年日本初版，《夏の庭》
（ *NATSU NO NIWA*、 *The Friends* ）。

作者
湯本香樹實，日本，1959 —

臺灣出版社及譯者
玉山社出版，林真美譯

適讀年齡
國小四年級以上

本書內容及形式剖析

小說內容	重要形式技巧
主題：生命意義、同儕友誼、 　　　面對死亡的態度、 　　　戰勝恐懼的勇氣 1、主要角色： 　　我（木山）與同學河邊（沒有爸爸）、山下（家中賣魚）、獨居老爺爺。 2、主要場景：老爺爺家 3、時間：三人讀小學六年級的那個夏天 4、主要情節：三個男孩在監視將死的老人過程中，慢慢明白人生的重要意義與如何戰勝自己內心的恐懼。	1、結構：單線式順敘。 2、敘事觀點：第一人稱（木山） 3、主要手法：以 12 歲小男孩的口吻道出與老爺爺生前一段短暫卻難忘的情節。但因為是以較富文采（所以也較敏感）的木山來敘說，所以除了描述事件，也讀到許多木山的心裡感受與比同齡男孩略為成熟的想法，因而較富渲染力。

的心靈。建議可列一個表（如下表「《夏之庭》時空設定的象徵意義」），將院子的變化與男孩與老人的互動（關係）做對照，便能明白院子就是象徵彼此心理。

《夏之庭》時空設定的象徵意義

院子景貌變化	男孩與老人的互動（關係）
荒蕪、堆著發臭的垃圾	男孩監看老人、老人獨居等死
開滿大波斯菊	

2、主角們的不同性格，帶出迥異的人生態度，然而藉著相同目標，達成某種人生的勝利。因此可以透過分析角色時，可將他們的家人也一併加入討論。因為家庭會對個體產生影響（見下表「《夏之庭》的角色說明」）。

《夏之庭》的角色說明

角色	個性說明及分析
我（木山）	敏感的。觀察到家中雙親的關係冷淡、擔心媽媽酗酒……
山下	純樸敦厚的。會擔心老人吃得不夠營養，擔心讓媽媽失望……
河邊	憤世嫉俗的。第一個決定監視老人的。對離家父親有許多憧憬幻想，看什麼都不順眼……
獨居老人	戰爭陰影、失去妻子，生之欲望已消失，只是等死。與三個男孩相處之後，感受到溫暖。與男孩互動中，拾回對妻子的牽掛，知道可以做些事讓人生無憾。

3、河邊戴著眼鏡，並說自己的眼睛不好。象徵著他對許多事是「看不清」的。「眼鏡」在經典小說《蒼蠅王》中，另有象徵意義，書中比較懂科技知識的男孩，利用鏡片生火，當最後眼鏡被摔壞時，也意味著文明被摧毀。因此在帶讀時，可以請小讀者注意書中其他還有什麼象徵？比如為什麼種大波斯菊？老爺爺在颱風之夜，回憶戰爭；為何作家選在風雨之夜？而書末三個男孩，兵分三路道別，並非一起走，又是象徵什麼？

4、全書是三個男孩監視老人，接著換老人轉而監看男孩，中間還加入班上的同學也在監看他們。此種窺看者 VS. 被窺者，意味著主導控制 VS. 被動受制，是否作者藉此象徵「人與人、生與死」的不論主動或被動，其實都彼此牽動影響？

《夏之庭》的「4F 提問法」

項目	參考題目
Fact 我讀到	1、請說出三位主角的基本個性，並至少舉出一件書中事例為證。 2、開始時，促成三人想要監視老爺爺的原因是什麼？ 3、三人之中，誰最早開始對老爺爺有同情心？並舉出事證。 4、描述一下老爺爺的院子，從開始到結束的幾個變化。 5、三個人功課不一定最好，但各有特點，請說說三人的專長。 6、說說三個人心中最大的恐懼是什麼？
Feeling 我覺得	1、你覺得老爺爺被三人監視後，為什麼居然開始有精神起來？ 2、在老爺爺真的死去的現場，你覺得三個男孩為什麼如此平靜，絲毫不覺得害怕？

項目	參考題目
	3、你覺得三人當中，日後最懷念老爺爺的是誰？理由？ 4、你覺得害怕死亡與怕鬼是一樣的嗎？ 5、老爺爺死後，遺贈給老奶奶一筆錢，你覺得他是懷著什麼心情？他會想對她說什麼？ 6、為什麼要在老爺爺死前，安排一段三人在島上足球集訓、聽老祖母說悲慘又可怕的傳聞故事？
Finding 我發現	1、你認為三位男孩是從哪個時間點起，開始同情老人？ 2、河邊非常在意自己被誤解為騙子、說謊，比如一開始覺得被老爺爺誤以為他們是小偷，為什麼？ 3、老爺爺究竟是個怎麼樣的人？試舉書中例子，分析此人的性格。 4、試分析一下三個男孩的家庭背景，對他們的性格有無影響？ 5、老爺爺死後，木山與河邊有共同的領悟，就是如果想在混亂中找答案，便思考：「老爺爺會怎麼說呢？」並說這並非只是「活在回憶當中」；你認為除了懷念老爺爺，還多了什麼？ 6、老爺爺死後，山下說自己半夜敢一個人上廁所，因為「那邊有我們的好朋友了！」其他兩人也點頭贊同。你認為作者的用意是什麼？ 7、對照一下 Fact 第 4 題：老爺爺院子的變化，想想作者其實是藉著院子，象徵什麼？ 8、你認為全書的主要時間（男孩即將小學畢業、夏天）與地點（老爺爺的院子），有無特殊象徵意義？ 9、老人本來就即將死亡，最終也死了。你認為如果三個男孩的介入與否，對老人之死有何不同？ 10、請讀讀作者寫的「後記」，此篇文章其實與她外公有關。請分析作者創作本書的最大目的，是想對讀者說什麼？

項目	參考題目
Future 我未來	1、既然每個人都會死，為什麼一般人還是怕死呢？讀完本書，你對此事的想法與之前有無不同？ 2、你這一生如果不做什麼事，將會十分遺憾？你準備如何完成？

➔ 延伸活動：電影欣賞《站在我這邊》

美國電影《站在我這邊》（Stand by me）於 1986 年上映，改編自美國史蒂芬‧金的小說《屍體》，是收錄在《四季奇譚》中的秋天之章，初版於 1982 年。電影裡藉由四個性格不同、家庭背景亦相異的十二歲男孩，為了逞勇，證明自己也是英雄，希望能比霸凌他們的大哥們更早找到「傳說森林中有具失蹤孩子的屍體」，於是結伴展開一段冒險之旅（也是成長之旅）。旅途中不但差點被兇惡大狗咬傷，還渡河被水蛭咬、驚險躲火車，當然也有許多彼此交心的動人對話。長大後雖然彼此互奔前程，但永遠記得這個象徵告別童年的夏天。

所以當小讀者讀完《夏之庭》後，不妨再觀賞電影《站在我這邊》，再來討論：

1、電影《站在我這邊》與《夏之庭》的角色都是 12 歲，時序都在夏天。你認為有無特殊的考量？

2、電影《站在我這邊》設定為尋找屍體，《夏之庭》則是監看死亡，二者的本質也相似。你認為是何用意？

「生命教育」推薦書單

書名與作者	簡介	適讀年齡
《永遠的狄家》（*Tuck Everlasting*, 1975），奈特莉・芭比特（Natalie Babbitt）著	原書名中的「Tuck」代表生命。生命的終極獎賞是永生嗎？若有機會領賞，你願意付出什麼代價換取？傅維妮偶遇永生不死的狄家人；無意中喝下長生不老泉的狄家，歷經數十年詛咒般的青春永駐之後，立願除去是禍不是福的泉水。當維也得到一瓶後，她卻沒有選擇永生。	國小五年級以上
《馬克的完美計畫》（*The Honest Truth*, 2014），丹・哥邁哈特（Dan Gemeinhart）著	癌症病發的馬克，決定帶著小狗逃離一切，去征服一座山。是邁向死亡，也是克服死亡。過程中遇見的人同時亦帶給馬克不一樣的人生體驗。	中學以上
《如果我留下》（*If I Stay*, 2009），蓋兒・芙曼（Gayle Forman）著	熱愛大提琴、卻車禍瀕死的女孩，在生死之間，抉擇毅然離開人間，還是帶著牽絆留下。	中學以上

《我是白痴》
發揮「關懷弱勢」的正能量

世間萬物並不平等,除了動物本能的弱肉強食,自詡為萬物之靈的人類,總希望能盡量彼此公平對待,不論種族、性別、家庭社會經濟背景等。我們都知道不可能做到萬物平等,但如果可以,也該在每次有機會可以伸出援手時,行小善亦是大慈悲。《我是白痴》刻意不走可憐路線,讓讀者在荒謬趣味中,反芻善的本質。

愛也是一種勇氣的《我是白痴》

《我是白痴》這本書是藉由七年級智能發展遲滯的彭鐵男,在普通班就讀,不論同學、家人與鄰人,對他的態度各不相同:有友善的,也有排擠的。然而在好友跛腳的相伴互助下,他還是喜歡上學,為全班提水、幫老師倒茶,且覺得是快樂的。本書的韓文版獲當地文化觀光部兒童部門推薦圖書獎,並改編為韓國電影《飛吧!水班長》(날아라허동구),是臺灣首部被改編為韓國電影的少年小說。本書的內容及形式分析如下表。

⇒ 帶讀《我是白痴》時的注意重點及 4F 提問法

1、未正式讀之前,可先看 30 篇的篇名,請小讀者預測從這些篇名中,能知道本書除了主角之外,還可能有哪些角色?

2、本書敘事觀點為第一人稱,從彭鐵男之眼看世事。但因為他是智能障礙者,於是他的說與想,屬於「不可靠的敘事者」,在他

《我是白痴》快速剖析

出版日期
1997 年

作者
王淑芬，臺灣，1961 —

出版社
親子天下出版

適讀年齡
國小三年級以上

本書內容及形式剖析

小說內容	重要形式技巧
主題：關懷弱勢、平等、尊重 1、主要角色：彭鐵男、跛腳、老師、家人與同學 2、主要場景：彭鐵男家庭與學校 3、時間：彭鐵男七年級 4、主要情節：智能發展比較慢的彭鐵男，在家庭與學校發生的事。有些人對他予以同情、加以協助，有些人加以欺負。	1、結構：串珠式，以短篇分別敘述。 2、敘事觀點：第一人稱（彭鐵男） 3、主要手法：語言直白、簡潔。 4、象徵： （1）媽媽看白煙，象徵心裡的迷惘。 （2）一條巧克力，象徵「不公平」有時是以甜美誘人之姿出現。 （3）在篇名為「全部都寫1」，象徵分數主義的荒謬。 （4）跛腳對彭鐵男最好，象徵處境相同者，才最能真正理解。

單純心思中，世事皆簡單快樂。然而世事當然並非如此（尤其是發生在他身上之事），正可對比出實情的複雜與醜陋。

3、因為是智能較低者，所以全書語言必需簡白，甚至有些文法不通處。也因主角無法條理說事，因而採短篇串珠式，乍看有些零亂：一下子學校、一下子家裡，交雜著說。作者藉此表達主角無法「聰明俐落」處理發生在他身上的事。

4、全書以彭鐵男為中心，述說他身邊的人與事，所有角色中，可概分「為他好、對他不好」兩邊。但請細想，所謂「為他好」的事件中，真的對他有助益嗎？這也是本書探討的重點之一：我們自以為是的對人行善，真的利他嗎？

《我是白癡》的「4F 提問法」

項目	參考題目
Fact 我讀到	1、故事中有哪些主要角色？依他們對男主角的態度簡單分類。比如：分為兩類：對他友善與不友善的。 2、以彭鐵男為中心，列出書中主要人物與他的關係圖 3、將書中 30 篇故事，依家庭、學校、社區等不同場景分類。 4、為彭鐵男寫一篇簡單的人物介紹。
Feeling 我覺得	1、自己比較像書中的哪個人？ 2、你覺得書中哪個角色最讓你生氣？理由是？ 3、你覺得鐵男媽媽內心中，對鐵男的想法是什麼？ 4、哪一篇故事，最讓你覺得難過？ 5、在 30 篇故事中，請列舉三個讓你覺得「這樣不對」的地方？ 6、如果你是彭鐵男，你希望大家怎樣對你？請舉出三位書中人，以彭鐵男的身份，對他們各說一句話。 比如：對媽媽說：（　　），對丁同說：（　　）

項目	參考題目
Finding 我發現	1、書中前與後都曾出現彭鐵男說：「我很快樂。」你認為彭鐵男知道什麼是快樂嗎？他是真的快樂嗎？ 2、書中有不少片段，都提到有人叫彭鐵男：「白痴」或說他笨，比如小學同學、丁同、林佳音、跛腳等。試著釐清背後的真正意義，是謾罵、玩笑還是什麼？ 3、請分析書中的事件，哪些事有真正的幫到彭鐵男？例如： （1）老師教他，在考卷上全部都寫1。 （2）媽媽要他去補英文 （3）班長在童軍課時，什麼都幫他做好。 4、你認為書中哪些角色對彭鐵男造成很大傷害？請依情節輕重列出三位，並說理由。 5、你認為作者為什麼安排跛腳（也是弱勢）當彭鐵男最要好的朋友？ 6、如果可以，你希望改寫哪篇故事的情節？為什麼？ 7、你找得出來書中哪些情節，其實是反諷嗎？ 8、你認為作者為什麼採第一人稱（彭鐵男）來寫這本書？ 9、你認為作者寫這本書的目的是什麼？ 10、作者為了寫這本書，必需去收集哪些資料？
Future 我未來	1、將來遇見像彭鐵男這樣的人，你能怎麼做，以便能真正的幫到他？ 2、你將來遇見比你弱勢的人，會採取行動幫忙嗎？你會依什麼條件來決定要不要幫忙？ 3、萬一有一天你也成了弱勢者，你會希望別人幫你嗎？

➡ 延伸活動：電影欣賞《天堂的孩子》

在帶讀完《我是白痴》後，可以欣賞這部伊朗電影《天堂的孩子》（Children of Heaven），於 1997 年上映。劇情內容主要講述貧困的孩子阿里無意中遺失妹妹的鞋子、也是唯一可穿去上學的鞋子。兄妹倆只能輪流穿阿里過大的鞋子。歷經波折後，阿里參加賽跑，得到第一名卻很沮喪，因為第三名的獎品才是鞋子。雖處於貧窮底層，卻仍純潔勇敢的孩子，使這部電影獲提名為奧斯卡最佳外語片，可惜最後輸給義大利的《美麗人生》。

 「關懷弱勢」推薦書單

書名與作者	關懷弱勢的角度	簡介	適讀年齡
《小畫師的願望》（ *Rickshaw Girl*, 2007），米塔莉‧柏金斯（Mitali Perkins）著。	性別教育	10 歲以後便不能上學的孟加拉小女孩故事。現今世界各處仍有男尊女卑之地，本書訴說著身為女孩的各種不幸。類似主題還有《十三歲新娘》。	國小四年級以上

書名與作者	關懷弱勢的角度	簡介	適讀年齡
《獻給阿爾吉儂的花束》（*Flowers for Algernon*, 1966），丹尼爾．凱斯（Daniel Keyes）著。	科幻、人性、平等真義	報告體小說，描述原本輕度智能不足者，接受改造大腦，一躍而為聰明人。一隻名為阿爾吉儂的小倉鼠，也一樣被改造，智能大增。當主角愈來愈聰明，卻也帶來痛苦的思考，尤其他最後決定救小倉鼠之舉，意味著控訴：天生弱者，就無權自由生存嗎？	中學以上
《關塔那摩灣少年》（*Guantanamo Boy*, 2009），安娜．裴瑞拉（Anna Perera）著。	人權教育	真實的事件改編而成的小說。因一場誤會，生長於倫敦的穆斯林男孩，被監禁在美國為反恐而設的關塔那摩灣，遭遇比惡夢更可懼的折磨。然而他懷抱希望，也在被囚禁中幸運遇到機會，學習成長。最後終於被釋放，他當然已經不是那個原來無憂少年了。	中學以上

《柳林中的風聲》
開啟對「自然生態」的關懷

早期人類喜愛以萬物之靈，自詡為天地之間最高尚主宰。現今的普世價值，則視人類只是大自然的一部分，應該與萬物共存共榮，所以對於世上的花草樹木、鳥獸蟲魚，都該珍惜與尊重。經典的《柳林中的風聲》，讓我們感受田野之美，生命之間彼此珍愛的幸福可貴。

改變人們思維和生活方式的《柳林中的風聲》

被美國總統老羅斯福先生連讀三遍、愛不釋手的文學名著《柳林中的風聲》，書中透過鼴鼠、水鼠、獾、蛤蟆四位主角，成為好友之後，一起享受自然美景，與彼此的家給予的溫暖。因為自大不聽勸的蛤蟆闖禍入獄，豪華的蛤蟆大廈被侵佔，三位好友於是奮力協助，最後成功奪回美麗家園。蛤蟆也在過程中成長改變，四位好友攜手在田野共享美好生活。

本書初版起至今有多種版本的插畫，比如 1940 年有插畫黃金時期三大名家之一的亞瑟・瑞克漢（Arthur Rackham）版。或英國《吃六頓晚餐的貓》作繪者英格・莫爾（Inga Moore）的版本。並曾經多次被改編成舞台劇、電影與電視劇。

關於書籍介紹，以及內容、形式的分析如下表。

《柳林中的風聲》快速剖析

原書名與出版日期
英文《*The Wind in the Willows*》，
1908 年初版

作者
葛拉罕（Kenneth Grahame），
英國，1859 ― 1932

臺灣出版社及譯者
國語日報出版，張劍鳴譯

適讀年齡
國小五年級以上

本書內容及形式剖析

小說內容	重要形式技巧
主題：自然之美、友誼、守護家園 1、主要角色：鼴鼠、水鼠、獾、蛤蟆 2、主要場景：田野與森林、四位主角的家 3、時間：從萬物甦醒的春天到次年夏季 4、主要情節：四位主角齊心奪回自己家園，並彼此照顧、享受田野之美	1、結構：單線順時間敘述。 2、敘事觀點：全知觀點 3、主要手法：以十分優美文句描寫自然景色，四位動物角色擬人化，且加入真實人物交織生動故事。

⇒ **帶讀《柳林中的風聲》時的注意重點及 3F 提問法**

1、本書雖是百年前的舊經典，但如今讀它，仍為活潑角色性格與諧趣對話著迷；小說技巧成熟富魅力之外，甚至還偶而加入後現代式的、作者本人也跳進來說明兩句，感受到「一本書，卻

有多本書的豐富滋味」。

2、本書特別的是寫出童書中較罕見的「抽象、神秘、靈性」，屬於形而上層次的感受，而且以優美卻不艱澀難懂的文字陳述。最具代表性的是在「報佳音」的篇章中，鼴鼠感受到「家的召喚」，以及「黎明前的笛聲」篇章中，鼴鼠與水鼠聽見「笛子湧出來的、奇怪而神聖的聲音」。尤其後者對牧神的描述，藉水鼠之口，喃喃道出敬愛：「我一點也不怕……啊，我真是怕！」將充滿神性的氛圍烘托得極為潔淨典雅。建議這些段落，能引導小讀者靜心品味。就算眼前尚未真懂，也可輕聲朗讀，或安靜默念，體會文字架構出來的神祕世界。

3、小說有三大重點需掌握：第一為四位主角的情誼，第二為自然風光的感動，第三是家、歸屬感。

4、有一章較特別的是「南方的召喚」篇章，寫盡「對未到之境的嚮往與溫暖南方的美好」，據說是作者為了打動不想去南方度假的兒子。不過在此章中，本來已著魔似的想往南方的水鼠，畢竟沒有成行，最終只能將期望託付於寫詩，聊以安慰。若依情節分析，硬是將「蛤蟆歷險記」篇章一拆為二，中途插進此章，似乎有點奇怪，不妨與小讀者討論此做法的優缺點：例如你覺得是因為作者想讓讀者在緊張情節中喘口氣，再繼續醞釀？還是另有用意？

5、有趣的是，本書將動物、人物、景物冶於一爐，而且十分自然，並不覺得怪異，可帶領思考作者手法高明處為何（是因為情節還是對話）？

以下整理有關本書的「3F 提問法」可供參考。

《柳林中的風聲》的「3F 提問法」

項目	參考題目
Fact 我讀到	1、請為四位主角各寫一份簡介：鼴鼠 / 水鼠 / 獾 / 蛤蟆。或是各以三個形容詞來描述他們。 2、簡單描述一下四位主角的家。 3、依時間軸，列出蛤蟆在本書中的重大事件。 4、本書有不少直接的比喻，相當生動有趣。比如「大路像一條失去家的狗」。請再找找有哪些令你印象深刻的比喻。 5、請列出作者在本書中，有大力加以描寫的自然風光。如：冬季的野森林。
Feeling 我覺得	1、本書有許多對大自然的描寫，請選一段你最喜愛的自然風光，讀一讀，並說說它給你的感覺。 2、書中有沒有哪一段描寫的「感覺」，你也曾遇見過？比如離家很久之後，忽然感受到召喚。 3、在〈蛤蟆先生〉此章中，蛤蟆偷車開車闖禍後，被帶至法庭，法官列了他三條罪狀，但原書中並沒有此部分的描寫。請你補寫這一段情節，並先想想應該以何種筆法寫，以便能銜接無礙。 4、本書角色並不會給人大好或大壞的簡便二分法。對話或行為描述也相當幽默，請列出三段讓你會心一笑的部分。 5、本書中你覺得最能讓你靜下心來的一段是哪裡？是它的什麼元素讓你有此感動？
Finding 我發現	1、角色間的對話與他們的行為舉止，是讓本書生色之處。請舉出三件你認為最成功的片段。比如在〈報佳音〉中，水鼠就算天黑了也要陪鼴鼠去找他的家，充分展露水鼠會為朋友兩肋插刀的個性。

項目	參考題目
	2、水鼠到鼴鼠家時，說「沒有一樣東西是多餘的」，這句話是什麼意思？請你也看看自己身邊環境，有沒有相同感受？
	3、〈黎明前的笛聲〉此章中，水鼠與鼴鼠去找走失的小水獺，最後因為神秘的笛聲，引領他們來到牧神面前。細讀對牧神的描述，符合你的想像嗎？
	4、在牧神前，兩人既怕又不怕，究竟是什麼意思？你有過類似經驗，或聽人說過嗎？
	5、牧神送了一件禮物給兩人，名為「遺忘」，試著分析作者的本意為何？
	6、蛤蟆先生的「自大歌」，夠不夠自大？你也來編一首。
	7、水鼠十分喜愛寫詩，你認為作者為這位詩人塑造的性格，符合你對詩人的想像嗎？你認為最好的詩人，應該有哪些人格特質，比較能寫出好詩。
	8、本書也出現不少「人物」，你認為作者為什麼不全部都以動物來演繹？
	9、你認為四位主角的不同個性，會讓他們友誼長存嗎？

⇒ **延伸活動：畫下想像圖**

在導讀完《柳林中的風聲》後，可以讓小讀者拿出一張紙，在上面畫一幅「牧神保護著小水獺」的想像圖，各自發揮想像力。

「自然生態」推薦書單

書名與作者	簡介	適讀年齡
《追鷹的孩子》（*Sky Hawk*, 2011），吉兒‧露薏絲（Gill Lewis）著	本書既關注稀有珍貴魚鷹生態，也溫暖陳述孩童之間最樸實真誠的友誼，並有跨國慈善公益的良善實踐，兼具知性與感性。	國小四年級以上
《賈斯汀‧摩根有匹小馬》（*Justin Morgan Had a Horse*, 1945），瑪格莉特‧亨利（Marguerite Henry）著	以美國培育、最早的馬種「摩根馬」為主題，寫男孩與馬之間的情感與相互支持，並提醒讀者尊重所有大自然的生命。	國小五年級以上
《巨蜥母親》，2015 出版，沈石溪著	兩隻母巨蜥選擇同一處地方產卵，彼此成了生存威脅。誰知就在你死我活的「兩個母親護兒行動」中，竟冒出第三個角色：比兩人都高強的黑蟒死敵。這下子，該祈求天敵快去鏟除對方，還是攜手合作才好？作家很技巧的以冷血動物來寫熱血故事，營造出非常完美的象徵意味。且在描寫間，也兼具動物習性背景知識。是動物小說，也可讀出人性。	國小五年級以上

《數星星》
細數「歷史與戰爭」的人性

人類歷史中，最不該遺忘的便是戰爭。以史為鏡，可以知興替；戰爭不會帶來文明，是付出殘酷代價的文明退步。《數星星》引領我們細數戰爭下人性的善惡可能。

面對重大道德抉擇的人性光輝《數星星》

由美國小說家露薏絲·勞瑞撰寫的《數星星》，主要在講述二次大戰被德軍佔領下的丹麥，住在哥本哈根的安瑪麗一家，幫助鄰居猶太人愛蓮一家逃離納粹魔掌。先讓愛蓮住在自己家，假裝與安瑪麗是姊妹，讓愛蓮父母至別處躲藏。然後安瑪麗媽媽帶著女孩們至安瑪麗舅舅位於海邊的農莊，想辦法讓漁夫舅舅帶著猶太人渡海到安全的瑞典。因為必需送一樣關鍵的逃難寶物：特效手帕給舅舅，安瑪麗不得不勇敢獨自穿過森林，到海邊送給即將出發的眾人。期間許多行動皆由原該是姊夫的彼得策畫與協助，彼得最後被捕遭槍決，安瑪麗也才知原來姊姊真正死因，也是因為加入地下反抗軍，一次聚會時不幸被撞死。

本書在 1990 年獲得紐伯瑞金牌獎，其內容分析如右表。

⇒ 帶讀《數星星》時的注意重點及 4F 提問法

1、小說雖然是虛構，但有些是以史實為根據而加以想像發揮，本書便是。可在未正式閱讀之前，請小讀者先讀附在書後的作者

《數星星》快速剖析

原書名與出版日期
英文《*Number The Stars*》，
1989 年美國出版

作者
露薏絲‧勞瑞 (Lois Lowry)，
美國，1937 —

臺灣出版社及譯者
臺灣東方出版，朱恩伶譯

適讀年齡
國小四年級以上

本書內容及形式剖析

小說內容	重要形式技巧
主題：真正的勇氣、和平可貴、戰爭的殘酷不仁、互助關懷 1、主要角色：安瑪麗一家、愛蓮一家、舅舅、姊夫彼得 2、主要場景：二次大戰其間，被德軍佔令下的丹麥 3、時間：安瑪麗十歲 4、主要情節：二次大戰期間，10歲的丹麥女孩安瑪麗一家，自願幫忙被德軍納粹追捕的猶太人愛蓮一家。在地下反抗軍準姊夫彼得策畫下，渡船到安全的彼岸瑞典。	1、結構：單線式的順時間敘述。 2、敘事觀點：第三人稱，以安瑪麗的主觀敘說，書中常見到安瑪麗的心中想法。但也加入部分的全知觀點，比如「對愛蓮一家來說，自尊心是什麼」。 3、主要手法：從目錄頁的篇名中，可看到許多疑問句。全書也讓安瑪麗從「慶幸自己不必執行英勇任務」，到疑惑自己「真的能為他人挺身嗎」，到最後採取行動。因此比較有說服力，並非太簡便、英雄式的衝動之舉。

後記，列出史實簡表（見「《數星星》史實及小說對照表」），提醒閱讀時（或之後），對照書中哪些地方引用自史實。

《數星星》史實及小說對照表

《數星星》後記中寫的史實	小說中引用史實創作的部分
安娜莉絲·普拉特說的故事	安瑪麗一家與愛蓮一家的遭遇
丹麥 1940 年向德國投降	背景是德軍佔領丹麥的首都哥本哈根
德國軍官達克威茲的善意警告	
丹麥人幫忙猶太人逃離	
有特效的手帕	
丹麥的地下反抗軍	

2、小說背景為二次大戰中被德軍佔領的丹麥，作者以史實為素材，寫下珍貴的人類情誼，當然重點也在控訴戰爭的殘暴不仁。猶太文化標誌是六芒星，也是書中的猶太小女孩愛蓮原本配戴的項鍊；彷彿有個至高之神，俯視人間，慈愛守護散佈各地、發出星芒光點的每個人。書中有段情節是：納粹德軍上門偵察時，女主角安瑪麗急智一把扯下好友愛蓮的項鍊，緊握手中，免得愛蓮被看出是猶太人。這段情節充滿象徵意義：大衛之星的符號，深深印在安瑪麗的手心上；明示著安瑪麗保護好友的決心。

3、以二次大戰時期納粹的暴行為主題的小說很多，可做為延伸閱讀書目。但更發人深省的是另一個對照：電影《拆彈少年》（Land of Mine），建議一併觀看討論。

《數星星》的「4F 提問法」

項目	參考題目
Fact 我讀到	1、參考地圖,簡要繪出書中主要場景丹麥、瑞典與挪威的位置。 2、書中為了不同目的,出現許多謊言。嘗試至少列出三個,並說明背後理由。比如:媽媽說炸軍艦砲火是妹妹生日煙火,是為了安撫年幼小妹。 3、為了凸顯戰爭時期生活困頓,書中出現不少今、昔對照,比如媽媽們喝的飲料,從真正的咖啡變成香草泡熱水。你還找到哪些? 4、簡要列出書中主要人物的關係圖。
Feeling 我覺得	1、全書充滿緊張情節,其中最讓你跟著忐忑不安的片段是哪裡?為什麼你覺得這段最危險? 2、本書以丹麥為背景,當然是真有其事。不過在第二章還特別強調,丹麥是個童話之國,安徒生便是丹麥人。你覺得作者強調童話,是想帶來什麼感覺? 3、你覺得為什麼安瑪麗與愛蓮來到海邊,看到舅舅明明破舊的農莊,為什麼會說:「這裡太美了。」 4、你覺得漢克舅舅對安瑪麗說:「不要知道太多,比較容易有勇氣」是真的嗎?你有過類似經驗嗎?是否有初生之犢不怕虎的意味? 5、書中提到的克里思欽國王,你覺得他是個怎樣的人? 6、如果是你,你會像安瑪麗一樣,為好友一家挺身冒險嗎?你會考慮的點是什麼? 7、試著從愛蓮的角度,說說她的心理感受。注意她本來最想要的事,與戰爭時期她的最重要心思。她被剝奪了什麼?

項目	參考題目
Finding 我發現	1、書名為《數星星》，找一下書中出現的兩次「數星星」片段，數的是什麼星星呢？ 2、安瑪麗不可能出生便勇敢，必是因為受到其他人影響。請從書中情節找出讓她如此勇敢的可能原因。 3、你認為安瑪麗的父母也如此勇敢，除了具有人性光輝，有無可能也是因為大女兒的死因？ 4、丹麥國王克里思欽十世決定向德國投降，背後有其理由。你認為他的論點你可以接受嗎？ 5、書末安瑪麗穿過森林小路去送重要物的情節，無疑的是互文自《小紅帽》。請簡要列表比較小紅帽與安瑪麗這兩段的異同。如： 「相同點」——（1）地點都是森林（象徵？）、（2）都是小女孩、（3）都是……。 「不同點」——（1）兩個人目的不同。（2）遇到的危機？（3）處理方式……。
Future 我未來	1、閱讀許多戰爭議題小說之後，有改變你對戰爭的概念嗎？比如以前總覺得與自己無關，如今呢？ 2、第十一章文末，探討了「自尊心」。書中愛蓮一家，戰前與戰後最在意的事，最能讓自己有尊嚴的事當然不一樣。讀完此書後，對你來說，你最在意的「自尊心」根源是什麼？ 3、本書呈現幾種不同人性，有殘暴加害者，有無助受害者，有善良大無畏、勇敢助人者。將來在看待或處理事情時，你會進一步從「人性」的點來深入思索嗎？比如練習以人性去剖析新聞事件。試看看加入「人性思考」與單純旁觀，你的結論是否不同？

⇒ 延伸活動：電影欣賞《拆彈少年》

　　電影欣賞《拆彈少年》（Land of Mine），這部在 2015 年，由丹麥和德國合拍的歷史劇情片。此片改編自二次世界大戰真實歷史，戰爭期間德軍在丹麥的西海岸埋下一百五十多萬顆地雷，大戰結束之後，盟軍決議須由德國派兵拆除。兩年內雖清除了一百四十多萬顆，卻也造成半數人員傷亡。影片中敘述的便是丹麥軍官帶著一批德國少年戰俘，協助清理四萬多顆地雷；少年承擔大人（納粹）之罪過，在拆彈過程中逐一喪生。原本對德國人懷著恨意的丹麥軍官，在過程中產生心理轉折，最後協助倖存的四位少年逃回德國。

　　雖說德國埋下的地雷，由德國人來拆天經地義；但以報復心態，讓非主導戰事的少年來從事死亡任務，讓觀眾以另一種角度，思索戰爭的殘酷。究竟該血債血還，還是以德報怨？這是一部沉重的電影，但在二戰期間反德為主流的作品中，此片重新審視加害者與受害者的角色轉換問題。

　　在看完電影後，可以提問思考的問題如下：

1、影片中的兩位丹麥軍官，一位是逐漸同情德國少年，另一位軍官艾比則恨之入骨，不但不給食物、半夜集合少年，讓手下撒尿羞辱，最終還要少年拆彈直到死亡為止（並說「他們死有餘辜」）。請試著分析導致他們不同態度（漸漸同情 VS. 永遠懷恨）的可能原因。

2、其中有位拆彈少年提出比較具效率的方法，甚至其實也有可能藉由工具（而非肉身）來拆除；但丹麥軍官顯然不想採用。你認為是何原因？

3、如果是你，你同情哪一方？

「歷史與戰爭」推薦書單

書名與作者	簡介	適讀年齡
《14 — 14 穿越時空的來信》（*14-14*, 2014），保羅·貝歐恩、席蓮娜·艾德嘉（Paul Beorn、Silène Edgar）著	背景是第一次大戰與現代，兩個男孩藉著屋前魔法信箱通信（讓人想起電影「跳越時空的情書」）。有意思的地方，不僅在於對照出相隔百年，不同的少年日常生活；也在雖相隔百年，少年的成長苦惱是一樣的，都有對情感的憧憬困惑，與家人相處的歡喜或惱怒也有。	國小五年級以上
《尋水之心》（*A long walk to water*, 2010），琳達·蘇·帕克（Linda Sue Park）著	真人實事為背景的雙線並行小說：南蘇丹少年因國家內戰造成的流離命運，與小女孩必需每日走兩趟來回遠路，只為汲一桶水存活。令人心痛又感動。	國小六年級以上
《柑橘與檸檬啊！》（*Private Peaceful*, 2003），英國麥克·莫波格（Michael Morpurgo）著	一次大戰中，同時入伍的兄弟兩人，二哥照顧小弟，卻導致自己被長官視為不從軍規，遭槍決。對比小説前大半段先描述純樸家園，弱智大哥、善良母親，一家單純卻彼此關愛的生活，更凸顯戰爭的可怖與扭曲。	國小中學以上

《戰爭遊戲》
建構「科技與未來」的宇宙觀

　　所有的科幻想像中，最主流的應該是「人類未來的命運」吧。不論移居外星球，或是遭遇外星文明毀滅，更該提醒的是唯有人類先心存善意，才不至於先置自己於危險之地。《戰爭遊戲》不是孩童遊戲，是具宇宙觀的命運思考。

在絕境下求生的歷程《戰爭遊戲》

　　相信很多讀者是先從電影《戰爭遊戲》，再來看由歐森・史考特・卡德寫的原著。內容述說一個未來世界，地球受到外星蟲族威脅，於是遴選優秀兒童受訓，準備將來的保衛戰。安德的兄彼得與姊薇倫泰，都在戰鬥學校受訓時失敗，無法成為國際艦隊一員。安德 6 歲起也被葛拉夫上校相中，讓學習力強的他開始受訓，卻遭同學嫉妒產生衝突，在意外中因自衛殺死對方。接著至高級指揮學校展開一系列課程，末期安德與隊友們以為的模擬之戰，實際上卻是真實戰役。當 11 歲的安德知道最後決戰時，消滅整個蟲族，此真相令他崩潰。於是加入移民計畫，意外在蟲族土地上發現蟲族之母仍在，於是帶著繭，出發尋找和平居所，好讓蟲巢女王能繁衍下一代。成為「亡靈代言人」的安德，希望生命皆能因溝通而和平。

　　本書雙獲科幻小說中最重要的兩大獎：星雲獎（Nebula Award）與雨果獎（Hugo Award）。改編的同名電影於 2013 年在美國上映。另一本《戰爭遊戲外傳：安德闇影》與本書採平行時空，

但以另一位角色小豆當主角來敘述。建議可以與《戰爭遊戲》一起閱讀、互為參照。

其書的內容及結構分析如下表。

《戰爭遊戲》快速剖析

原書名與出版日期
英文《*Ender's Game*》，1985 年美國出版
作者
歐森・史考特・卡德（Orson Scott Card），美國，1951 —
臺灣出版社及譯者
親子天下出版，尤傳莉譯
適讀年齡
國小六年級以上

本書內容及形式剖析	
小說內容	重要形式技巧
主題：生命之間的良善溝通、自我成長、和平共處、尋找人生真正價值 1、主要角色：安德、哥哥彼得、姊姊薇倫泰、隊友小豆、戰鬥學校校長葛拉夫上校 2、主要場景：戰鬥學校 3、時間：主要時間從安德6歲至11歲，但書末寫到彼得70歲，也就是安德也成為老人。 4、主要情節：安德在戰爭模擬遊戲中，啟蒙成長，最終領悟戰爭只帶來毀滅，所有生命應該和平溝通。	1、結構：單線進行，依時間順序。 2、敘事觀點：全知觀點，但大量加入安德的心理感受 3、主要手法：節奏快，讀者會像化身為安德，總是戴著觀察之眼，查知周遭許多細節，不論是揣測旁人心思，或環境對他的友善與威脅。因此充滿戰爭緊張的張力。

⇒ 帶讀《戰爭遊戲》時的注意重點及 4F 提問法

本書以未來軍事戰爭為主軸，但議題龐大，關注的是人類存亡（或說全宇宙生命存亡）的終極思考。因此在帶讀時可以分以下幾個面向來討論：

1、書中的戰爭，可分多種：安德帶著隊友與蟲族之戰（我族 VS. 他族）、安德受訓（成長）期與哥哥、同學之戰（我 VS. 他人）、戰無不克的安德與最後領悟到和平可貴的理念之戰（現實我 VS. 理想我）等。在討論主題時，不妨先鎖定本書「戰爭」的真正意義：想想這是誰的戰爭、為誰而戰？

2、乍看是描寫地球與外星蟲族的戰爭小說，但是核心主題其實是溝通、和平，所以小說花了很大篇幅描述安德的「溝通成長史」。從在學校的人際關係，不管與比他年長的學長的打架事件，或與哥哥彼得的敵對，安德的對應方式，都是先發制人、先打先贏，或是假裝向哥哥求饒，其實是另一種求生策略。此時期的敵我關係，根本談不上溝通，只是以暴制暴，你亡我存。到了與蟲族的對抗，安德以為是模擬戰爭的演練，一樣也是與隊友們以最佳戰略，出其不意的戰術，目標是殲滅對方。因此，為了求勝求生，小說雖以第三人稱書寫，但主焦點鎖定安德，讀者讀到他心理感受，體會他被霸凌的不得不反擊，此部分其實是伏筆，因為有助於當他最後消滅蟲族之後，才能設身處地、感同身受理解到對方同樣被霸凌、且置之於死地的痛苦。

3、注意與尋找書中的象徵意義。比如：原書名「*Ender's Game*」，「*Ender*」的弦外之意：終結者遊戲，終結了什麼？該殲滅敵人，終止戰爭；還是終止與敵人的戰爭，大家和平相處？以「遊戲」

來敘說龐大的戰爭／生存議題，具有反諷、對比效果。而全書除了安德受訓、作戰這條主線之外，他的哥哥彼得與姊姊薇倫泰，也暗中進行另一場戰爭（透過網路、假造身份，發表文章來影響群眾）；為何都是以孩童來從事戰爭？作者有何寓意？

4、安排讓主角是「老三」，有何用意？依小說設定，安德是在政府許可下，特別准予的，也就是被安排的。因此，被命定（規定）的命運：成為消滅敵人的主帥，到安德自主扭轉、反向而行：成為慈悲的亡靈代言人，這當中的經歷，便是人性的自我發現與自我成長。

5、安德哥哥彼得雖易動怒，甚至欺負安德，是否象徵他其實是安德心中本有的「惡」，不過，彼得也會在欺負後，在睡著的安德前懺悔，並說「我是你哥哥，我愛你。」也埋下伏筆，意味著安德好戰的一面中，仍心存善念。而姊姊薇倫泰是善良聰穎且溫柔的，便是安德心中的「善」。當安德被帶去戰鬥學校時，她喊著：「回到我身邊，我永遠愛你。」也是伏筆，意味著善終會戰勝惡，歸隊返回原始的善。但同時，薇倫泰也有另一個角色：隱身扮演一個以文字煽動群眾的人，這部分也提醒我們：轉念之間，人可以善變，又容易被影響。

6、戰後書末的敘述雖然較短，但富有哲學思考，也是本書的核心價值。但此部分較複雜，比如政府如何管理群眾（政客運作），其間運作有其奧妙，比如安德不可以留在地球，便是一例。但安德最後選擇，是人性的昇華，為和平而遠征，不再為某一國、某一族而戰。

7、一直有人將本書視為「資優生」的成長心聲，也是另一種解讀觀點。不過，作者自稱，雖然安德的確是資優生，展現領袖

特質，但他想要表達的，更是兒童的本質，或說人純真原始的本質。兒童「無法逃脫大人的決定」是錯的，小說中安德的抉擇，沒有成為地球上的英雄，反而出發追尋和平，也算是兒童勇敢表現自己的真實感受，是對成人自以為是的威嚴（成人總打著旗幟，宣稱：我們都是為了你好、是為了拯救世界）的一次革命。請注意，書中雖然以兒童 VS 成人來對比，但不是狹隘的指真實年齡的小孩與成人；小人是象徵人性純真，成人象徵威嚴、佔有等人性惡的一面。

8、小說中最後描寫安德與蟲族女王的會面、心思交流，充滿痛苦，但又具有靈性溫柔之美：「無法夢見彼此夢境的孤單生物」，文字充滿迷人的感傷。這段寫得與之前的「不是你死，就是我亡」的戰爭氣氛截然不同，可做文學上「如何表達不同氣氛」的比較。

9、小說字數較多，如果小學生較不耐煩全文閱讀，可建議先讀安德部分，兄姊部分先略讀即可，待日後再重讀。

以下整理一下關於本書的「4F 提問法」提供參考。

《戰爭遊戲》的「4F 提問法」

項目	參考題目
Fact 我讀到	1、請就書中提供的資訊，簡單畫或寫出小說中的背景，包含地球與各星際之間的關係。 2、描述彼得、薇倫泰、安德三個人的個性。並分析彼此間既然是手足，有沒有相同的部分？ 3、安德的哥哥、爸媽其實並不像姊姊那般全心愛安德，理由是？ 4、安德的求學經歷顯然是典型的超齡資優生，請從書中情節，分析他傑出的原因。

項目	參考題目
	5、列表寫出戰鬥學校的安德同學（選取幾個重要角色），分為對他友善與不友善者。簡述這些人對受訓的主要態度或性格特色。並想想作者安排這些角色，有無特殊用意。 6、練習找出影響安德心境改變的重大事件，以及帶來的心理轉變。比如：入侵柏納德電子書桌，作弄他，因此得到同盟 → 安德原本孤立狀態結束，他的心情是「戰爭才要開始。」 7、簡述地球人與蟲族之戰爭，第二次與第三次（即安德無意中領導的這一場）的戰爭主因。第三次是誰攻打誰？
Feeling 我覺得	1、你覺得本書將角色設定為「地球人對抗蟲族」，為什麼是蟲族？有無形象或特點上的特別考量？ 2、如果是你，想選擇安德當你的班長或好朋友嗎？理由是？ 3、你覺得書中最讓你不喜歡的角色是？請說出兩個理由。 4、梅哲‧瑞肯告訴安德與蟲族的第二次大戰真相，其實是蟲族不知道進攻拖船與屠殺工作人員是在謀殺人類（因為蟲族定義是女王被殺才是毀滅）。不過，地球人仍認為這樣還是謀殺，所以必需反擊。你的看法為何？ 5、你覺得身為安德，最大的痛苦是什麼？
Finding 我發現	1、書中提到女生很少通過戰鬥學校的入學測試，因為無數世紀以來演化的結果都對她們不利（指參與戰爭）。請評估作者這段話是對女性的貶抑或讚美，或你有不同意見？

項目	參考題目
	2、在許多章的前段，皆有葛拉夫上校與同事的對話，請從這些對話中，分析葛拉夫對安德的心態，是喜愛、利用或其他？
	3、「巨人的毒飲」是一種心智遊戲，安德破解第一關的方法是不照規定選一杯，而是將兩杯都踢翻，因此才成功。這遊戲顯然是用來說明安德的戰術，請說說是什麼？你有沒有找到接下來遊戲中的哪一段也是在說明安德的戰術？
	4、延續上一題，遊戲最後破關後，遊戲中的安德與薇倫泰在鏡前的影像是獨角獸與龍，你認為誰是龍？以及兩邊歡呼的群眾皆為彼得的臉，又象徵什麼？
	5、究竟彼得是不是惡魔？請從書中找出事例來證明。
	6、你認為小豆在本書中的意義是什麼？對安德有何幫助？請想想實質的幫助，與其象徵的意義。
	7、最後安德成了「亡靈代言人」，這是什麼意思？他為什麼會對殲滅蟲族感到悔恨？難道希望地球被蟲族入侵屠殺嗎？
	8、本書以孩子進行戰爭，是因為大人利用了孩子的什麼特質？為什麼這種特質是戰勝蟲族的關鍵？
	9、列出本書中你找到的「戰爭」：包含實質上或象徵意義上的。
Future 我未來	1、書中有提到安德的父母對於生了老三安德，懷著兩種相反情緒。一是驕傲，覺得自己敢規避法律（只能生兩個受免費教育，第三個須交超高的稅）；另一方面，又覺得是公開的恥辱，因為破壞以往的努力（想跟大家一樣，正常守法）。你認為人真的會如此互相矛盾嗎？你有類似經驗嗎？讀完本書，會讓你有跟以前不同的想法嗎？

項目	參考題目
	2、彼得與薇倫泰在「如何說服別人」採兩種方法：彼得利用恐懼，希望別人害怕什麼，別人就會害怕什麼；薇倫泰希望別人想要什麼，是因為他們認為那是他們想要的。請說說這兩者有何不同，以及你認為哪種比較有效？這一點思考，對你將來有無幫助？ 3、針對書中大人利用不知情的孩子進行可怕的攻擊行動，你的看法為何？若是你，你將來在相同情境下，也贊同嗎？

⟹ **延伸活動：二部電影欣賞**

可以電影欣賞《ET 外星人》（E.T. the Extra-Terrestrial）與《ID4 星際終結者》（Independence Day），這兩部電影雖都以外星人為主，但態度完全不同。《ET 外星人》中的外星人友善可愛，與人類小孩相處和樂，最後還被孩子們協助平安返家。《ID4 星際終結者》中的外星人為前來攻打地球的敵人，地球人團結起來加以抵抗。

並在看完電影後，可以引導小讀者「思考」：

1、有外星人嗎？可一起介紹著名的「費米悖論」。此悖論的重點是「宇宙顯著的尺度和年齡，意味著高等地外星文明應該存在。但是，這個假設並沒有充分的證據可以支持。」所以，可以討論：如果真有外星文明，為何地球人從未看過？

2、你覺得哪種外星政策比較好？你比較支持天文物理學家卡爾・薩根（Carl Sagan），還是英國理論物理學家、宇宙學家及作家史帝芬・霍金（Stephen William Hawking）？前者是一生追尋外星文明的科學家，後者是建議最後不要讓外星人知道地球存在，免得地球被殖民。

「科技與未來」推薦書單

書名與作者	簡介	適讀年齡
《記憶傳承人》（*The Giver*, 1993），露薏絲·勞瑞（Lois Lowry）著	12 歲的喬納思，與被分配到的家人居住在同化社區，並成為唯一的記憶傳承人，接收導師傳給他過往世界的記憶，開始對同化生活質疑，最後並逃出社區。	國小五年級以上
《超時空之謎》（*An Acceptable Time*, 1989），麥德琳·蘭歌（Madeleine L'Engle）著	此為【時間的皺摺】（A wrinkle in time，又稱【時光五部曲】）系列的終章。雖為的終章，但因每本皆可獨立閱讀，所以先從本書讀起也沒問題。本書開宗明義便告訴讀者，時光圈重疊之故，存在於現代的主角與三千年前的風族人，輕易便可到對方之處。而主角在風族人「你跨過門檻，是為幫助我們」預言中，展開一段涉入部落戰爭的險奇經歷。	國小六年級以上
《我是乳酪》（*I Am the Cheese*, 1977），羅柏·寇米耶（Robert Edmund Cormier）著	主題為國家體制對個人的操縱，以雙線進行。男孩在逐步追尋家人被迫害真相時，也開始憶起自己真正的身分。國家機器壓制下，個人往往無力抵抗。	中學以上

《神奇收費亭》、 《不可思議先生故事集》 啟發「魔法奇幻」的想像力

現代少年一說起魔法，首先想起的必是【哈利波特】系列，但你猜飾演書中要角的妙麗，說她童年最喜愛的書是哪一本？便是《神奇收費亭》！而本身也是經典繪本的《野獸國》，作者莫里斯‧桑達克（Maurice Sendak）眼中「注定會永遠流傳的經典」，此讚譽一樣送給這本書。有回美國歐巴馬總統為刺激買書風氣，與女兒逛書店，選購的八本童書中，本書亦是其中之一。其實如今看來，本書充滿成人有意的注入營養，例如：加入教化、哲理，但充滿奇想的豐富情節，仍值得一讀。

小說通常以情節與人物刻畫為主，《不可思議先生故事集》還多加了詩意語言與破除框架的創意，也一併推薦。閱讀應該多元與開闊，不同風格文本展現文學各種可能。

現代奇幻文學的創作原點《神奇收費亭》

由美國作家諾頓‧傑斯特寫的《神奇收費亭》，從原本覺得萬事皆無聊的小男孩米羅，收到神秘的大禮，搭建出一座收費亭開始展開。當他開著玩具車通過，進入一個妙趣無窮的世界，有驚險也有荒謬，遇見有智慧的人，也有怪誕者。他所經歷的這一切，都讓他領悟與成長。

本書的初版是由吉爾斯‧菲佛（Jules Feiffer）擔任插畫，是

《神奇收費亭》快速剖析

原書名與出版日期
英文《*The Phantom Tollbooth*》，
1961 年美國初版

作者
諾頓・傑斯特（Norton Juster）著，
美國，1929 —

臺灣出版社及譯者
圓神出版，吳宜潔譯

適讀年齡
國小四年級以上

本書內容及形式剖析	
小說內容	重要形式技巧
主題：冒險、成長、人生方向 1、主要角色：米羅、答答狗、虛應蟲 2、主要場景：穿過收費亭後的神奇世界 3、時間：米羅在神奇世界經歷數個星期，但回到真實生活，發現其實只過一小時。 4、主要情節：米羅收到神奇禮物，組裝好收費亭，開車通過，來到地圖上列著的各種不可思議國度，展開冒險與成長之旅。	1、結構：單線順時間敘述 2、敘事觀點：全知觀點 3、主要手法：全書語言乍看滿是矛盾、荒謬，但其實皆為作者的巧思，此中有深意。

知名漫畫家、作家與編劇，曾獲奧斯卡與普立茲獎。另外，本書改編的動畫片《The Adventures of Milo in the Phantom Tollbooth》（1970 年）獲選全球百大動畫。而且根據 2017 年底新聞報導：著

名影集《冰與火之歌：權力遊戲》導演之一的馬特・沙克曼（Matt Shakman）即將改編此書為電影。

關於《神奇收費亭》的內容分析在上一頁的剖析表內。

⇒ 帶讀《神奇收費亭》時的注意重點及提問方向

這是一本奇幻文學的原創代表作，像是《愛麗絲漫遊奇境》的荒唐趣味，加上《綠野仙蹤》的克服障礙、追尋成長之旅。所以在帶領導讀時，有幾個地方要注意：

1、閱讀時，可先讓小讀者滿足於書中的各種妙人妙事，像經歷一場紙上遊樂，不急著細問技巧上、哲理上的問題。

2、此書不需要 4F 提問法，但如果想做延伸活動或簡易討論，以下方向可參考。

《神奇收費亭》的提問方向

簡單的延伸活動	1、畫一幅穿過神奇收費亭，自己想像的（與書中不同）地圖 2、列出米羅的旅程 3、列出書中自己最想去的奇妙之地，以及理由 4、列出書中自己最想遇見的人，如果遇見，會對他說什麼 5、為本書製作一本《簡易小百科》，列出書中各種奇人妙物，並為它做解釋。比如：減法燉菜、三怪傑等。
寫作練習	書中有許多妙語妙句，可以用來練習寫作。如下例： 【練習一】：字母先生說，每個英文字母都有特色，比如 Z 很乾燥，像鋸木屑。也說說你會如何有趣的描述其他字母。

寫作練習	【練習二】：利用諧音或雙關等，寫有趣的句子。如書中的「來塊剛出爐的遭糕、剛摘的新鮮如果、咖啡加點荒唐」。 【練習三】：彈性人自我介紹時，説自己「優雅非凡，也俗不可耐」，運用許多反義詞。請你也寫一段以反義詞來介紹彈性人。 【練習四】：數字城中的十二面人，列舉數字好處，説「沒有七，哪來的遨遊七海。」請你也延伸寫寫看。 【練習五】：寂靜谷的聲管家眼中，聲音是有形狀的。比如：笑聲是彩色泡泡。請練習根據聲音的特色，試著為它寫形狀。 【練習六】：聲管家説，寂靜有種類之分。除了書中提到的，請你也寫出幾種不同的「寂靜」。 【練習七】：相同的人，可説他是「最高的矮人、最矮的巨人」，還有呢？
哲學思考	書中不少富含哲理的問題，有空時不妨想想： 1、什麼情況下，噪音也有價值？ 2、有沒有可能：問題是錯的，答案是對的？ 3、「一個不存在的地方」與「一個看不見存在的地方」，哪個比較糟？ 4、為什麼彈性人不知道自己到底是誰？他有何盲點？ 5、飄浮男孩的生長方式，與普通人相反，你認為象徵什麼？
列出 格言妙句	1、找格言：找看看書中有沒有你認為充滿智慧的格言。比如：抵達目的地之前，一定要先「期望」一下。能選擇，不代表這些選項都是對的。 2、找妙句／佳句：比如：上週有場暴風雨，雷聲何時抵達？我負責看透，我爸爸負責看穿，我哥哥觀前，我媽媽顧後。

| 其他討論 | 1、本書是透過「神奇收費亭」穿梭，你還讀過哪些故事是通過或穿過什麼後，到達神奇之地？
2、你認為作者是個怎樣的人？
3、作者寫這本書的真正目的？ |

讓心靈在想像中打滾的《不可思議先生故事集》

由林世仁撰寫的《不可思議先生故事集》，書中的「我」，無意間遇見不可思議先生，於是跟著阿笑咕，聽他敘說 30 則自己的故事；不但出生七天就會坐、八天會爬，還能變身為巨人或小螞蟻，經歷過各種無與倫比的感官經驗，比如能聞到別人的心情，能飛翔也能潛海。這些無比奇幻的成長史，從出生到遇見死神、結婚生子，讓「我」見識到世界無比浩瀚與充滿可能。

作者林世仁為客家人，客家人會以「阿 X 咕」來暱稱孩子，此為小說中的「阿笑咕」名稱來由。同時，作者擅長童話幻想類與詩體創作，本書乃結合二者之作。

本書的內容結構如右表。

⇒ 帶讀《不可思議先生故事集》時的注意重點及提問

《不可思議先生故事集》雖是小說，但更像是綜合神話、寓言、童話的豐富文本。因此在帶讀時，有幾點要注意：

1、建議第一次閱讀時，鼓勵小讀者先不必拘泥於邏輯關係，或深究其哲學涵義。享受流暢文字與無邊際想像力即可。
2、找機會與小讀者聊聊本書的「發現」，以下列出「《不可思議先生故事集》的提問學習單」參考題，提供參考。

《不可思議先生故事集》快速剖析

出版日期
2017 年

作者
林世仁，臺灣，1964 —

臺灣出版社
親子天下出版

適讀年齡
國小五年級以上

本書內容及形式剖析

小說內容	重要形式技巧
主題：夢想的力量、自我成長、 　　　向大自然學習、 　　　與宇宙和平共生 1、主要角色：阿笑咕與媽媽、村民 2、主要場景：阿笑咕居住的漁村、海拉雅山與海 4、主要情節：阿笑咕是世上僅存的海拉雅人，這一遠古族人的使命，是夢的創造者，協助人們將心中的世界與眼中的世界合而為一。阿笑咕講述自己出生到成家之間的 30 篇故事，就是他對人生意義的追尋與領悟之旅。	1、結構：框架。從序幕到後記，由第一個「我」敘述，是外框架。之間的 30 篇是主要的情節，由阿笑咕主述，回溯幼年起至現今。 2、敘事觀點：框架與主情節皆為第一人稱，分別是登山者與阿笑咕。 3、主要手法：以詩意般語言風格，富含哲學思辨寓意。有破格之語，創意新穎的描寫，並與大量譬喻。

《不可思議先生故事集》的提問學習單

主題	聊的內容
如果我也遇見不可思議先生，我想問（或對他說）：_____	1、除了不可思議，你也很（　　）。 2、我同意（或不同意）你說的「知識就是限制」，理由是：_____ 3、你的成長真精采，我最羨慕你能（　　）
作者當然不是只為了寫一個想像故事。阿笑咕的奇幻身世，認真想想，有其寓意。	1、為什麼設定阿笑咕是「世上僅存的海拉雅人」。僅存的涵義有兩種：一是可能再也沒有；一是還有機會延續。試著想想作者此設定的意義。 2、「阿笑咕」此角，其實是作者以他為某種象徵（代表）。所以可能暗喻他是「宇宙之子」；或你認為是什麼？ 3、阿笑咕的成長史：家 → 海拉雅山 → 海中遇見爸爸 → 找到山的女兒。你認為這樣的結局意味著什麼？ 4、本書的核心價值，是想藉此故事對世人提出某種勸說，你認為是什麼？
本書不少篇章講的是「形塑自我」	「在心裡雕刻一個自己」與「認養名字」、「當影子的影子」、「跟未來的自己打招呼」等篇章中，都隱含「究竟自己想要成為什麼」？不妨想想： 1、最適合自己的名字（外號）是（　　）？因為（　　）。 2、想提早遇知自己的未來嗎？ 3、如果已知未來，有可能改變嗎（這一題是許多科幻小說深論過的主題）？ 4、目前自己心中的影子與真實的外在一樣嗎？不同之處在哪兒？

主題	聊的內容
書中也提到「夢想的力量」	1、阿笑咕認為：「知識就是限制」。比如：阿海伯說「人只能用兩腿在陸地上走」，本來會飛的阿笑咕就失去此能力了。為什麼？ 2、阿笑咕爸爸說的「齊底與齊頭」的世界，必需靠著心中的想像去打造，讓現實與夢想能會合。對你來說，此任務難度高不高？
書中許多特別的比喻，你懂嗎？它是優秀的創作手法，可供學習。	書中有大量的「以具體來比喻抽象」，或是反過來「以抽象來比喻具體」。比如：「恐慌在我心裡長出手腳，快把我打癱了。」你還找到哪些例子？
本書另有重要理念是：人應該是「宇宙之子」或稱「自然之子」，向大自然學習、與宇宙和平共處。	不論是〈二十四小時不打烊的小學〉，或阿笑咕可以說各國語言，甚至外星語言（語言象徵溝通能力），都有向大自然學習與和平共處理念。 有多篇也皆以「聽、聞、看」等感官能力（與世界交流的方式），來闡述作者此理念，你找得到嗎？比如〈用世界的眼睛輪流看世界〉，從開天闢地開始講起，接著有風耳朵等……
詩與抒情的描寫很多，皆有其哲理	1、遇見死神，阿笑咕請求：把「帶我走」當成一份禮物。想想意思是阿笑咕對死亡的態度是什麼？ 2、找找書中哪些句子或段落，會讓你想很久？將它當成作者送你的禮物，深入的想一想。

⇒ 延伸活動：製作魔法書

在帶領小讀者看過這二本《神奇收費亭》及《不可思議先生故事集》後，請小讀者自己讀過與魔法、奇幻相關的書籍中，有哪些神奇法術令你最難忘，製作一本專屬自己的《魔法之書小百科》。

「魔法奇幻」推薦書單

書名與作者	簡介	適讀年齡
《直到花豆煮熟》（花豆の煮えるまで，1993），安房直子著	小夜的媽媽是山中精靈山姥的女兒，生下小夜後，便回到山裡。想去找媽媽的小夜，試著變成風去尋找。有次真的幻化為風，聽到媽媽的呼喚。書中充滿神秘卻寧靜的童話氛圍，單親小女孩雖孤單，卻又洋溢著奶奶煮花豆的氤氳溫暖。	國小四年級以上
《火車頭大旅行》（Jim Knopf Und Lukas Der Lokomotivfuhrer, 1960），麥克安迪（Michael Ende）著	在一個迷你小國中，有日一個包裹帶來小男嬰吉姆。吉姆長大後，因國王覺得人口過剩，於是吉姆跟火車伕魯卡斯離開，出外探險，同行者還有可當船的火車頭愛瑪。旅程中奇遇不斷，既有趣亦新穎，還打敗龍、救出公主，最終並解決原有難題。	國小四年級以上

書名與作者	簡介	適讀年齡
《詩魂》，2016 出版，陳郁如著	以唐詩做為穿越時空的工具，創意十足。帶點武俠風，以懸疑之筆，讓小男孩穿梭在著名唐詩中，解救「詩魂」。本書先將詩的意境具象化，描繪出一個「邪惡陰氣想取代正氣詩魂」的兩兩對立局面，再讓少年找回分散於五首詩中的魂氣，以便重回詩境。這當中有黑暗勢力的誘惑，解謎的智力遊戲等，是一本既有娛樂又有詩想奇趣的豐富小說。	國小五年級以上
《雨果的秘密》（The Invention of Hugo Cabret, 2007），布萊恩・賽茲尼克（Brian Selznick）著	孤兒想修好爸爸留下的機器人，試圖偷零件的過程中，結識玩具店老闆與古靈精怪的女孩，因而展開一段冒險。本書結合繪本與小說，並已改編為電影。	國小六年級以上

《媽媽使用說明書》、《愛德華的神奇旅行》「家與歸屬」永遠值得追求

我很喜歡帶點幽默奇想的小東西，閱讀起來輕鬆愉快，但其實背後並非僅是嘻笑一下的那種打發時間式閒書。親子關係，應該如果能寫成這樣，不必老是描述成箭拔弩張的對立，應該不錯。如果有本「如何操作媽媽」的萬用說明書，是否便能反轉「主從地位」？《媽媽使用說明書》說的雖是亦真亦假的親子攻防術，但主要是妙趣橫生、淺白易讀；人際關係都是這樣多好。

另外一本要推薦的是風格不同的《愛德華的神奇旅行》，神奇之處在哪裡呢，在只要有心、終能重逢，愛讓主角找到最終的歸屬。

反轉親子「主從地位」的《媽媽使用說明書》

由日本作家伊藤未來《媽媽使用說明書》，主要在說明小學四年級的偉哲，對媽媽有許多期待，於是想到撰寫一份「媽媽使用說明書」，好正確使用與控制媽媽，以達到自己的要求，效果十分靈驗；但在觀察、思考、撰寫過程中，也更深入了解媽媽，體會媽媽的辛苦，最後自己改變了不良的習慣。原來，媽媽也在正確使用偉哲呢。

本書獲得日本青少年讀書心得作文全國競賽主題書，以及西日本讀書心得繪畫競賽指定書。而本書的內容及形式分析如下表。

《媽媽使用說明書》快速剖析

原書名與出版日期
日文《かあちゃん取扱説明書》, 日本 2013 年初版

作者
伊藤未來(いとうみく),日本

臺灣出版社及譯者
小天下出版,原木櫻譯

適讀年齡
國小三年級以上

本書內容及形式剖析

小說內容	重要形式技巧
主題:親子關係、溝通、同理心、獨立 1、主要角色:偉哲、媽媽、爸爸、同學 2、主要場景:家庭與學校 3、時間:偉哲四年級 4、主要情節:為了寫出更詳細的「媽媽使用說明書」,以方便自己運用,偉哲認真觀察媽媽的工作,才體會媽媽辛苦,以及如何解決原有的親子關係障礙。	1、結構:單線順時敘述 2、敘事觀點:第一人稱(偉哲) 3、主要手法:趣味樸拙的小學生語氣,寫出親子之間的溝通隔閡,也因為真心理解而倍覺溫暖。

⇒ **設帶讀《媽媽使用說明書》時的注意重點及提問方向**

1、雖然本書主要在講媽媽與兒子的親子關係,但其實也提及其他
　人際關係,比如同學之間、夫妻之間。因此,重點在如何與人

良好溝通。

2、書中有兩種親子關係；偉哲與媽媽是一種：這是最普通的一種，媽媽會嘮叨、但也充滿關愛、為家庭付出心力。小和與媽媽是另一種：完美媽媽、對孩子無微不至、孩子是自己小宇宙的中心，讓小和有些喘不過氣來。閱讀時，不妨帶小讀者想想自己家的親子關係又是如何？

3、本書以小學四年級的第一人稱來寫，自然有孩子的小偷懶、小耍賴等，但也在「自以為成功掌控局面」時，逐步感受到並無勝利快感，反而開始小失落。就在讀者開始覺得：會不會接下來，偉哲會大加懺悔？情節卻大出意外，媽媽會言聽計從，還眉開眼笑，並非是被兒子的「使用說明書」絕對控制（雖然也有一點功效），而只是她將要出國遊玩，造訪偶像聖地。這點其實是作者高明之處，不寫成傳統的善惡對錯二分法，輕鬆筆調更具新意，也較有說服力。

4、書中爸爸角色也是重點。有沒有發現他擔任的是母子之間的潤滑劑，以「孩子同路人」的同理心，來化解可能的母子緊張關係。爸爸出主意要偉哲寫說明書，是聰明的一招，他知道兒子能透過此方式，真正了解媽媽工作繁忙。比起直接諄諄告誡：媽媽其實很辛苦，有用多了。這也讓讀者可以思考，父母親角色該如何互補互助。

5、作者在書中精心安排了那些「控制媽媽，心願得逞」的勝利，然而，細心的讀者，必也能明白，那是綜合幾個因素而得的。請帶著小讀者想想是哪些因素？可以舉其中一例來思考，比如「不要一直叫我念書的方法」，最後成功的真正原因是什麼？

6、本書易讀、清新又溫暖，不宜過多嚴肅討論。可以延伸聊聊：

（1）偉哲媽媽當然有讀到這份「媽媽使用說明書」。（是無意中看到？偷偷檢查時發現？還是爸爸告密？）你覺得媽媽第一次看到時，心裡的獨白會是什麼？

（2）偉哲與小和一開始都覺得對方的媽媽比較好，他們羨慕的，是對方親子關係中的什麼？你有過類似經驗嗎？

（3）對偉哲來說，理想中的媽媽，有 10 大希望。你要不要也列出自己對媽媽或爸爸的 10 大希望。

（4）反過來，也試著列出你心目中，爸爸或媽媽對你的 10 大希望，寫好後，拿去請他們看看，符合他們的想法嗎？

（5）擬一份「關於我的使用說明書」吧，依書中列的「各部位名稱、各種功能、保養方式、使用方式」來寫與畫。

走一趟尋愛的旅程《愛德華的神奇旅行》

　　《愛德華的神奇旅行》主要在講述高貴的陶瓷兔愛德華，意外離開寵愛他的小主人，歷經多任主人，有愛他的、也有輕易傷害他的，讓原本自傲、自我中心，不懂愛人的他，一次次在溫暖與心碎中，知道該如何敞開心胸，付出愛，再迎接愛。

　　本書獲 2006 年美國角書─環球報兒童文學獎與出版人週刊年度最佳童書。後來因為韓國偶像劇《來自星星的你》劇中男主角也捧讀本書並引用書中文字，造成一波暢銷熱潮。

　　本書的內容及形式分析如下表。

《愛德華的神奇旅行》快速剖析

原書名與出版日期
英文《*The Miraculous Journey of Edward Tulane*》，
2006 年美國初版

作者
凱特·狄卡密歐（Kate DiCamillo），
美國，1964 —

臺灣出版社及譯者
臺灣東方出版社，劉清彥譯

適讀年齡
國小四年級以上

本書內容及形式剖析

小說內容	重要形式技巧
主題：真愛、付出、人生追尋 1、主要角色：陶瓷兔愛德華、歷任主人 2、主要場景：從第一任主人的家，到愛德華所經之處 3、時間：小主人艾比琳十歲起，到她也為人母 4、主要情節：陶瓷兔子愛德華不斷的更替主人；每位主人其實便是愛的課題導師。愛德華從原本十分自戀依賴，到最後與摯愛重逢，終於明白有一種愛，需要透過心碎與學習來達成。	1、結構：圓圈，歷經一圈旅程，再度與原主人重逢。 2、敘事觀點：第三人稱（愛德華） 3、主要手法：文字優雅與含蓄，就算生離死別場面，也沒有一堆嚎啕大哭的描寫，以安穩平靜的筆調，寫出人生中的沉重與可貴，後座力反而更強，帶來回味。

⇒ 帶讀《愛德華的神奇旅行》時的注意重點及 3F 提問法

1、若仔細觀察《愛德華的神奇旅行》封面插畫與書名的意思截然不同,插畫是回家,書名是離家。因此未讀之前,可請小讀者們先預測一下之間的可能關係。

2、以「愛」為核心的小說,萬一流於標語、口號,便很難打動人心。作者並不煽情老套的大發議論,強行灌注,而是娓娓道來:「被愛著,多好」。因此,文字抒情優雅且單純的本書,比較適合慢讀、默讀;某些篇章可以在小讀者較平靜緩和狀態下,輕聲朗讀。先感受文字的悠緩,不急躁。

3、愛的哲理探討當然也是本書重點,請帶著小讀者找找。比如:愛無法索求而得或不勞而獲,必需先付出,這是之一。之二:沒有愛,心是碎的,心碎的人,生命是不完整的,就算再豪華的生活皆無用。之三:真愛如何而得?如果不懂,須虛心向生命請教。如果不屑,便可能必需像愛德華一樣,歷經千瘡百孔冶煉,才能打造出一枚真實的心。

4、本書充滿許多象徵,不妨帶著小讀者尋找。比如:愛德華是被剝除所有華麗的衣飾掉落海中的,意味著裸身/一無所有,只剩最原初的自己,才能展開追尋之旅。

　　以下整理《愛德華的神奇旅行》的 3F 提問法,提供導讀時討論參考。

《愛德華的神奇旅行》的「3F 提問法」

項目	參考題目
Fact 我讀到	1、書中主角是隻陶瓷兔，他的名字一覽表：愛德華 → _____ 2、書中的愛德華除了有不同主人，還做過兩份短暫的工作，你記得嗎？ 3、愛德華去過地方真不少，請列出：艾比琳家 → 郵輪 → _____
Feeling 我覺得	1、愛德華的歷任主人都十分愛他，你覺得是因為將他當作什麼，或因為何種理由？ （1）10 歲的艾比琳： （2）老夫妻勞倫斯與奈莉： （3）流浪漢布爾與他的狗露西： （4）生病的小女孩莎拉： （5）失去妹妹的男孩布萊斯： 2、愛德華一次次被迫離開愛他的人，你覺得哪一段最讓你跟著心痛？理由是？ 3、你覺得愛德華每一次離開主人時的心情有無變化？ 比如：離開艾比琳與離開莎拉時的感受一樣嗎？ 4、為何琵吉娜婆婆對愛德華說：「你真是讓我太失望了。」 5、在娃娃店時，愛德華有段時間把心關閉，不抱任何希望，他想：「我已經受夠了。」你覺得他是受夠了什麼？

項目	參考題目
Finding 我發現	1、你認為琵吉娜婆婆説的公主變疣豬故事，有何用意？ 2、最後來到娃娃店的是艾比琳與女兒，愛德華的旅行終於又回到原點。你認為作者這樣安排的用意是什麼？ 3、愛德華的這趟旅程，神奇之處在哪裡？ 4、除了《愛德華的神奇旅行》，你認為還可以命名為愛德華的（　　）旅行？ 5、想想以下這幾點所代表的象徵意義是什麼？ 　（1）開始時提到愛德華最喜歡冬季，結束時是在春季，且下著春雨。 　（2）愛德華的懷錶。 　（3）老婦人將愛德華吊在菜園木桿上（見插畫），像被掛在十字架。 　（4）愛德華喜歡看夜晚的星星，星星的象徵？ 　（5）奈莉為愛德華設計一對全新的耳朵，象徵？ 6、你認為愛德華最後回應艾比琳時的：「是啊，是我。」時，一定也有很多話要跟艾比琳説，會是什麼？ 7、你認為若以不易摔壞的玩偶當主角，而非陶瓷兔，效果相同嗎？

「家與歸屬」推薦書單

書名與作者	簡介	適讀年齡
《又醜又高的莎拉》（ *Sarah,Plain and Tall*, 1985），佩特莉霞‧麥拉克倫（Patricia MacLachlan）著	媽媽已逝的姊弟兩人，爸爸找來郵購新娘莎拉，照料一家也分擔農場工作。說自己又高又醜的莎拉，雖為繼母，卻堅強獨立又開朗。本書充滿單純樸實、家人彼此關心的氣息，獲得 1986 年紐伯瑞金牌獎。	國小四年級以上
《佐賀的超級阿嬤，1987》，島田洋七著	貧窮的媽媽無力撫養二子，只好將 8 歲的昭廣送到佐賀鄉下，讓他與阿嬤一起生活。雖窮卻樂觀的阿嬤，有許多匪夷所思的度日求生絕招，比如攔截河中別人拋棄的漂流物，資源回收再利用。困頓人生也要奮力、充滿正能量，勵志又風趣。	國小五年級以上
《回家》（ *Homecoming*, 1981），辛西亞‧佛特（Cynthia Voigt）著	在超市停車場上等待媽媽，媽媽卻一去不回，被遺棄的四個孩子，在 13 歲大姊帶領下，展開艱辛旅途，想回一個家。這段回家之路，充滿懸疑、感傷與成長。書中所言：家是維持尊嚴與自由的地方；不是一個地方，而是人，才成為一個家；說明家人之間的堅定信賴與扶持最重要。	中學以上

《晴空小侍郎》
「本土原創」的關注及重視

　　閱讀應該海闊天空，可是在張眼看世界之前，自己腳下土地的芬芳與豐沃當然更該關注。臺灣的優秀童書作者，在文學藝術之外，更以創意為自己作品發散光芒。《晴空小侍郎》便是代表之一，不但靈動好玩，且以少兒視角真誠寫出感人的手足之情、生命價值。

愛的時空俠客《晴空小侍郎》

　　《晴空小侍郎》是一本讓人重新認識鬼的「怪可愛鬼故事」，從小男孩想救回樹上摔落不幸喪生的妹妹，奔至千年前掌管鬼怪的大晴國，大晴國的總部是「莫怪樓」。遇見鬼部尚書晴爺爺後，他通過三個試驗，成為莫怪樓得力的助手，被任命為「晴空小侍郎」，以機智與善良願意助人的心，終於換回妹妹的命。

　　本書曾由風神寶寶兒童劇團加入歌仔戲元素，改編為兒童戲劇演出。還有出續集《明星節度使》。本書的內容及形式分析如下表。

➡ 帶讀《晴空小侍郎》時的注意重點與參考活動

　　鬼怪小說，本身已具有引人遐思之效，加上作者既諧趣又聰敏寫法，建議可先以幾則書中的文字遊戲來引起動機。

1、可以先朗讀一段男孩與鬼怪鬥法場景，引發興趣。比如：各找兩句有「風」與「空」的成語，然後湊在一起，猜猜可能會帶來

《晴空小侍郎》快速剖析

出版日期
2006 年

作者
哲也，臺灣，1966 ——

出版社
親子天下出版

適讀年齡
國小四年級以上

本書內容及形式剖析

小說內容	重要形式技巧
主題：善良、手足情、珍惜擁有、機智 1、主要角色：晴空小侍郎、晴爺爺、鬼怪們、妹妹 2、主要場景：莫怪樓 3、時間：現代與千年前 4、主要情節：一心想救妹妹的男孩，以其善良大愛，機智與勇氣，加上晴爺爺、晴風小侍郎等人協助，最後讓自己取代妹妹，回到莫怪樓繼續為鬼怪們服務。	1、結構：圓圈。千年前鬼怪世界為主線，中間與末尾各加入兩段現代的敘述。最後的番外篇末尾又銜接上第一章，所以是「圓圈」結構。本書的圓圈也可視為具「迴圈」意義（生死循環）。 2、敘事觀點：全知觀點 3、主要手法：大量加入韻文、成語，用以書寫符咒、歌謠等。文字遊戲的趣味運用。

    什麼神奇法術。又例如：「風吹草動 + 四大皆空」會產生什麼法力？

2、本書不需要細節拆解，反而破壞閱讀興致。但是為了掌握情節，可帶領小讀者完成簡單的時空一覽表（如下表）。

《晴空小侍郎》的時空一覽表

章	主要時空背景	主要角色	重要關鍵詞、事、物
1～17	千年前的莫怪樓	晴空小侍郎、晴爺爺、唐郎等鬼怪們	大晴國鬼部尚書晴時雨灶王爺……
18	現代男孩家	男孩與妹妹	妹妹死因
19～20	千年前的莫怪樓	晴空小侍郎與鬼怪們	
21～22	現代男孩家與學校	男孩與變成鬼的妹妹、變成校工爺爺的晴爺爺	
23～37	千年前的莫怪樓		
38	現代男孩家		
39	千年前的莫怪樓		
番外篇	千年前的莫怪樓	晴風小侍郎與哥哥晴火、晴爺爺	

3、為了塑造晴空小侍郎善良、樂於助人形象，書中讓鬼怪們也各有其性格，甚至也有弱點，可以請小讀者列出讓人印象深刻的（見「《晴空小侍郎》鬼怪一覽表」）。

《晴空小侍郎》鬼怪一覽表

鬼怪名稱	性格與自己的想法
晴時雨	對投奔來的鬼怪心懷善念，想助他們死後得到平靜。因此找的助手也有相同本性。説不定是鎖定晴空小侍郎，故意去未來幫他。
唐郎	
草原精靈	
蜥蜴小妖	
桃樹老人	

4、既是鬼怪奇幻小說，書中當然有法術。想想你印象最深的寶物、法器是什麼？並整理成一張表格來說明（見「《晴空小侍郎》寶物、法器說明」）。如果可以，你最想擁有哪一樣，你想用來做什麼？

《晴空小侍郎》寶物、法器說明

寶物、法器等	功能
灶王爺的咒語	
幻影劍	
去吧／來吧小娃娃	

5、書中可以聊的話題，參考如下：

（1）從哪些片段，可以得知晴空小侍郎的善良？

（2）說說九十五樓「盆栽人生」的寓意。

（3）從書中不少描述，比如讓鬼怪們在陽光草原唱著「我們的心，就是極樂世界」等，看得出作者想傳達給讀者，關於「死亡」的想法是什麼嗎？

（4）晴爺爺說：「真正的咒語，是用愛與語言做成的。」試著想想它有道理嗎？

（5）晴空小侍郎與晴風小侍郎都是莫怪樓的助手，若你是晴爺爺，會分配什麼工作給他們？

（6）作者讓晴空小侍郎最後以命換命來救妹妹，因此情節中必需安排「他一定會這樣做」的理由，才具有說服力。試著找找書中有哪些線索（原因），可以帶著讀者接受最後這樣的結果？比如：男孩對小餓鬼有同情心，所以應該也會為最親的妹妹犧牲便是線索之一。

6、書中的文字遊戲十分熱鬧有趣。可以延伸練習玩玩。比如：

（1）地、水、火、風、空是鬼部侍郎命名的依據，也能以此說出成語、產生法力。試著選兩個字來玩。比如「地、火」→ 天雷地動 + 火眼金晴，可燒燬謊言精靈。

（2）編一則幻影劍的咒語。

「本土原創」推薦書單

書名與作者	簡介	適讀年齡
《蘭嶼、飛魚、巨人和故事》，2015出版，張友漁著	蘭嶼島上的四個孩子，海邊遇見巨人鬼魂。巨人想知道當年他聽到一半的故事後來結局。於是孩子們接到這個特殊專題作業，在搜集資料、理出脈絡、尋找結論時，部落的傳說、禁忌、習俗，也一一呈現。書末作者也開放的示範出更多可能。「一籮筐的故事」或許便在主張：歷史傳承或記憶有多種角度，端賴後人如何說它寫它。	國小四年級以上
《太平山情事》，1999出版，李潼著	小說場景設定於民國四十年間宜蘭的太平山上，主角是載運木材的少年黑豆。書中有對父親職災死亡、是否因為人為疏失的困惑；有情苗初長，該拔除還是順其成長的忐忑。作者的書寫節奏，鋪陳著流暢且張力強的情節。而書中使用的語言，不論在聽覺視覺等的感官經驗上，亦具魅力。	國小五年級以上
《小婉心》，1992出版，管家琪著	大時代底下的動盪局勢，生活環境改變，人際關係也改變，在不斷的變局中，小女孩婉心經歷了對日抗戰、國共內戰、轉往臺灣。全書焦點並非在戰事，而是少女的成長，而個人成長其實也隱喻不同族群之間的互信或敵對。	國小五年級以上

註釋

14 基模的概念是由著名的發展心理學家尚‧皮亞傑（Jean Piaget）所提出的「認知發展理論」（Cognitive-developmental theory）中的一個概念。基模的意思是指個體運用與生俱來的基本行為模式，瞭解周圍世界的認知結構。

15 Zine 就是內容與形式都自由的獨立出版品，是目前國外最流行的年輕人文學創作，多半以「一張紙做一本書」，方便複印多份。完成後可舉辦小書展，多做幾本以交換。

🔍 少年小說趣聞，你知道嗎？

❊ 咖啡連鎖店星巴克（STARBUCKS）的店名由來，來自一本小說？

美國作家梅爾維爾的《白鯨記》（*Moby-Dick*, 1851），小說中有位酷愛咖啡的大副，名叫「Starbuck」。星巴克創辦人霍華德‧舒爾茨因為熱愛這本書，而用了書中大副之名，不過字尾多加了「S」，表示希望更多人愛喝咖啡。

❊ 六千多冊經典兒童文學可在網路上免費讀？

美國佛羅里達大學的鮑德溫圖書館（UFDC），在歷史兒童文學網站上免費提供六千多冊經典童書，光是《愛麗絲漫遊奇境》便有 15 個版本。經典少年小說《彼得潘》等或科幻小說之父儒勒的作品也都有。

另外，如果想在線上免費閱讀中文童書，台灣各地的雲端圖書館也是好選擇。

別告訴愛麗

可以擷取小說最重要情節，
搭配這一段的影片共賞，以做對照比較，
說不定能引起小讀者自行閱讀全書的動機。

vs. 愛麗絲夢遊仙境

8 部小說
vs. 電影的
讀、看、想

當小說遇上電影的火花

　　不少小說已改編為電影，藉觀賞影片引發閱讀小說興趣，是個好策略。如果時間不多，甚至可以擷取小說最重要情節，搭配這一段的影片共賞，以做對照比較，說不定能引起小讀者自行閱讀全書的動機。

　　可以討論導演手法與原著小說的重要異同點，例如：以主題來說，小說原來主題，導演有適當演繹嗎？還是已背離原來主題？或以角色分析，影片的選角適不適當，與原來閱讀書本時的角色形象相符嗎？開始與結尾，書本的描寫與影片的畫面各自為何？彼此的結局相同嗎？……等等。

　　我以 8 部改編自著名少年小說的同名電影為例，分別為《少年PI 的奇幻漂流》、《綠野仙蹤》、《女巫》、《鷹與男孩》、《怪物來敲門》、《魯冰花》、《奇蹟男孩》、《說不完的故事》等，簡述二者在敘事手法的迥異處，供大家參考。同時也提供如果對照討論時，可以帶領小讀者思考什麼？

原著小說與電影拍攝的異同分析

主題	小說原來主題，導演有適當演繹嗎？ 還是已背離原來主題？
角色	影片的選角適不適當，與原來閱讀書本時的角色形象相符嗎？
頭尾 比較	1、開始時，書本的描寫／影片的畫面為何？ 2、結尾時，書本的描寫／影片的畫面為何？ 3、感覺哪個氣氛掌握得比較動人？
最大 不同點	1、結局相同嗎？ 2、被刪掉哪些角色／重要情節？增加什麼？……等。

《少年 PI 的奇幻漂流》：
小說電影各有光芒

《少年 PI 的奇幻漂流》DATA

原著名稱	《少年 PI 的奇幻漂流》（ *Life of Pi* ）
關鍵字	人性與獸性、信仰、生存
原著小說作者	加拿大楊・馬泰爾（ Yann Martel ），2001 年出版。
改編電影導演	臺灣李安，2012 年上映。

小說與電影最大不同
電影刪減小說前半段：在印度經營動物園時的家庭、學校生活。影片主要採雙線進行：年少時的海上漂流與現今與訪談作家的對話。

　　《少年 PI 的奇幻漂流》的情節大意是在講述一位印度少年 PI，家裡開設動物園。舉家搭船遷移加拿大時，遭遇船難，PI 起初與紅毛猩猩、鬣狗與斑馬、孟加拉虎同在救生艇，之後僅剩老虎理查・帕克與他共存。他們經歷各種海上險境，也曾登上滿是狐　的食人島。最後終於上岸，老虎離去，PI 獲救。

小說 VS. 電影的最大 3 處不同點

　　如果要選出 21 世紀絕不能錯過的小說與其改編電影，《少年 PI 的奇幻漂流》絕對可名列前茅。作者楊・馬泰這本鉅著已為大家

所熟悉，另一本《倒著走的人》，主角總是倒著走路，這畫面也真吸引人；他擅長既奇幻卻又寫實的衝突戲劇感，情節背後卻都有其所以然，從角色到時空背景，充滿象徵意義。讀 PI 這本小說，一定得問自己：為什麼主角家開動物園？真的有隻老虎一起漂流嗎？老虎象徵什麼？ PI 最後說出的兩個版本，你相信哪個？

要將魔幻感十足的小說，改編為電影，藉現今科技之便，什麼特效都不成問題。不過，想將這些引人深思的「意義」拍出來，就沒那麼簡單了。於是，導演篩減小說的諸多概念，只留最重要的主軸「人性的各種可能」來鋪陳情節。

因而，雖然小說與電影的情節相差不多，電影版並無大改編，但小說前三分之一詳述主角 PI，家裡開設動物園，議論著人工環境與自然野境的優劣，顯然作者是要藉此展開之後的人性與獸性、在哪種狀態下何勝何敗的爭辯。這部分電影便全然捨去。

小說與電影的結構大抵相同，穿插作家與主角 PI 對話，再帶出 PI 的回憶。最大不同點則有三處。

首先是開場：小說一開始是如真似假的序言。在序中，不論寫書時間、地點，都是真的；但這篇序中說明小說是從何而來，此部分又是虛構的。所以，有點像是在昭告讀者：接下來的情節，是假中亦真，虛實交錯。當然也呼應到情節最後，關於海難，主角揭示了兩個版本，何為真何為假？可以說小說版從頭到尾，都在叩問讀者：你相信哪個人生版本；或說：你比較想以哪種視角看待生命狀態？是看到轉換為奇幻景致的動物場景，還是逼到絕境時、人吃人的殘酷真實？

電影，則是從動物園開場，動物們在人工綠景中溫馴的攀樹行走；隱約帶出「風雨前當獸還是人」的寧靜氛圍。導演將主軸放在

人性 VS. 獸性對抗大戲，預告著安全關鎖著的原始野蠻，可能會在某個人生點上狂暴釋放。

第二個不同點，是關於理查·帕克的形象與出場方式。小說版在作家觀看 PI 的過往相片時，看到一張學生的團體照，PI 拍拍照片說「這就是理查·帕克」，作家覺得那影象模糊，看不清；此處應是意謂著每個人並非表象般那麼容易被看穿與理解。接著再度出現，則是 PI 回憶海難初時，他拋出救生圈，想營救落海的理查帕克，一直到此處，都讓讀者認為理查帕克是一個人。然而，在驚濤駭浪中，PI 的回憶忽然又變成：「我是不是瘋了？理查帕克，你滾開！」原來，其實是一隻孟加拉虎的理查帕克，已經上了 PI 的小小救生艇，兩個人如今生死與共了。整本小說中，理查帕克的形象，便是人、老虎不斷交替出現，甚至在漂流末期，還敘述理查·帕克攻擊咬食另一個人，救了 PI。小說家要說的，是生命大難時，就算是人，也不得不喚出了生存本能中的獸性。

理查帕克在小說中的形象轉換，充滿文學上的神秘衝擊感。而電影因為必須精簡交待，所以讓作家拜訪 PI 時，便由 PI 直說理查帕克是一隻老虎，顯然遜於小說版的角色變換懸疑魅力。

不過，電影版在畫面的震撼度，自然又是小說遠遠不及的，第三個不同點便在此。電影除了許多海洋鏡面效果，美到一種純宗教般的淨潔感，似在對應 PI 的虔敬信仰，導演也有不同於小說的巧思。比如小說中沒有的蓮花，電影首次出現在童年時，PI 的媽媽繪於地面，講述印度神祇故事；繼而是 PI 心儀的女孩，舞蹈有象徵蓮花之姿；最後救他們一命的食人島，PI 也在一朵蓮花般的種子中，發現人的牙齒。此應為導演想藉以表達母性的聖潔庇護。

此外，有個小地方也頗有意思。小說中的作家，選擇到印度找

靈感是因為比較便宜，但又帶著防衛之心，常對當地人說：「你不會想敲我竹槓吧？」反應出人物想佔便宜又怕被當凱子的心態。而電影中，當作家對 PI 說：「到印度可以節省些開銷」時，導演讓 PI 的表情明顯一愣，然後才有點客套話的、言不由衷的說：「祝你新書大賣」。是否同為亞洲人的導演李安，對歐美人士的優越感，有點在意？

不論你選擇相信哪個版本，重點是相信自己終能在人生惡鬥中，獲得最終的平靜。

⇒ 關於《少年 PI 的奇幻漂流》思考激盪

看完《少年 PI 的奇幻漂流》之後，在帶領小讀者討論可以問：真的有一隻老虎與 PI 一起在大海漂流嗎？為什麼是老虎？如果改成與一隻猴子，或是與一隻貓咪一起漂流，意義相同嗎？

《綠野仙蹤》：
視覺效果的想像與實踐

《綠野仙蹤》DATA

原著名稱
《綠野仙蹤》（*The Wizard of Oz*）

關鍵字
自我認同、互助、追尋

原著小說作者
美國李曼・法蘭克・鮑姆（Lyman Frank Baum），1900 年出版。

改編電影導演
美國維克多・弗萊明（Victor Fleming，亦為《亂世佳人》導演），
1939 年上映。

小說與電影最大不同

色彩大不同。雖然原版小說與首版插畫也有色彩的敘述與描繪，但電影採用從黑白到彩色，尤其是銀鞋變紅鞋，更能呈現原著充滿寓意的精神。

　　幾乎每個人都耳熟能詳的《綠野仙蹤》故事，大致在講述貧窮農家女孩桃樂絲與小狗托托，某日連同房子被龍捲風吹走，卻壓死邪惡的東方女巫，解救原本被奴役的矮人國子民。桃樂絲穿上東方女巫有法力的鞋子，順著黃磚道，至翡翠城向偉大法師奧茲尋求回家之路。一路同行者，還有希望得到腦袋的稻草人、得到心的錫樵夫，與祈求不再膽小的獅子；他們彼此互助，不但鏟除西方女巫，見到奧茲，得到各自所需，最後桃樂絲藉著魔法鞋，連碰腳跟三

次，終於又回到家；只是，魔法鞋也在飛行途中掉落了。

小說 vs. 電影的處理手法分析

《綠野仙蹤》是十分典型的啟蒙小說，具有離家、追尋、成長、返家的基本模式。出版之後由於大受歡迎，作者還續寫了13篇系列小說。之後改編的電影，一樣成了奇幻電影經典。

小說與電影在處理一開始的「離家」，採用截然不同手法。小說版是忽然遇到龍捲風，瞬間便進入追尋階段，像是昭告生命中隨時無預警便有變故。電影版卻具體描述桃樂絲因為對威權（高小姐及警長代表的法定權威）畏懼，十分嚮往彩虹彼端有美好國度；當高小姐強行帶走小狗準備去銷毀時，桃樂絲於是帶著溜回的托托離家出走，路上遇見的假法師以簡單諮商勸她回家，一回家才遭龍捲風吹走。

電影顯然加深了離家的必然理由，強化說服力（原書中並沒有高小姐此人），也藉此呼應影片最後那句：「沒有任何一處比得上家。」（There's no place like home，小說中寫的是「帶我回家，回嬸嬸身邊」[16]），這是一句常被引用的電影金句。

小說與電影整體劇情大致相同，重點皆在取得智慧（稻草人的腦袋）、愛與善良（錫樵夫的心），以及勇氣（獅子最後不再畏縮），才有能力返家。小說中的一些具哲理的寓意，比如：人不能戴著有色眼鏡看世界、魔法有時只是騙術等，電影也都如實演出。但若論視覺效果，電影版以其影音優勢，絕對超越小說。

文字帶來的視覺是想像的，比如《紅樓夢》書末皚皚白雪中，身穿大紅袍的賈寶玉，其對比色彩，雖只是文字，一樣讓讀者難

忘。所以，當小說家已精心創作書中視覺效果，導演只須將這些效果實踐出來即可，還能如何超越？《綠野仙蹤》卻做到了。

最重要的表現手法便是：電影開頭真實農場的生活，是以略似泛黃色調的單色影像呈現，一直到颶風捲起房子都是；桃樂絲甚至在窗外見到高小姐騎著單車，下一秒，高小姐卻變身為騎著掃把的女巫，情節就此從真實進入奇幻。一到幻境，打開門，桃樂絲見到的景像成了彩色畫面。虛實之間的轉變以色彩做交待，藉著電影特效，觀眾便能一目了然。

此外，二者還有個**最著名的視覺效果差異，便是魔法鞋的顏色**。原著小說中，桃樂絲穿的、原本屬於東方女巫的魔法鞋是銀色的；到了電影中，被改為紅色，而且是一雙有蝴蝶結裝飾的閃亮紅寶石鞋。這雙鞋當然也有象徵意義，桃樂絲開頭並不知道它有何魔法，但卻剛好合她的腳（電影中是改為當東方女巫消失，鞋子便自動穿在桃樂絲腳上），有著專為她量身打造的用意。而當任務完成、順利返家後，鞋子已不見、不需要了。作家本意為：每個人都有魔法，一步步陪著你成長。

電影改了鞋子顏色，讀者認為何種為佳？不妨閉上眼睛試著比較一下，銀鞋與紅鞋，在情節中的帶來的視覺意義有何不同？這部電影拍攝時，技術正進入彩色時代，也許導演認為豔亮的紅鞋，襯著桃樂絲素淡的白衣藍裙，可增加戲中想要傳達的魔法感吧。

小說中的這雙法力無邊鞋，其魅力甚至延伸至書外與戲外。比如有一派評論家便堅持原著中的銀鞋，象徵白銀，是要對抗西方經濟的黃金本位；所以電影將之改為紅鞋十分不智，完全違反作家本意。然而電影中將它改為紅鞋，卻成為影迷心中最令人難忘的一雙魔鞋，還因此誕生了時尚界中談論度最高的紅寶石鞋。

小說中,只要將鞋的腳跟對敲三下,便能迅速到達夢想之地、穿梭自如。於是後來在軟體設計界也以「紅寶石鞋效應」,來形容超乎使用者原本期待的程式功能,意思是簡單卻有無比魔力。這應該是原著作者始料未及的衍生影響力。

《綠野仙蹤》的小説或電影對未來的影響力

有趣的是《綠野仙蹤》的小説或電影內容,都在未來造成不小的影響力。例如:在小說中的「黃磚路」,初次出現是好女巫指引桃樂絲如何到翡翠城:「妳最好從起點出發,你只須跟著黃磚路走。」黃磚路後來也成了象徵「尋夢之路」代名詞,常被引用。流行歌手艾爾頓‧強(Elton John)便有一首著名金曲《再見黃磚路》(*Goodbye Yellow Brick Road*)。

另外,電影中除了創造一雙不朽的紅寶石鞋,那句「托托,我想我們已經不在堪薩斯了。」也是常被引用的經典金句(原著小說並沒有這句),意思是「我們已經離開熟悉之地、不在舒適圈了。」不少之後的電影與電視劇經常出現「堪薩斯」這個特定名詞,比如電影《阿凡達》,片中的上校對初抵潘朵拉星球的受訓者說:「你們已經不在堪薩斯了。」(You are not in Kansas anymore.)

記得有次我收看一個科學節目,太空站中的太空人也是說:「若在太空中看到超新星爆炸,發出奇怪的閃光,你就知道自己不是在堪薩斯了!」

⇒ 關於《綠野仙蹤》思考激盪
1、這雙有法術的鞋子,究竟法力是什麼?請想想它表面的功能與

隱含的象徵意義。例如：表面——可以快速帶桃樂絲回到家。隱含的象徵意義——真正有法力的，是自己的腳，知道該選擇哪一條路，走向何處。正如桃樂絲走在黃磚道，朝正確的方向前進，終會回到自己的家。

2、稻草人、錫樵夫與膽小獅，真的有得到奧茲的法力協助，才得到他們想要的大腦、心與勇氣膽量嗎？

3、小說中想得到大腦的稻草人，與想得到一顆心的錫樵夫有段爭論：大腦與心，哪個比較重要？稻草人說：「我要大腦不要心，因為就算傻瓜有了心，也不知道該拿心怎麼辦。」錫樵夫則說：「我想要心，因為大腦不會讓人快樂，而快樂是全世界最棒的事。」你的看法為何？

《女巫》：結局為何大不同

《女巫》DATA

原著名稱
《女巫》（*The Witches*）

關鍵字
真愛、勇氣

原著小說作者
英國羅德・達爾（Roald Dahl），1983 年出版。

改編電影導演
英國尼可拉斯・羅吉（Nicolas Roeg），1990 年上映

小說與電影最大不同

結局截然不同：小說中變成小老鼠的男孩，因為消滅所有女巫，因此自己也無法再變回人形。電影改為有位小女巫沒被消滅，最後將老鼠男孩又變回小男孩。

　　《女巫》主要講述小男孩父母雙亡，於是由外婆照顧。外婆叮囑男孩如何辨識女巫，並須小心避開。當他們到海邊度假時，男孩卻不幸誤入女巫會場，不但目睹另一個貪吃男孩被變成老鼠，自己也遭魔手變身老鼠了。他逃離會場，偷得 86 號配方，與外婆合力消滅英國女巫。然而男孩卻永遠無法變回原樣，最後他決心與外婆至世界各國，一一將女巫除去。

小說 VS. 電影的異同點

小說的閱讀對象是讀者，電影的欣賞對象是觀眾，因此面對讀者與觀眾，對相同的情節，會有不同期待嗎？或說，當原著小說被改編為電影，導演是如何認定觀眾不喜愛原有結局，因而決定加以大扭轉？

如果你對英國作家羅德・達爾熟悉，必定知道他作品中常出現「惡大人 VS. 弱小孩」，書中的大人往往既醜又壞，對小孩極不友善，幸好總能惡有惡報。為何如此？在他自己的半自傳散文《男孩：我的童年往事》中，可能找得到答案。原來他童年時，真的遇到不少沒有好臉色、對孩童施虐的壞大人。有部著名的電影《電子情書》（*You've Got Mail*），女主角是童書店老闆，她在朗讀活動中，為孩子讀的便是《男孩：我的童年往事》中，達爾遇到糖果店壞心老婦人的這一段呢！

這樣的創作主題，在《女巫》中，簡直施展到極致。書中將女巫描述為「把時間都用在消滅孩子」。女巫指的當然是他小說裡常見的惡大人，還說女巫平時很普通，甚至可能是位貴氣的女伯爵（意指威權的惡大人）。

既然巫婆是小說情節中的要角，於是原書中有大量對巫法施展時的描述，比如當男孩被變為老鼠時，用了整整三頁詳細寫著變身步驟，從皮膚如何收縮到壓榨與刺痛感。**相較於文字張力十足的敘寫，電影卻只能以特效**，呈現男孩一瞬間變成老鼠，反倒有點遜色。羅德達爾是位成功的文字駕馭者，小說處處有奇幻驚險，讓讀者在想像中亦能目不暇給，完全不輸影片。

電影版主要情節也依原著如實陳述，當年飾演女巫大王的演

員，不惜犧牲色相，在女巫大會上從高貴女士變為可憎巫婆那一幕，應該讓不少幼童觀眾嚇得掩住雙眼。

影片與原著同樣節奏緊湊，選角也適恰。然而，**小說與電影最大不同便是天壤之別的迥異結局。**

原著小說情節是當男孩變為老鼠，他反而能藉著身形優勢，反擊女巫，憑藉著與外婆一起合作，將慢性變鼠藥投入女巫晚餐的湯鍋中，讓她們毫無察覺喝下，一舉消滅全英國女巫。電影中則獨留一位比較善良的女巫沒有進食。也因此，勢必帶來相異結果。

小說中所有女巫既然全被消滅，男孩也永遠沒有法術可以幫他返鼠還童了。這一點頗為重要，只因男孩唯有變為老鼠，才能不被發現，潛入女巫房間與廚房，以迅速行動消滅女巫，因而就算到頭來，他註定必須永遠是老鼠時，讀者並不特別痛心惋惜。因為象徵邪惡力量的女巫，在老鼠與外婆的合作無間下，將逐一被消滅。此外，還有書中那令許多讀者流淚的一段：男孩問外婆：「老鼠可以活多久？」而外婆說，因為是老鼠變成的「老鼠人」，壽命將比普通鼠長得多，多到正好可以與老外婆「一起死掉」。男孩一點都不在乎成為老鼠，理由是「只要有人愛你，就不會在乎你是什麼。」

有了這兩個理由，讓男孩永遠是老鼠，便顯得既合理又動人。相依為命的祖孫倆，不但攜手成就大事，也能相守到生命終點。生死矛盾，在作家筆下，不但具邏輯性，又在感傷氛圍中，帶出愛的真諦。

關於結局安排的省思

而電影一開始，便有個小迷糊般的年輕女巫當作伏筆，她沒有

喝下毒藥，所以逃過一劫，沒有被消滅。而正因她未被消滅，仍有法術，戲末便有她來到外婆家窗外，笑嘻嘻手指一點，將老鼠人小男孩變回原樣。

電影改為美好結局，有時是一種善意，有時卻顯得多餘——小說結局的不完美，就像是《失落的一角》中闡述的人生真相——文學中的痛苦，是真實生活的常態，根本不需要矯情修正。或許，這是導演考慮到親子共賞影片時，孩子對永遠變身的恐懼，因而體貼的加以彌補吧！但我覺得導演倒是多慮了。

⇒ 關於《女巫》思考激盪

當看完《女巫》的電影及小說後，請小讀者分析兩種完全不同的結局，你比較喜愛哪一種？理由是什麼？

註：2020 年新改編的電影「女巫們」結局比較忠於原著，由安‧海瑟薇飾演女巫大王。

《鷹與男孩》：
內心世界的直說與旁觀

《鷹與男孩》DATA

原著名稱
《鷹與男孩》（*A Kestrel for a Knave*）

關鍵字
生存、勇氣、自我實現

原著小說作者
英國貝瑞·漢斯（Barry Hines），1968 年出版。

改編電影導演
英國肯·洛區（Ken Loach），1969 年上映，片名《*Kes*》。

小說與電影最大不同

小說原有一段老師要全班寫作「一個荒誕不經的故事」，電影刪去此段。但此段從比利寫的文章中，可窺照他心中最大願望便是「早餐豐盛，爸爸回家了，哥哥則永遠不會回來，去看電影吃冰淇淋。」然而對照篇名，如此卑微的平凡生活，卻只是比利不堪的荒誕想像，更令人心酸。另一最大不同，是比利心愛的鷹被哥哥殺了之後，他如何處理痛苦心境的呈現。

　　《鷹與男孩》主要講述單親家庭中的瘦弱小男孩比利，與媽媽、哥哥同住。窮困的礦區生活，不但未能得到家庭溫暖照料，在學校一樣受到同學欺凌，連體育老師都故意找他麻煩，藉機體罰。他無意中偷得一隻小鷹，命名為「凱斯」。細心養育與訓練之下，凱斯不但能帥氣翱翔，也能準確聽令，乖馴停在比利手上。總是人

生失敗者的比利，終於在與鷹的默契情感中，得到屬於自己的存在意義。豈料因一樁誤會，哥哥氣惱之下，殺了他的鷹。失去鷹的比利，生命又添一樁挫折。

小說 VS. 電影的異同處

本土，一直是藝文界認為應該關注的創作主題；在地關懷不僅能取得同鄉觀眾最大共鳴，也回饋滋養自己成長的家鄉。《鷹與男孩》與其改編電影，便是十分典型的此類作品。小說不但暢銷四十多年，堪稱英國的國民讀物，由被譽為「英國電影的良心」導演肯洛區改編的影片，還被《衛報》票選為「全球最佳五十部小說改編電影」第六名。足見英國人對此小說與電影的高度認同。

電影的情節與小說基本上相同，由於選角得當，飾演書中主角比利的小演員，那矮小瘦弱卻又滿臉桀驁不馴的堅毅神情，博得觀眾同情淚之餘，也隨之深思世間弱勢的無奈，並讚歎人的生存韌度可以如此強大。不論小說或電影，催淚效果皆足，感動人心。

會感動，是因為書裡與影片裡的內心世界，被讀到與看到。不過二者呈現方式當然不同。小說可寫盡角色的心理感受，影片卻只能透過動作表情與事件，讓讀者自己揣測。所以，究竟跟著文字，直接讀到那些悲與喜，同步體驗角色的所思所想比較好；還是在影片中，聽其言、觀其行，在那些行為表述中，自行想像角色的內心世界比較好？這是小說與改編電影的對照評比中，最有趣的事了。

在《鷹與男孩》中，文字與影像，究竟何者的渲染力道更強、更能撼動心靈？依我之見，雖然各有所長，但書末與片末的兩種不

同處理手法，倒可以用來思考是小說「過猶不及」，還是電影「未竟其功」。

當比利確知他的鷹慘遭哥哥毒手，必然引發狂暴與憤怒。然而，之後又該如何？此部份，小說與電影結局相同，但描述的過程，小說複雜化，電影則精簡。

小說寫著比利因為心愛的鷹死了，心神恍惚走到童年常去的戲院，那是與爸爸一起看電影的快樂時光。他坐在已破爛不堪的座椅上，螢幕上放映著他的想像：想像著鷹仍在空中遨遊，且還俯衝下來啄擊哥哥，可惡的哥哥只能奔逃。等到心情稍緩，他才回家，把鷹埋了，然後進到屋裡睡覺。作家本意很明顯，希望讀者讀到文學的淨化功能，跟著比利的心靈想像療傷止痛，舒緩沉重哀苦。

電影則將戲院這部分全部捨去。男孩痛哭著與哥哥打罵一番之後，走到後院，默默將鷹埋了，觀眾讀不到他的心中想什麼。似乎只是日常生活中，一件再平凡不過的動作：有隻動物死了，挖個洞將屍體埋了。比利彷彿行屍走肉般的動作，是不是導演想藉此昭告觀眾，有種讓人心碎的生命體悟是：「沒錯，真實人生就是會不斷讓你失望。你以為有復仇機會與改變的可能嗎？別傻了。」

電影這樣的「不光明、不圓滿」處理，如果拿來與《女巫》相比（電影刻意改變小說原有結局，採取比較美好的方式收場），用意截然不同，孰優孰劣，倒可以好好辯論一番。

小說中其實還有個段落，電影也全部刪去。寫作課時，老師出的題目為「一個荒誕不經的故事」，比利倒是寫得很開心，因為在他筆下，不但媽媽變得和藹可親，每日做早餐；對他不友善的哥哥當兵去，再也不會回來；連爸爸都回家了。這篇文章當然意味著比利也有他的渴望。這一段讀者如果反覆讀之，會為之不忍鼻酸，同

時也能意會到，作者好像也在暗示：「寫作，是某種心靈的自我救濟。」每個角落裡都有孤單受創的比利，等待著他的鷹，攜他高飛遠揚。不論直接或旁觀，《鷹與男孩》都值得細想。

⇒ 關於《鷹與男孩》思考激盪

其實這部電影及原著小說改了不少，因此在引導小讀者可以有許多辯論的方向，例如：書中選擇鷹做為男孩的心愛之物，有沒有什麼特別用意？

參考答案：少年小說中以「鷹」為主要角色的不少，有高飛遠揚、自由、睥睨一切之意。對比出瘦弱、常被欺負的男孩，更添張力。如同《追風箏的孩子》中的風箏，雖也有高飛之意，但被線綁著，有受制於命運的意味。

《怪物來敲門》：戲中戲手法

《怪物來敲門》DATA

原著名稱
《怪物來敲門》(*A Monster Calls*)

關鍵字
親情、面對死亡、走過傷痛

原著小說作者
英國派崔克·奈斯(Patrick Ness),2011 年出版 [17]

改編電影導演
西班牙胡恩·安東尼奧·巴亞納(J.A. Bayona),
2016 年上映(劇本也由派崔克擔綱)

小說與電影最大不同

電影增加許多充滿象徵意義的細節,比如老電影《金剛》(King Kong),意味著「對未知的恐懼」,就像康納對未來可能失去媽媽的恐懼。電影中也凸顯康納喜愛畫圖,顯示他是敏感與情感豐沛的孩子,因而能在想像中召喚出怪物(內心恐懼)。電影雖刪減了小說中的女孩莉莉,不過不妨礙主要情節。

    《怪物來敲門》講的是少年康納,5 歲時父親離去,如今母親又因癌症即將死亡,不得不讓外婆照顧,但外婆一向與他處不來。在學校康納也遭霸凌,日子悲慘而絕望。某夜做夢,屋外遠方的紫杉樹,化身為龐大怪物,來到他窗前,連著幾天,對他說了三個故事,並要康納交換出第四個有關自己的故事。

    怪物說的第一則故事:國王娶年輕新皇后後不久死亡,皇后被指為女巫;王子與農夫之女私奔逃亡,第二日農民之女死去,王子

集合全村討伐皇后，怪物卻救走皇后。

　　第二則故事則是：藥師希望取得牧師屋前紫杉樹當藥，卻遭牧師怒斥為巫術而拒絕。豈料之後，牧師女兒病危，遍尋名醫皆無效，最後求助藥師。藥師問牧師：「你願意放棄信仰嗎？」牧師點頭，藥師卻離開不救。

　　第三個故事：有個隱形人，大家都對他視而不見。最後，康納交換出自己的故事：是他在夢中，抓不住懸崖邊的媽媽，放手讓媽媽墜落；意味著必須接受母親的逝去。

小說 vs. 電影的異同

　　「戲中戲」是小說常使用的文學技巧，意思是故事中還有故事；比如《怪物來敲門》中，少年不捨母親離去，內心恐懼化為怪物，被召喚而來；來訪怪物又說了三個故事。戲中戲最早源自框架故事，例如《一千零一夜》，說故事的王妃總在精采處中斷，以求能延續性命繼續說下去。

　　《怪物來敲門》是史上首次得到繪本凱特格林威獎，與小說卡內基獎，足見原著在插畫與文字上，雙雙獲得評審青睞。戲劇感本就飽滿的這本小說，被改編為電影自屬必然。

　　《怪物來敲門》是典型的戲中戲，而作者是有意做此安排的。康納痛苦的面臨母親即將病危離世，因而心中恐懼化為怪獸，此部分為「外在故事」；當怪物被召來眼前，為男孩說的另外三個故事，則是「內在故事」。內在故事不是隨便說說，一定是為了呼應外在故事，兩兩互動衝擊，以內在故事來詮釋、救贖、解放外在故事。因而，**內在故事有點像是針對外在故事所說的寓言。**

戲中戲的層次效果，不論以文字與影像表演，皆非難事。小說只要敘述得當，加上不同字體印刷，便能分辨出二者。而電影則多半讓外在故事以真實影像演出，內在故事則用截然不同的技法，諸如卡通動畫、或改變影像色彩等；以電影來解說戲中戲，更具影像優勢，因為可以一目了然。

　　《怪物來敲門》電影較之小說，難度在於原來的外在故事，本就帶著奇幻感，因為被召喚來的怪物，是虛構想像的，不可能以寫實方式拍攝。所以，如何與也是奇幻的內在故事，做出清楚區別，對導演是個考驗。

　　導演分別以動畫演出前兩個內在故事，主情節中的怪物，則以電腦特效，做出真實感、彷彿是個樹形大巨人。然而，動畫技法亦有上百種，必須選用能貼近此部小說主旨、忠實表達象徵意義的為佳；導演於是在動畫色彩下功夫。

　　第一段內在故事，說的是王子與繼母奪權之爭；重點在真相可能不是你以為的，正如繼母才是受害者，是王子主導一切、充邪惡心機。這故事對照的是外婆並不如表象那樣的惹人厭。此段動畫，在王子私奔後，他與村民的身形變成黑色剪影，僅留空洞雙眼，說明我們所見的僅為輪廓外形，根本察覺不出角色的真實內心。此手法也運用在第二段牧師放棄信仰之後，變為黑色剪影，意味著無信仰也失去靈魂，僅剩軀殼。至於第三段隱形人，則直接讓怪物現身，與康納合為一體，對抗霸凌者，有著準備銜接外在故事的作用。

　　電影也添加不少小說中並沒有的畫面，但充滿寓意。比如康納常以削出的鉛筆屑鋪在紙上，延伸繪出樹下的國王，代表希望自己有主宰力量。而怪物手中握著小男孩，也不時出現在康納畫中與全

片中，更明示怪物便是男孩心中的恐懼，他正被母親死亡威脅的駭怕掌控著。窗外一抬眼便可見的紫杉樹，也意謂著希望雖在遠方，但總是在。小說文字深刻的渲染力與電影畫面直接的衝擊力，都將本書悲傷中的奮力搏擊，表達得淋漓盡致。

⇒ 關於《怪物來敲門》思考激盪

當看完《怪物來敲門》的電影及小說後，可以引導小讀者針對怪物為康納所說的三個故事，你理解它隱含的象徵意義嗎？例如：

第一段：善與惡並不絕對，正如故事中的王子與繼母；康納討厭的外婆（惡），卻是憐惜關愛罹病女兒的慈母（善）。

第二段：信仰與妥協哪個比較重要？雖然康納不願媽媽死去，但奢求偏方解救，卻無法成功時，怪物要他一起破壞牧師的家（銜接到現實是他搗毀外婆的家，甚至珍貴的古董鐘），也帶來毀滅之後的重建可能。

第三段：隱形與存在；想要被人看見、重視，若方法錯誤，可能更徹底隱形、被忽視。康納反擊惡霸同學之後，反而更孤單。但這當然不是康納的錯，他必須有個出口可宣洩。

《魯冰花》：
感動是剎那還是永恆的

《魯冰花》DATA

原著名稱
《魯冰花》

關鍵字
手足情、弱勢關懷、公平正義

原著小說作者
臺灣鍾肇政，1962 年初版

改編電影導演
臺灣楊立國，1989 年上映

小說與電影最大不同

對小主角古阿明的描述不同，小說中善良天真，電影則是調皮愛玩。小說除了控訴不同階級的不平等機會，也大篇幅寫成人反思：包含郭老師對迂腐社會的厭惡，也包含林雪芬老師最後女性意識的覺醒。電影則較簡化，只針對阿明未被選上而失望，死後反而得更大獎的荒謬做發揮。

出自臺灣文學作家鍾肇政手中的《魯冰花》，描寫貧窮的古家小孩阿明熱愛畫圖，他充滿自主的畫風，得到新來的郭老師相中，卻不為主任組長認同，只得讓阿明失望，由畫得比較像的班長林志鴻去參賽。最支持阿明的是姊姊古茶妹，在重男輕女環境中，認命乖巧，疼惜弟弟。阿明雖無參賽，但郭老師私下將他的作品送去參加世界兒童畫展得到特獎，可惜阿明已受寒病亡。

小說 VS. 電影的異同點

我建議先讀《魯冰花》原著小說再看電影，理由很簡單：有些感動，我們希望它成為永恆；小說透過文字，綿密織進許多心理的紛擾糾葛，於是我們逐步成了書中那個人，與他同步觀察生活，同步開心雀躍或嘆氣感傷，如此的沉浸，久久遠遠。電影則再如何煽情，也只在那一剎那，觀眾連結前因後果，跟著劇情陪著一起掉淚；然而，日後再想，如果沒有畫面重播，比較難以像文字那樣，已成為情感 DNA，存於細胞核中。

電影的感動，是外在的一時震撼；小說的感動，較容易長駐於心。雖然也有例外，但通常如此，《魯冰花》便是一例。小說一開始，我們讀到郭雲天這個人，是多麼纖細敏感，雲層的厚薄都能讓他細察，風與葉交響出來的靜寂感，他覺得像太古洪荒；然後讀者跟著他的注意力，轉移到他的寫生畫，隨著他心情憂鬱起來，因為，不論他如何調色修改，明明是眼前碧綠茶樹好景，畫布上的結果，卻看起來 鬱寡歡。這樣的開頭，已經明顯宣告：這不會是一個陽光正面、青春向上的故事。

電影則從魯冰花開始講起，說明著它化做春泥更護茶，所以讓茶喝起來更香，像是一種勵志宣導。接著是郭老師搭渡船而來，在船上遙望採茶人的勤奮景像，於是露出笑容，畫下眼前看起來很積極陽光的氛圍。之後更是大篇幅歡樂且搞笑的劇情，比如孩子怕挨打在屁股上塗辣椒等。

從電影與小說的開頭，便為我們揭示了完全不同的基調，小說陰鬱，電影開朗。而《魯冰花》原著精神，並不在歌誦，而是無聲控訴；我覺得電影似有些走偏。或許，電影因時間短暫，故意讓劇

情從陽光開朗瞬間轉折為悲傷，希望能讓觀眾在相反情緒撞擊中，激發出不平之鳴吧。

　　小說中最動人的，是古茶妹與阿明的姊弟情深。書中雖以全知觀點敘述，但以兩人的描寫最為細膩動人。我們讀到古茶妹對弟弟愛之深、以致於常擔心，怕弟弟阿明受到傷害。尤其她知道弟弟熱愛畫圖，希望弟弟能被選為代表；卻又恨鐵不成鋼的認為弟弟不聽話，總畫得「不像」。小說中不時有古茶妹深入的內心獨白，讀者會在閱讀過程中，變得也神經質起來，成了古茶妹，為心愛的弟弟憂愁著。小說寫出了最樸實真摯的愛，因而當書末失去最愛，那樣的痛會更痛徹心扉。

　　古阿明是純真善良的孩子，雖然小說最主要的情節，是以他的畫作為軸心，然而更成功的，是他的善與美，這應該也是作者寓意，善美有愛，才是藝術珍貴的真諦，而非技巧。從他省下學校發的牛奶，想為小弟阿生補充營養，到他對誤食老鼠毒藥小貓的擔憂，都在展示孩子的無私闊達，天地之間有大愛。因此，電影中有段他為了畫圖，將狗四肢綑綁住，充當模特兒，我覺得是敗筆。小說中的阿明不會這樣自私（何況小說最後阿明也是為找小貓而受寒病亡）。

　　其實《魯冰花》除了寫孩子，很大部分也在寫成人，像是夏目漱石《少爺》般，把典型成人的爾虞我詐、市儈勢利，寫得淋漓盡致。也因為有無辜孩子做對照（就連阿明的對手、同班同學林志鴻，也是另一種被成人掌控的受害者），讓大人的惡形惡色更可憎。所以，**雖然人物太典型，不是大好就是大壞，但不妨礙主線「人性善惡」表述**。電影的如實演出，最大功臣是角色選得好，飾演古阿明與古茶妹的小演員，一露面便是「敢畫出自我主張的天真

孩子」，與「眉宇間總帶著憂愁的老成小孩」。只可惜電影中簡化為調皮孩子不被賞識，未獲機會參賽，死後才得到榮耀，有些公式化的煽情。小說中末尾對天才的隕歿，視為連化做春泥的機會都沒有，思之更令人心疼。

⇒ 關於《魯冰花》思考激盪

再重申一次，建議先讀《魯冰花》原著小說再看電影，才能理解裡面很多細節的鋪陳，然後帶領小讀者討論以下三個問題：

1、魯冰花在小說與電影中，各自的作用與象徵是什麼？你認為相不相同？

2、比較一下小說中與電影中的古阿明，描述的形象有何不同？

3、除了「不同階級、機會的不平等」，你有看出小說中也探討了男女不平等嗎？

《奇蹟男孩》：
所有的孩子都該有人愛

《奇蹟男孩》DATA

原著名稱
《奇蹟男孩》（ _Wonder_ ）
關鍵字
接納與尊重、自我認同
原著小說作者
美國，R. J. 帕拉秋（R. J. Palacio），2012 年美國出版
改編電影導演
美國，史蒂芬‧切波斯基（Stephen Chbosky），2017 年上映

小說與電影最大不同
欺負主角的惡男孩朱利安，小說中並無悔改，一直與主角同校，但最後換他被同學疏遠。電影則讓他中途轉學，那一刻他後悔的向校長道歉。

　　《奇蹟男孩》講述一位先天罕見疾病而顏面畸形的男孩奧吉，原本在家自行教育，上五年級後，進入私校就讀。同學中有對他友善、加以協助者，也有排擠、加以霸凌者。幾位重要同學與男孩的姊姊，其實也有自己的人生難題。互相理解接納之後，奧吉終於結業，還獲頒學校最重要的獎，因為校長認為他鼓舞了其他孩子。

小說 vs. 電影的異同點

　　關懷弱勢、尤其是針對先天疾病者，如何勇闖生命難關，永遠

是勵志小說基本款。本書較特別的是不只聚焦在小男孩的受難與成長，也同等關注周邊的家人、同學的心境，因為當家中或班級中有特殊孩子時，受影響的絕對不是只有這個點，會以此點漣漪出無數的人際圈、人性悲喜戲。

小說分別以「主角奧吉、姐姐維亞、女同學小夏、男同學傑克、姊姊男友賈斯汀、姊姊好友米蘭達」為第一人稱，輪流說出情節，於是讀者不但讀到事件中的因果關係，也讀到不僅是奧吉，所有的孩子，都各有煩惱。唯一最單純的該是打從心底關懷奧吉的小夏，小說中寫著她為何不加入欺負或故意遠離奧吉的原因是：「他也只是個孩子」。從也是孩子的口中說出這個最強大的理由，不顯得世故老成，反而在許多人刻意假裝無視奧吉的不正常中，顯得既簡單又理所當然。此角色不論在小說或電影中，都表現完美，是所有陽光片的必備款，因為才能讓人在混濁世界中，仍有一瓢清流的希望。

在掌握主角的心態上，小說採第一人稱，以大量的內心獨白與對話，逐步工筆描繪出他們的轉變自有其前因後果，不會突然。尤其是好友傑克與姊姊，在小說中的百轉千迴其實相當精采。

以傑克為例，一開始並不想加入「迎賓大使」，擔任「帶奧吉認識校園」任務，拒絕的理由，是因為童年時已在街上見過奧吉，雖然當時保母要他努力不去傷人，但他覺得「看到他，很難表現正常」。這段經歷，看出傑克一開始的不願意，與奧吉無關，是因為認清自己的軟弱；從這一點開始，到之後的與奧吉合、分、合，於是顯得合情合理。一個性格不壞、但有其脆弱處的孩子就是會這樣。而這才是大部分孩子，或說所有人，在人生中的真面貌。我們多數人都不是大善人，但某些時刻，也會被激出慈悲，力抗自己的

懦弱。

　　因此，電影中的傑克，相對而言就略顯刻板，若沒讀過小說，可能難以理解為什麼一個本來頗有正義感的孩子，卻在萬聖節時，惡意中傷自己的好友，然後隔天又無辜狀的問奧吉為什麼不理他。

　　有趣的是，另一個對照組朱利安，在電影中反而比較接近孩童真貌。出身上層社會、虛偽的朱利安，在師長面前表現優秀，私下卻帶頭霸凌奧吉。小說中讓此角一直壞到底，但看得出理由是因為受父母影響。電影中則在中途，因為媽媽不屑自己的孩子與奧吉同校，決定轉學；那一刻，朱利安霸氣盡失，說：「可是我的朋友都在這裡。」隨著趾高氣揚的父母離開校長室時，朱利安轉頭既無奈又可憐的對校長說：「對不起。」，這一幕相信觀眾也會為之軟化，畢竟是孩子啊。

　　以氛圍而言，小說自始至終，圍繞著每個人內心天使與惡魔的交戰，充滿足以深思的良性沉重。電影則以視效，在沉重中另加入暫時跳脫的趣味。尤其搭配奧吉是《星際大戰》迷，於是大量出現相關角色，十分象徵性的代替千言萬語。比如奧吉被懷有惡意的朱利安說：「你比較喜歡達斯西帝吧。」奧吉明白那是故意諷刺他跟達斯一樣，也被毀容，於是螢幕上立刻出現達斯，還做出受傷樣，說：「喔，中箭了。」或是奧吉與傑克成為好友那一刻，下一秒是奧吉穿太空裝在學校走廊飛跑，象徵著當下心理狀態的快意飛翔。

　　書中的大人，戲份沒那麼多，卻都關鍵的扮演「每個孩子都該愛」的慈悲導引者。小說與電影都成功的讓我落淚，都再次提醒：有人的命運沒那麼輕鬆。

➡ 關於《奇蹟男孩》思考激盪

當看完《奇蹟男孩》的電影及小說後，請小讀者討論以下兩個問題：

1、小說中有個很可怕的考驗，當有人發起「黑死病」或如《葛瑞的囧日記》中寫的「臭起司」，設定一個可憐人當目標，萬一接觸到他便染病，換自己也被隔離。這當然是霸凌行為中，雖不直接肉體傷害，卻造成更巨大心理傷害的舉動。想想這種殘酷行為，意味著人性中的什麼？為何群眾願意盲目跟著做，比如本書中只有小夏勇敢的說「它很蠢」？

2、想想小說與電影中，你的落淚點在哪裡，一樣嗎？再思考為何此處讓你心痛。

《說不完的故事》：
結構有其意義

《說不完的故事》DATA

原著名稱
《說不完的故事》（德語《*Die unendliche Geschichte*》，
英語《*The Neverending Story*》）

關鍵字
想像、權威誘惑、純真冒險

原著小說作者
德國，麥克・安迪（Michael Ende），1979 年德國出版

改編電影導演
德國，沃爾夫岡彼得森（Wolfgang Petersen），
1984 年上映，片名為《大魔域》[18]

小說與電影最大不同

有三點，分別如下：
1、培斯提安形象——小說中是小胖子，電影是瘦弱男孩。
2、開始與結束的敘述結構。小說製造出「說不完的故事」迴圈，前半
　　段也讓現實與幻想雙線交錯，中間才合而為一。電影則採單線式敘
　　述。
3、電影只講了小說前半段，到拯救幻想國便結束。小說後半段講了許
　　多培斯提安在幻想國中的經歷，他甚至連自己的名字也忘了（名字
　　在本書有重要意義）。

　　《說不完的故事》在描述一位愛書的單親小男孩培斯提安，某
日因躲避同學霸凌走進書店，偷走一本《說不完的故事》，躲在學
校閣樓閱讀。書中寫著幻想國逐漸被「空無」吞噬，等待救世主，

給女王一個新名字。幻想國的小勇士奧特里歐被任命尋找救世主。隨著情節進行，培斯提安知道自己就是那個救世主，於是進入故事，給女王新名「月童」，拯救幻想國。不料自己卻逐步迷失在權力中，為所欲為，忘掉現實世界，只想留在幻想國中稱王。最後奧特里歐與白色祥龍福哥兒救了他，讓他回家與父親重聚。

小說 VS. 電影的異同處

奇幻文學史上很重要的《說不完的故事》，改編為電影《大魔域》，正好可用來陳述小說與電影二者在某些地方，就是有鴻溝無法互通。此例中，「結構」是最明顯的鴻溝。其次是小說的哲學涵義（比如「空無」的象徵），不過這一點本就難以影像化，讀者倒不會就此點苛責導演。

小說一開始是一幅左右顛倒字，模仿書店玻璃門上印的字，且是從書店往外看的樣子，意思是讀者受邀走進書，開始「說不完的故事」；翻至書末，結束也在書店，寫著培斯提安走出書店，書店老闆從書店內看著男孩與父親的背影。最後一句「這是另一個故事了，下次再說」，其實也意味著故事永遠沒說完的一天。**「開始就是結束、結束又回到開始，循環成永恆」是小說很重要的核心**（書中的月童與漂泊山老人，也是開始與結束象徵），因而需要嚴謹的結構。

電影一開始卻是培斯提安自夢中驚醒，早餐桌上滿臉孤寂的向父親傾訴：「我又夢見媽媽了。」觀眾立刻被告知，這是個思母心切的男孩，於是變成「可憐單親孩子被欺負，於是躲進書裡逃避一切」。甚至末了，還讓培斯提安騎著白龍回到現實世界，向霸凌他的同學報仇。始於思母、終於復仇的單線敘述，已經與小說結構相差甚遠。

尤其電影中，當男孩躲進書店時，對書店老闆說自己讀過許多經典名著；當老闆問是否曾隨著《海底兩萬里》的尼莫船長歷險，男孩雖點頭，卻也說「那只是故事」。接著書店老闆警告培斯提安：「《說不完的故事》不是你該讀的書」，於是培斯提安留下紙條，借走這本書。之後女王呼喚著要他給名字時，培斯提安也不斷質疑「這只個故事啊！」

小說則讓培斯提安一走進書店，書店老闆只與他聊些與書不相干的。趁老闆聽電話時，培斯提安便直接偷走書。此部分，小說使用一整頁描述神秘的、人類的激情，正是此種愛書的激情，召喚培斯提安偷走書；，想必愛書人皆同意此部分的文字充滿魅惑。

二者在闡述「如何與命運之書相遇」採取截然不同角度，**電影是普通的成人式誘導（大人愈禁止讀、反而更想讀），小說則只說「他抗拒不了」**，顯然小說在這點上比較成功，因為強化了培斯提安可以成為幻想國救世主的必要理由。

電影除了破壞小說嚴謹結構，削弱培斯提安對書的激情（電影中他只是個為了遁世的普通讀者），還有個**影像永遠無法取代文字的致命傷，就是想像。**

「想像」當然是本書的價值，也一直是文字最具魅力之處，同一段描述，千萬個讀者腦中自有千萬種模樣。想當然爾，電影那隻「長得像狗一樣的白龍」一出現，小說中「屬於天空、純粹歡樂而溫暖的動物；輕盈一如夏天的雲」便消失（以及書中所有的奇幻之物，再也不奇幻了）。這應該是所有需要大量想像的文字書，圖像或影像化之後的必然命運。

名字在小說中也具有重大意義。培斯提安給女王新名是「月童」，最後藉書店老闆之口，說著「只要再給一個新名字，便能再

見到女王」。「命名」的涵義，除了賦以意義，也代表「歸屬於我」。只要永保想像赤忱，純真如新，人類便能隨時進出幻想之國，不被謊言、權勢等負面意念，造成內心的空無。電影徒有熱鬧情節，難怪原著作者提告，要電影改名呢；更別提之後電影續拍二、三集，亦遭遇負評。有些時候，認真讀小說就好。

⇒ 關於《說不完的故事》思考激盪

　　《說不完的故事》小說跟電影看完後，可以引導小讀者針對下面三題來討論：

1、小說中有許多象徵，比如二蛇互咬的圖騰，就是不斷吞噬又自體再生的意思。象徵只有自己的想像力量，能不斷講述說不完的故事。再找找還有哪些象徵。例如，三道魔門：大謎門、魔鏡門、無鑰門，有何意義？
2、你認為「空無」到底是什麼？
3、說不完的故事，真的說不完嗎？意義為何？

◖▬▬▬▬註釋

16　原著中是桃樂絲初次與稻草人的對話中，有說到：「什麼地方都比不上自己的家」。

17　本書最早是女作家莎帆‧多德（Siobhan Dowd）的構想，已寫好情節大綱與設定角色。然而癌症早逝，享年四十七歲。之後派崔克將原始大綱添加自己延伸的構想完成本書。

18　電影劇情取自小說的前半部，由於結局情節違背小說主旨，作者麥克‧安迪曾提出控訴要求電影改名，但未獲勝訴。之後的兩部電影續集《大魔域 2：回到大魔域》（1990）、《大魔域 3：飛進未來》（1994）則僅是取用原著中人物與部分要素，基本上是無關的故事。

少年小說趣聞，你知道嗎？

❋ 著名小說中最常出現的「時間」。

小說中不可免的，會有時間的相關敘述，其中最有趣的應該是「凌晨四點鐘」。波蘭女詩人辛波絲卡（Wislawa Szymborska，1996 年諾貝爾文學獎得主）有首詩便名為「凌晨四點」（Four A.M.）。而美國知名創意家兼作家 Rives 曾在 TED Talk 以這個時間為題，演講兩次，最後並在網路成立「凌晨四點博物館」（Museum of Four in the Morning），因為他發現，許多電影、小說等，皆可發現背景時間就在凌晨四點鐘。

比如：卡夫卡《變形記》的開頭，主角設定起床的鬧鐘時間是凌晨 4 點：「從床上看，鐘停在四點沒錯」。托爾斯泰的《戰爭與和平》中，描述拿破崙「清晨 4 點鐘仍不想睡。」或露薏絲‧勞瑞的《數星星》中有一段是：「安瑪麗這一夜沒睡好，古老時鐘告訴她：4 點剛過。」還有繪本名為《凌晨 4 點鐘烤起司三明治》（*Grilled Cheese at Four in the Morning*）。凌晨四點也出現在《簡愛》、《咆嘯山莊》、《大亨小傳》、《哈克歷險記》等書中。關於凌晨四點博物館的網址是：http://fourinthemorning.com/。

其他著名小說中的時間有：

1 《魯賓遜漂流記》中，主角在荒島度過 28 年。

2 大仲馬的《基度山恩仇記》中，主角被冤枉，在牢中度過 14 年。

3 被稱為少女版魯賓遜漂流記的《藍色海豚島》主角卡拉娜，在島上獨立生活 18 年。

4 《老人與海》開頭，老人連續 84 天沒有補捉到魚。

5 《尤利西斯》長達十八章，卻只講述發生在 1 天之中（約 18 小時）的情節。

6 《西遊記》中一行人往西方取經，花了 14 年。（真實中的玄奘花 17 年）

7 《魔戒首部曲之魔戒現身》開頭說：比爾博·巴金斯先生宣佈要舉辦自己的 111 歲壽宴。

8 《一九八四》開頭：「鐘敲了 13 下」。《湯姆的午夜花園》裡的老爺鐘，每當敲 13 下，湯姆便發現後院出現神秘的花園。美國詹姆斯·特伯（James Thurber）有本著名的奇幻小說《The 13 Clocks, 1950》。

❈ 童書評論者都是大人，少年兒童可以評論自己讀的書嗎？

當然可以，著名的英國「芒果泡泡」網站 https://mangobubblesbooks.com/，刊登的全是少兒讀者寫的書評。

最早是英國九歲的魯本·喬瑟夫（Ruben Joseph），架設部落格分享閱讀心得，後來更多孩子加入（你也可以），還發起不少活動。最重要的，它完全是孩子自主的、也自己一手推動。成為好讀者之後，也該是個好評論者。

❈ 哪位少年小説作者倍受尊榮？

《小王子》作者聖修伯里在法國受全國愛戴。未加入歐元前的法朗 50 元紙鈔是作者頭像，前後面也都有小王子圖像。里昂市有條街名為聖修伯里，機場名字也是；巴黎的十六區還有聖修伯里碼頭；連日本都有「小王子博物館」。

此外，日本在岩手縣設有宮澤賢治童話村。出生於岩手縣花卷市的童書詩人宮澤賢治，在短短 37 年的生涯中，留下的作品對日本後世影響極大，像是大小朋友都熟悉的哆啦 A 夢動畫「藤子·F·不二雄－哆啦 A 夢·銀河鐵路之旅」，便是由他寫的童話故事「銀河鐵道之夜」改編而來。並曾深刻影響中原中也、谷川俊太郎、宮崎駿等創作者，被列入《朝日新聞》「一千年來最喜歡的日本作家」之一。

知名閱讀推薦人最愛的少年小說推薦書單

為免遺珠之憾，特邀少年小說的著名譯者或推廣人，提供他們的最愛書單，針對適合現階段台灣少年兒童閱讀的「必讀」好書：
（以下依推薦者的姓氏筆畫排列）

● **王秀梗**（退休國中教師、閱讀推廣人）
最愛書單：
《長腿叔叔》（*Daddy-Long-Legs*），珍・韋伯斯特著（見 P.xxx）
《小王子》（*The Little Prince*），聖-修伯里著（見 P.xxx）
《少年小樹之歌》（*the education of little tree*），艾薩・卡特著
《湯姆歷險記》（*The Adventures of Tom Sawyer*），馬克・吐溫著
《少年噶瑪蘭》，李潼著

● **宋珮**（譯者、藝術工作者）
最愛書單：
《城南舊事》，林海音著
《愛麗絲夢遊仙境》（*Alice's Adventures in Wonderland*），路易斯・卡羅著
《天使雕像》（*From the mixed-up files of Mrs. Basil E. Frankweiler*），E.L.柯尼斯柏格著
《柳林中的風聲》（*The Wind in the Willows*），葛拉罕著
《我是大衛》（*I Am David*），安娜・洪著

- 林世仁（作家）

最愛書單：

《湯姆的午夜花園》（*Tom's Midnight Garden*），菲利帕・皮亞斯著

《我們叫它粉靈豆》（*Frindle*），安德魯・克萊門斯著

《浪潮》（*The Wave*），莫頓・盧著

《地海巫師》（*A Wizard of Earthsea*），娥蘇拉・勒瑰恩著

《說不完的故事》（*The Neverending Story*），麥克・安迪著

- 林怡辰（小學教師、閱讀推廣人）

最愛書單：

《那又怎樣的一年》（*Okay For Now*），蓋瑞・施密特著

《洞》（*Holes*），路易斯・薩奇爾著

《手斧男孩冒險全紀錄》（*Hatchet*）共五本，蓋瑞・伯森著

《我的爸爸是流氓》，張友漁著

《西貢小子》，張友漁著

- 吳在瑛（作家、閱讀推廣人）

最愛書單：

《麥提國王執政記》（*Król Maciu　Pierwszy*），雅努什・柯札克著

《記憶傳承人》（*The Giver*）及其系列，露薏絲・勞瑞著

《地海巫師》（*A Wizard of Earthsea*）及其系列，娥蘇拉・勒瑰恩著

《西貢小子》，張友漁著

《手推車大作戰》（*The Pushcart War*），琴・麥瑞爾著

- 周惠玲（譯者、資深主編、文學博士）
最愛書單：
《阿罩霧三少爺》，李潼著
《風兒不要來》（*Out of the Dust*），凱倫・海瑟著
《奇光下的秘密》（*Wonderstruck*），布萊恩・賽茲尼克著
《柳橙不是唯一的水果》（*Oranges Are Not The Only Fruits*），珍奈・溫特森著
《愛因斯坦的夢》（*Einstein's Dreams*），艾倫・萊特曼著

- 柯倩華（譯者、童書評論者）
最愛書單：
《出事的那一天》（*On My Honor*），瑪利安・丹・包爾著
《夏之庭》（夏の庭），湯本香樹實著
《一百件洋裝》（*The Hundred Dresses*），艾蓮諾・艾斯提斯著
《吹口哨的孩子王》（くちぶえ番長），重松清著
《回家》（*Homecoming*），辛西亞・佛特著

- 徐永康（台灣兒童閱讀學會常務理事）
最愛書單：
《華氏 451 度》（*Fahrenheit 451*），雷・布萊伯利著
《狼王的女兒》（*Julie of the wolves*），喬琪珍・克瑞赫德著
《梅崗城故事》（*To Kill a Mockingbird*），哈波・李著
《手推車大作戰》（*The Pushcart War*），琴・麥瑞爾著
《寂靜的春天》（*Silent Spring*），瑞秋・卡森著

- **許建崑**（東海大學中文系教授）

最愛書單：推薦三位台灣作家原創少年小說：

《我是白痴》，王淑芬著

《地圖女孩鯨魚男孩》，王淑芬著

《再見天人菊》，李潼著

《博士布都與我》，李潼著

《風鳥皮諾查》，劉克襄著

《座頭鯨赫連麼麼》，劉克襄著

- **張子樟**（曾任台東大學兒童文學研究所所長）

最愛書單：推薦他的學生必讀書目如下：

《柳林中的風聲》（*The Wind in the Willows*），葛拉罕著

《愛麗絲漫遊奇境》（*Alice's Adventures in Wonderland*），路易斯・卡羅
著

《梅崗城故事》（*To Kill A Mockingbird*），哈波・李著

《金銀島》（*Treasure Island*），羅勃特・路易斯・史蒂文生著

《鹿苑長春》（*Yearling*），瑪喬麗・金南・勞林斯著

《說不完的故事》（*The Neverending Story*），麥克・安迪著

《孿生姊妹》（*Jacob Have I Loved*），凱瑟琳・佩特森著

《嗑藥》（*Junk*），馬文・柏吉斯著

《墓園裡的男孩》（*The Graveyard Book*），尼爾・蓋曼著

《蠍子之家》（*The House of the Scorpion*）、《鴉片王國》（*The Lord of
Opium*）系列，南茜・法墨著

《記憶傳承人》（*The Giver*）及其系列，露薏絲・勞瑞著

《墨水世界》系列（*Inkheart trilogy*），柯奈莉亞・馮克著

- **黃筱茵**（兒童文學工作者）
最愛書單：
《時間的皺摺》（*A wrinkle in time*），麥德琳・蘭歌著
《超級偵探海莉》（*Harriet the Spy*），露薏絲・菲茲修著
《墓園裡的男孩》（*The Graveyard Book*），尼爾・蓋曼著
《瑪蒂達》（*Matilda*），羅德・達爾著
《夜間遠足》（夜のピクニック），恩田陸著

- **劉清彥**（作家、譯者、金鐘獎閱讀節目烤箱讀書會主持人）
最愛書單：
《口琴使者》（*Echo*），潘・慕諾茲・里安著
《奇蹟男孩》（*Wonder*），R. J. 帕拉秋著
《愛德華的神奇旅行》（*The Miraculous Journey of Edward Tulane*），凱特・狄卡密歐著
《八號出口的猩猩》（*The One and Only Ivan*），凱瑟琳・艾波蓋特著
《羅德・達爾經典故事全集》，羅德・達爾著

少年小說 20 個主題延伸書單

- **「自我認同／成長啟蒙」延伸書單**
- 《代做功課股份有限公司》（宿題ひきうけ株式会社），古田足日著。講述自我負責的故事。國小三年級以上適讀。
- 《尼基塔的童年》，亞歷克西・托爾斯泰（A. Tolstoy）著。1923 年出版，講述 9 歲俄國男孩的生活。國小四年級以上適讀。
- 《清秀佳人》（*Anne of Green Gables,* 1908），露西・莫德・蒙哥馬利著。講述紅髮安妮的成長故事。國小五年級以上適讀。
- 《一個女孩》，陳丹燕著。1998 出版，講述文革背景之下女孩的成長故事。國小五年級以上適讀。
- 《艾伊卡的塔》（原文見 p80），雅娜・博德娜洛娃著。1999 年出版，敘述一位單親家庭小女孩，對母親新男友的抗拒到接納。國小五年級以上適讀。
- 《星期三戰爭》（*The Wednesday Wars,* 2007），蓋瑞・施密特著。搭配莎士比亞名著，講述越戰期間男孩的成長。國小六年級以上適讀。
- 《蟬為誰鳴》，張之路著。略帶奇幻感，講述成長本身便是一種魔法。國小六年級以上適讀。
- 《草房子》，曹文軒著。1997 出版，講述村莊中交織互動的人性故事，已改編為電影。國小六年級以上適讀。
- 《破蛹而出》（*Surviving The Applewhites,* 2002），史蒂芬妮・司・托蘭著。講述叛逆的孩子來到創意學苑，在正向引導與接納中，成長蛻變。國小六年級以上適讀。

- 《從謊言開始的旅程：熊本少年一個人的東京修業旅行》，喜多川泰著。講述為圓謊而展開成長之旅。中學以上適讀。
- 《深夜小狗神祕習題》（*The Curious Incident of the Dog in the Night-time*, 2003），馬克・海登著。講述主角為高功能自閉症孩子。中學以上適讀。
- 《布魯克林有棵樹》（*A Tree Grows in Brooklyn*, 1943），貝蒂・史密斯著。講述紐約布魯克林區艱辛卻也堅強的成長故事。中學以上適讀。

- **「人生意義／重要價值」延伸書單**
- 《一百件洋裝》（*The Hundred Dresses*, 1944），艾蓮諾・艾斯提斯著。國小四年級以上適讀。
- 《打斷史達林的鼻子》（*Breaking Stalin's Nose*, 2011），尤金・葉爾欽著。國小五年級以上適讀。
- 《洞》（*Holes*, 1998），路易斯・薩奇爾著。中學以上適讀。
- 《書店的黛安娜》（本屋さんのダイアナ, 2014），柚木麻子著。中學以上適讀。

- **「人際關係／友誼互助」延伸書單**
- 《夏綠蒂的網》（*Charlotte's Web*, 1952），E・B・懷特著。講述互助與犧牲。國小四年級以上適讀。
- 《紅葫蘆》，曹文軒著。1994 出版，講述邊緣孩子的故事。國小五年級以上適讀。
- 《我是好人》，王淑芬著。2018 出版，講述乖乖牌孩子的心情故事。國小五年級以上適讀。

- 《刺蝟的願望》（*Het verlangen van de egel*, 2014），敦‧德勒根著。講述詩意與哲理的道出人際之間的渴望與恐懼，國小五年級以上適讀。
- 《小偷》，王淑芬著。2014 出版，講述班級裡陸續有人遺失錢財，小偷是內賊，還是每個人心中另有隱情？國小六年級以上適讀。

● 「霸凌議題」延伸書單
- 《簡愛，狐狸與我》（*Jane, the Fox, and Me*, 2013）芬妮‧布莉特著。圖像小說，適合國小六年級以上。
- 《西莉雅的甜蜜復仇》（*The Sweet Revenge of Celia Door*, 2013）凱倫‧芬尼佛洛克著。適合中學以上。
- 《青鳥》（青い鳥, 2007），重松清著。中學以上適讀。
- 《羊孩子》（*The Goats*, 1987），布洛克‧柯爾著。中學以上適讀。

● 「勇敢冒險」延伸書單
- 《綠野仙蹤》（*The Wizard of Oz*, 1900），法蘭克‧包姆著。國小四年級以上適讀。
- 《強盜的女兒》（*Ronja Rövardotter*, 1981），阿思緹‧林格倫著。國小四年級以上適讀。
- 《吹，夢巨人》（*The BFG*, 1982），羅德‧達爾著。國小四年級以上適讀。
- 《閃亮亮的小銀》（연어, 2008），安度眩（안도현）著。國小四年級以上適讀。

- **「關於愛情」延伸書單**
  - 《Forever, 1975》，茱蒂‧布倫著。中學以上適讀。
  - 《寫給未來的日記》（*Golden*, 2013），潔西‧柯比著。中學以上適讀。
  - 《停車暫借問》，1981 出版，鍾曉陽著。中學以上適讀。

- **「幽默趣味」延伸書單**
  - 《雷夢娜八歲》（*Ramona Quimby, Age 8*, 1981），貝芙莉‧克萊瑞著。國小三年級以上適讀。
  - 《淘氣的阿柑》（*Clementine*, 2006），莎拉‧潘尼培克著。國小三年級以上適讀。
  - 《萊可校長的女學生》（*Ms. Rapscott's Girls*, 2015），伊莉絲‧普莉瑪著。國小四年級以上適讀。
  - 《頑皮故事集》，1993 出版，侯文詠著。國小四年級以上適讀。
  - 《神偷阿嬤：大衛‧威廉幽默成長小說》（*Gangsta Granny*, 2011），大衛‧威廉著。國小五年級以上適讀。
  - 《少年大頭春的生活週記》，1992 出版，張大春著。中學以上適讀。

- **「生命教育」延伸書單**
  - 《星星婆婆的雪鞋》（*Two Old Women*, 1993），威兒瑪‧瓦歷斯著。國小五年級以上適讀。
  - 《光草》（*Lo Stralisco*, 1987），羅貝托‧皮烏米尼著。國小五年級以上適讀。
  - 《想念五月》（*Missing May*, 1992），辛西亞‧賴藍特著。國小五年級以上適讀。

‧《不殺豬的一天》（*A Day No Pigs Would Die*, 1972），羅伯特‧牛頓‧派克著。國小五年級以上適讀。

● 「關懷弱勢」延伸書單
‧《爬樹的魚》（*Fish in a Tree*, 2015），琳達‧茉樂莉‧杭特著。講述閱讀障礙。國小五年級以上適讀。
‧《奇蹟男孩》（*Wonder*, 2012），R. J. 帕拉秋著。講述罕見疾病、顏面發育不全的男孩。國小六年級以上適讀。
‧《柯林費雪：非典型少年社交筆記》（*Colin Fischer*, 2012），艾許利‧愛德華‧米勒著。講述高功能自閉症。中學以上適讀。
‧《聽見顏色的女孩》（*Out Of My Mind*, 2010），莎倫‧德蕾珀著。講述腦性麻痺。中學以上適讀。

● 「自然生態」延伸書單
‧《八號出口的猩猩》（*The One and Only Ivan*, 2012），凱瑟琳‧艾波蓋特著，國小四年級以上適讀。
‧《尼爾斯騎鵝旅行》（*Nils Holgersson's wonderful journey across Sweden*, 1906），塞爾瑪‧拉格洛夫著（為首位獲諾貝爾文學獎的童書作家）。國小四年級以上適讀。
‧《藍色海豚島》（*Island of the Blue Dolphins*, 1960），司卡特‧歐德爾著。國小五年級以上適讀。
‧《叢林奇談》（*The Jungle Book*, 1894），魯德亞德‧吉卜林著。講述被狼撫養長大的叢林王子。國小六年級以上適讀。、
‧《達爾文女孩的心航線》（*The Curious World of Calpurnia Tate*, 2009），賈桂琳‧凱利著。熱愛自然科學、探索研究的女孩。國小六年級以上適讀。

・《遇見靈熊》（*Touching Spirit Bear*, 2001），班・麥可森著。以「環行正義」改變暴力少年，使之在孤島中找回心靈平靜。國小六年級以上適讀。

・《冰海之鯨》（*Ice Whale*, 2014），珍・克雷賀德・喬治。國小六年級以上適讀。

・《世界盡頭的動物園》（*The Zoo at the Edge of the World*, 2014），艾瑞克・崁・蓋爾著。國小六年級以上適讀。

・《山居歲月》（*My side of the mountain*, 1959），珍・克雷賀德・喬治著。國小六年級以上適讀。）

・《野性的呼喚》（*The call of the wild*, 1903），傑克・倫敦著。中學以上適讀。

● 「歷史與戰爭」延伸書單

・《戰火下的小花》（*The Breadwinner*, 2000），黛伯拉・艾里斯著。國小四年級以上適讀。

・《穿條紋衣的男孩》（*The Boy in the Striped Pajamas*, 2006），約翰・波恩著。國小四年級以上適讀。

・《戰馬喬伊》（*War Horse*, 1982），麥克・莫波格著。國小六年級以上適讀。

・《保重，搖滾大兵》（*Be Safe*, 2007），賽維爾 - 勞倫・佩提著。中學以上適讀。

・《偷書賊》（*The Book Thief*, 2005），馬格斯・朱薩克著。中學以上適讀。

- 「科技與未來」延伸書單
- 《動物農莊》（*Animal Farm*, 1945），喬治・歐威爾著。國小五年級以上適讀。
- 《三腳征服者》（*The Tripods*, 1967- ）四部曲，約翰・克里斯多夫著。國小六年級以上適讀。
- 《蒼蠅王》（*Lord of the Flies*, 1954），威廉・高汀著。中學以上適讀。

- 「魔法奇幻」延伸書單
- 《魔女宅急便》，（日語：魔女の宅急便, 1985），角野榮子著，國小三年級以上適讀。
- 《風吹來的瑪麗・包萍》（*Mary Poppins*, 1934），P. L. 崔弗絲著。國小四年級以上適讀。
- 《說不完的故事》（*The never ending story*, 1979），麥克・安迪著。國小五年級以上適讀。
- 《黃金羅盤》（*The Golden Compass*, 1995），菲力普・普曼著。國小五年級以上適讀。
- 《彼得潘》（*Peter and Wendy*, 1911），詹姆斯・馬修・貝瑞著。國小五年級以上適讀。
- 《哈倫與故事之海》（*Haroun and the Sea of Storie*, 1990），薩爾曼・魯西迪著。國小六年級以上適讀。
- 《墓園裡的男孩》（*The Graveyard Book*, 2008），尼爾・蓋曼著。中學以上適讀。
- 《墨水心》（*Inkheart*, 2003），柯奈莉亞・馮克。中學以上適讀。
- 《喝下月亮的女孩》（*The Girl Who Drank the Moon*, 2016），凱莉・龐希爾著。中學以上適讀。

- 「家與歸屬」延伸書單
- 《不想說再見》（*The Poet's Dog*, 2016）佩特莉霞・麥拉克倫（Patricia MacLachLan）著。講述小狗意外救出兩個孩子，成為彼此的守護。國小四年級以上適讀。
- 《我要帶你回家》（*When Friendship Followed Me Home*, 2016），保羅・格里芬著。講述被領養的孩子、寫作、唸書給狗狗聽。國小五年級以上適讀。
- 《當石頭還是鳥的時候》（*Als die Steine noch Vogel waren*, 1998），瑪麗亞蕾娜・蘭可著。內容講述因難產而需特殊治療與教養的孩子。國小五年級以上適讀。
- 《彼得與他的寶貝》（*PAX*, 2016）莎拉・潘尼帕克（Sara Pennypacker）著。內容講述男孩與他心愛的狐狸分開，探討愛是永遠佔有還是放手。國小六年級以上適讀。
- 《嘿，外星人你在聽嗎？》（*See You in the Cosmos*, 2017），程遠著。內容講述單親男孩自造火箭、想效法地球金唱片發射至外太空、成長之旅。國小六年級以上適讀。
- 《天使掉進破鞋盒》（*Mit Clara sind wir sechs*, 1991），彼得・赫爾德林（Peter Hartling）。主要講述家庭故事。國小六年級以上適讀。
- 《會寫詩的神奇小松鼠》（*Flora and Ulysses：The Illuminated Adventures*, 2013），凱特・狄卡密歐著。講述奇幻、懂人語的小松鼠引領單親女孩成長。國小六年級以上適讀。
- 《我親愛的瑪德蓮》（*Tom, petit Tom, tout petit homme, Tom*, 2010），芭芭拉・康絲坦汀（Barbara Constantine）著。講述單親小男孩與失去至親老婦人相識，彼此成為慰藉。中學以上適讀。

- 《那一年，兩個夏天》（*Memories of Summer*, 2000），露絲・懷特著。內容講述主角姊姊罹患精神分裂症。中學以上適讀。

● 「本土原創」延伸書單
- 《柿子色的街燈》，2010 年出版，陳素宜著。具有客家文化氛圍的親情童話小說。國小三年級以上適讀。
- 《悶蛋小鎮》，2013 出版，張友漁著。以花蓮玉里為背景的成長故事。國小五年級以上適讀。
- 《媽祖林默娘》，2016 出版，鄭宗弦著。主要講述媽祖故事。國小五年級以上適讀。
- 《癡人》，2011 出版，蔡宜容著。以「富春山居圖」為軸，串起兩段人生故事。國小六年級以上適讀。
- 《河濱戰記：流浪者之歌首部曲》，2017 出版，駱圓紗著。主要講流浪狗故事。國小六年級以上適讀。
- 《靈魂裡的火把》，2016 出版，幸佳慧著。講述美國男孩與臺灣女孩、梵谷與陳澄波的畫，交織出東西藝術交會時的光芒。中學以上適讀。
- 《海龍・改改》，2017 出版，張國立著。少年發現二戰時日軍留下的潛艇，尋寶冒險之旅。中學以上適讀。

● 「公平正義」延伸書單
- 《蘭德理校園報》（*The Landry News*, 1999），安德魯・克萊門斯（Andrew Clements）著。講述媒體該有什麼存在意義、社會的最大公約價值與正義為何。國小五年級以上適讀。

· 《獅心兄弟》（瑞典文：Bröderna Lejonhjärta，英文為 *Broderna Lejonhjarta*, 1973），阿思緹·林格倫（Lindgren Astrid）著。和平戰士化身的兩兄弟，在玫瑰谷中為反暴力而戰。國小五年級以上適讀。

· 《逃難者》（*Refugee*, 2017），艾倫·葛拉茲（Alan Gratz）著。三條線輪流穿插敘述三段不同時空的難民遭遇，最近的在 2015 年。就算逃離家園的死亡威脅，卻可能是另一苦難的開始。國小五年級以上適讀。

· 《致所有逝去的聲音》（*The Hate U Give*, 2017），安琪·湯馬斯（Angie Thomas）著。講述黑人少年遭白人警察無辜槍殺，黑人少女必需為自己出聲，力爭正義。中學以上適讀。

· 《禽獸》（*Monster*, 1999），沃爾特·狄恩·麥爾斯（Walter Dean Myers）著。討論司法真能公正嗎？正義可以與什麼交換？中學以上適讀。

· 《梅崗城故事》（*To Kill a Mockingbird*, 1960），哈波·李（Harper Lee）著。講述白人律師勇於為被冤屈入罪的黑人挺身辯護。中學以上適讀。

· 《浪潮》（*The Wave*, 1981），改編電影為《惡魔教室》），莫頓·盧（Morton Rhue，本名Todd Strasser）著。小說靈感來自真實事件：美國 1969 年一位歷史教師，在一班高三學生進行的納粹實驗，最後演變成獨裁、洗腦、暴力行為。中學以上適讀。

· 《手推車大作戰》（*The Pushcart War*, 1964），琴·麥瑞爾（Jean Merri）著。公民意識；紐約為背景，一群手推車小販（小蝦米），抵抗官商勾結（大魚）惡勢力。中學以上適讀。

- 「走過傷痛」延伸書單

・《被遺忘的孩子》（*Only Child*, 2018），瑞安儂・納文（Rhiannon Navin）著。講述美國校園槍擊事件之後，破碎家庭中的孩子如何自處？國小六年級以上適讀。

・《出事的那一天》（*On My Honor*, 1986），瑪利安・丹・包爾（Marion Dane Bauer）著，1987年紐伯瑞獎。講述童年好友溺斃，如何痛苦面對。國小六年級以上適讀。

・《童年那一場意外》（*How the Trouble Started*, 2012），羅伯特・威廉斯（Robert Williams）著。講述八歲時的意外害死一個小孩，男孩之後的人生充滿艱難與誤解，唯有靠自己走出深淵。國小六年級以上適讀。

・《沉默到頂—布藍威眨眼之謎》（*Silent to the Bone*, 2000），柯尼斯伯格（E. L. Konigsburg）著。講述因重大事件而忽然失語。國小六年級以上適讀。

・《怪物來敲門》（*A Monster Calls*, 2011），派崔克・奈斯（Patrick Ness）著。史上首部同獲卡內基文學獎與凱特格林威獎。講述母親即將病逝，男孩如何勇於放手。中學以上適讀。

・《事發的十九分鐘》（*Nineteen Minutes*, 2007），茱迪・皮考特（Jodi Picoult）著。講述自小被霸凌的孩子終於決定瘋狂槍擊校園，責任在誰？中學以上適讀。

・《玫瑰送來的道別》（*The Year of The Rat*, 2014），克萊兒・佛妮絲（Clare Furniss）著。講述母親難產留下妹妹，如何走出傷痛？中學以上適讀。

· 《忘記告訴你的那些事》（*Two or Three Things I Forgot to Tell You,* 2012），喬伊斯·卡格·奧茲（Joyce Carol Oates）著。講述摯友自殺，痛苦之餘，兩位女孩仍有自己的人生難題要面對。中學以上適讀。

● 「偵探推理」延伸書單

· 《三個問號偵探團》（*Die Drei ??? Kid,*1999），德國晤爾伏·布朗克（Ulf Blan）著。國小四年級以上適讀。

· 《晴天就去圖書館吧》2003 日本出版，綠川聖司著。國小四年級以上適讀。

· 【亞森·羅蘋傳奇】（*Arsène Lupin,* 1905-）系列，法國莫理士·盧布朗（Maurice Leblanc）著。國小五年級以上適讀。

· 【福爾摩斯經典探案】（*Sherlock Holmes,* 1887-）系列，英國柯南·道爾（Arthur Conan Doyle）。國小五年級以上適讀。

· 《朋友四個半：神祕的洞穴》（*4 1/2 Freunde,* 1992），德國約希·弗列德里（Joachim Friedrich）著。國小五年級以上適讀。

· 《獵書遊戲》（*Book Scavenger,* 2015），美國珍妮佛·夏伯里斯·貝特曼（Jennifer Chambliss Bertman）著。國小六年級以上適讀。

· 《誰偷了維梅爾》（*Chasing Vermeer,* 2004），美國布露·巴利葉特（Blue Balliett）著。國小六年級以上適讀。

· 《少年鱷魚幫》（*Vorstadtkrokodile,* 1976），德國麥斯·范德葛林（Max von der Grun）著。國小六年級以上適讀。

- 「歷史小說」延伸書單
- 《來自古井的小神童》2016 出版，廖炳焜著。臺灣歷史。講述鄭成功率軍抵臺對抗荷蘭為背景，穿越時空來到現代的臺南，展開冒險。國小四年級以上適讀。
- 《麻達快跑》2017 出版，陳榕笙著。為平埔族傳說。國小四年級以上適讀。
- 《淡水女巫的魔幻地圖》2012 出版，張嘉驊著。臺灣歷史。時空穿越，以西班牙統治臺灣歷史為背景。國小五年級以上適讀。
- 《少年噶瑪蘭》2004 出版，李潼著。臺灣歷史。主角為平埔族噶瑪蘭血統的少年。國小五年級以上適讀。
- 《超時空友情》2004 出版，蔡宜容著。以時空交錯手法，認識中國古代五位名人岳飛、朱元璋、陶淵明、譚嗣同與鄭板橋。國小五年級以上適讀。
- 《三劍客》（*Les Trois Mousquetaires*, 1844），大仲馬（Alexandre Dumas）著。講述法國路易十三時期，少年劍俠達太安與三劍客被捲入宮廷密謀之戰。國小五年級以上適讀改寫版。
- 《舞奴》（*The Slave Dancer*, 1973，又譯《販奴船》），寶拉・福克斯（Paula Fox）著。講述美國男孩被迫參與非洲販奴的歷史。男孩被擄上販奴船，負責吹笛鼓舞奴隸。1974 年紐伯瑞金牌獎。國小五年級以上適讀。
- 《鴿子與劍》（*Dove and Sword: A Novel of Joan of Arc*, 1995），南西・嘉登著（Nancy Garden）。法國歷史，對聖女貞德的另類書寫。國小六年級以上適讀。

- 《偷書賊》（*The Book Thief,* 2005），馬格斯・朱薩克（Markus Zusak）著，1939 年納粹時代，德國一對夫妻收養十歲女孩；女孩偷書是為了能藉著朗讀，給予自己與受害者生存下去的力量。中學以上適讀。
- 《燦爛千陽》（*A Thousand Splendid Suns,* 2007），卡勒德・胡賽尼（Khaled Hosseini）著。阿富汗卡利班暴政下，女性更須在父權下堅強活出自己的人生。中學以上適讀。
- 《灰影地帶》（*Between Shades of Gray,* 2011），露塔・蘇佩提斯（Ruta Sepetys）著。1941 年的立陶宛，15 歲女孩畫下被蘇聯統治下的寒冷與希望。中學以上適讀。
- 《三國演義》成書於元末明初（14 世紀），中國歷史。羅貫中著。中學以上適讀。
- 《錦囊》2013 出版，呂政達著。臺灣歷史。以一枚據說是隆武帝賞給鄭成功的錦囊為軸，貫穿幾個家族的悲歡人生故事。中學以上適讀。

- ●「其他經典」書單
- 《查理與巧克力工廠》（*Charlie and the Chocolate Factory,* 1964），羅德・達爾（Roald Dahl）著。講述夢想。國小四年級以上適讀。
- 《祕密花園》（*The Secret Garden,* 1911），法蘭西絲・霍森・柏內特（Frances Eliza Hodgson Burnett）著。講述友誼。國小五年級以上適讀。
- 《時代廣場的蟋蟀》（*The cricket in times square,* 1960），喬治・塞爾登（George Selden）著。講述友愛、自然。國小五年級以上適讀。

- 《天使雕像》（*From the mixed-up files of Mrs. Basil E. Frankweiler*, 1967），柯尼斯柏格（E. L. Komigsburg）著。講述藝術價值。國小五年級以上適讀。
- 《通往泰瑞比西亞的橋》（*Bridge to Terabithia*, 1977）凱薩琳·帕特森著。講述友誼、撫平傷痛，被改編為電影《尋找夢奇地》。國小五年級以上適讀。
- 《銀河鐵道之夜》，日本宮澤賢治著，1934 年。講述奇幻、生命意義。國小六年級以上適讀。
- 《湯姆的午夜花園》（*Tom's Midnight Garden*, 1958），菲利帕·皮亞斯（Phillipa Pearce）著。講述超越時空的友誼。國小六年級以上適讀。

原文書名的中英文譯名對照表

- ● **第 1 課　帶領孩子進入「少年小說」的問與答**
- ·《小說面面觀》(*Aspects of the novel*, 1927)，愛德華・摩根・佛斯特著。
- ·《伊索寓言》(*Aesop's Fables*, 1484)
- ·《精美小書》(*A Little Pretty Pocket-Book*, 1744)，由紐伯瑞出版。
- ·《兩隻漂亮小鞋》(*The History of Little Goody Two-Shoes*, 1765)，由紐伯瑞出版。
- ·《小女孩雜誌》(*Young Misses' Magazine*, 1756)，由戴博蒙夫人出版。
- ·《小淑女雜誌》(*Young Ladies' Magazine*, 1760)，由戴博蒙夫人出版。
- ·【蘇菲系列】(*Sofie's Misfortunes trilogy*, 1858-59)，由賽居爾夫人著，分別為《小淑女》、《假期》、《蘇菲的煩惱》三部小說構成的三部曲。
- ·《一隻驢子的回憶》(*Mémoires d'un âne*, 1860)，賽居爾夫人著。
- ·《少年們》(*Teens*, 1897)，路易絲・麥克著。
- ·《一個少女的痛苦與快樂》(*Backfischchens Leiden und Freuden*, 1863)，由赫姆爾出版。
- ·《保羅街小子》(*Die Jungen von der Paulstraße*, 1906)，莫納赫著。
- ·《鐵木兒和他的夥伴》(*Timur and His Squad* 或 Тимур и его команда, 1940)，蓋爾達(Arkady Gaidar)著。
- ·《十七歲的夏天》(*Seventeenth Summer*, 1942)，美國莫琳・黛莉(Maureen Daly)著。

- 《小教父》（*The Outsiders*, 1967），蘇珊・艾洛絲・辛登（S. E. Hinton）著。
- 《魯濱遜漂流記》（*Robinson Crusoe*, 1719），英國丹尼爾・笛福著。
- 《基度山恩仇記》（*Le Comte de Monte-Cristo*, 1844-46），法國作者大仲馬著。
- 《叢林奇談》（*The Jungle Book*, 1894），魯德亞德・吉卜林著。
- 《野性的呼喚》（*The call of the wild*, 1903），傑克・倫敦著。
- 《麥田捕手》（*The Catcher in the Rye*, 1951），沙林傑（J.D. Salinger）著。
- 《蒼蠅王》（*Lord of the Flies*, 1954），威廉・高汀著。
- 《最後一個摩希根人》（*The Last of the Mohicans*, 1826），美國詹姆斯・菲尼莫爾・庫伯（James Fenimore Cooper）著
- 《塊肉餘生記》（*David Copperfield*, 1850），又有人譯為《大衛・考柏菲爾》，英國查爾斯・狄更斯（Charles Dickens）著。
- 《小婦人》（*Little Women*, 1868），美國露意莎・梅・阿爾柯特（Louisa May Alcott）著。
- 《海底兩萬里》（*Vingt mille lieues sous les mers*, 1870），法國儒勒・凡爾納（Jules Gabriel Verne）著。
- 《湯姆歷險記》（*The Adventures of Tom Sawyer*, 1876），美國馬克・吐溫（Mark Twain）著。
- 《哈克歷險記》（*Adventures of Huckleberry Finn*）又譯《頑童歷險記》，美國馬克・吐溫（Mark Twain）著。
- 《金銀島》（*Treasure Island*, 1883），英國羅勃特・路易斯・史蒂文生著。

- 《神啊，祢在嗎？》（*Are You There God? It's Me, Margaret*, 1970），美國茱蒂‧布倫（Judy Blume）著。
- 《巧克力戰爭》（*The Chocolate War*, 1974），羅柏‧寇米耶著。
- 《是誰搞的鬼》（*I Know What You Did Last Summer*, 1973），國路易斯‧鄧肯著
- 《哈利波特》（*Harry Potter*, 1997），J‧K‧羅琳著。
- 《殺死葛里芬先生》（*Killing Mr. Griffin*, 1978），洛伊斯‧鄧肯著。
- 《我的達令，我的漢堡》（*My Darling, My Hamburger*, 1969），保羅‧辛德爾著。
- 【雞皮疙瘩】系列（*Goosebumps*）是美國作家 R‧L‧斯坦創作的一系列以青少年為主角和閱讀對象的恐怖小說，第一本為 1992 年出版的《死亡古堡》（*Welcome to Dead House*，或譯《鬼屋大冒險》，截至 2015 年共出版 180 本原始系列。
- 《暮光之城》（*Twilight*, 2005），史蒂芬妮‧梅爾著。
- 《波西傑克森：神火之賊》（*Percy Jackson- The Lightning Thief*, 2005），雷克‧萊爾頓（Rick Riordan）著。
- 《飢餓遊戲》（*The Hunger Games*, 2008），蘇珊‧柯林斯著。
- 《千面英雄》（*The Hero with a Thousand Faces*, 1949），約瑟夫‧坎伯著。
- 《青鳥》（*L'Oiseau bleu*, 1911），莫里斯‧梅特林克著
- 《綠野仙蹤》（*The Wizard of Oz*, 1900），美國李曼‧法蘭克‧鮑姆著。
- 《星際大戰》（*Star Wars*, 1977），詹姆士‧魯西諾著。
- 《喝下月亮的女孩》（*The Girl Who Drank the Moon*, 2017），凱莉‧龐希爾著。

· 《小說的藝術》（*L'Art du Roman*, 1992），米蘭・昆德拉著。

· 《葛瑞的囧日記》（*Diary of a Wimpy Kid*, 2007 年出版此書系列的第一本《葛瑞的囧日記 1：中學慘兮兮》），傑夫・肯尼（Jeff Kinney）著。

· 《瑪蒂達》（*Matilda*, 1988），羅德・達爾著。

· 《魔戒》（*The Lord of the Rings*, 1954），托爾金著。

· 《納尼亞傳奇：獅子、女巫、魔衣櫥》（*The Legend Of Nrania:The Lion, the Witch and the Wardrobe*, 1950），C.S. 路易士著。

· 《小說藥方：人生疑難雜症文學指南》（*The Novel Cure: An A-Z of Literary Remedies*, 2013），艾拉・柏素德及蘇珊・艾爾德金著。

· 【小木屋】系列（*Little House in the Big Woods*, 1932），羅蘭・英格斯・懷德著。

· 《花婆婆》（*Miss Rumphius*, 1982），文圖由芭芭拉・庫尼著。

· 《木偶奇遇記》（英語：*The Adventures of Pinocchio*，義大利語：*Le avventure di Pinocchio*）是 1880 年卡洛・科洛迪在義大利出版的作品，被認為是兒童古典文學經典之一，曾拍成電影逾二十次。

· 《代做功課有限公司》（宿題ひきうけ株式会社 , 1966），古田足日著。

· 《長腿叔叔》（*Daddy-Long-Legs*, 1912）

· 《格列佛遊記》（*Gulliver's Travels*,1726），強納森・斯威夫特著。

· 《莎士比亞戲劇故事集》（*Tales From Shakespeare*, 1807），蘭姆姊弟（Mary & Charles Lamb）。

· 《傲慢與偏見》（*Pride and Prejudice*, 1813），珍・奧斯汀著。

· 《簡愛》（*Jane Eyre*, 1847），夏綠蒂・勃朗特著。

· 《閱讀的力量》（*The power of reading*, 1993），Stephen D.Krashen 博士著。

· 《風格練習》（*Exercises in Style*, 1947），雷蒙·格諾著。

- 第 2 課　快速進入少年小說樂趣的基礎篇
  　　　　──從內容著手

· 《變形記》（*Die Verwandlung*,1915），卡夫卡著。
· 《神曲》（義大利原文：*Divina Commedia*，英語：*Divine Comedy*），但丁著。
· 《如何閱讀一本書》（*How to Read a Book*, 1940），艾德勒，范多倫著。
· 《愛麗絲漫遊奇境》（*Alice au pays des Merveilles*,1865），路易斯·凱洛著。
· 《綠野仙蹤》（*The Wizard of Oz*, 1900），李曼·法蘭克·鮑姆著。
· 《從謊言開始的旅程：熊本少年一個人的東京修業旅行》（「また、必ず会おう」と誰もが言った, 2010），喜多川泰著。
· 《獅心兄弟》（瑞典原文：*Bröderna Lejonhjärta*，英語：*Broderna Lejonhjarta*, 1973），1977 年拍作同名電影。阿思緹·林格倫著。
· 《七種基本情節》（*The seven basic plots: Why We Tell Stories*, 2004），克里斯多福·布克著。
· 《閱讀小天后》（*Kelsey Green, Reading Queen*, 2013），克勞蒂亞·米爾斯著。
· 《美女與野獸》（法語：*La Belle et la Bête*，英文為 *Beauty and the Beast*）
· 《祕密花園》（*The Secret Garden*, 1911）由英國作家法蘭西絲·霍森·柏內特創作的一部小說，於 1909 年出版，被廣泛的認為是兒童文學的經典代表之一。

- **第 3 課　快速進入少年小說樂趣的進階篇**
  ──從形式著手

·《尤里西斯》（*Ulysses*, 1922），詹姆斯‧喬伊斯著。

·《在我墳上起舞》（*Dance on my grave*, 1982），艾登‧錢伯斯著。

·【福爾摩斯經典探案】（*Sherlock Holmes*, 1887-）系列，是英國作家柯南‧道爾（Arthur Conan Doyle）所著的，以私家偵探福爾摩斯（夏洛克‧福爾摩斯）為主角的系列偵探小說。

·【亞森‧羅蘋傳奇】（*Arsène Lupin*, 1905-）系列，法國莫理士‧盧布朗（Maurice Leblanc）著。

·《查令十字路84號》（*84 Charing Cross Road*, 1970），海倫‧漢芙著。

·《獻給阿爾吉儂的花束》（*Flowers for Algernon*, 1966），丹尼爾‧凱斯（Daniel Keyes）著。

·《深夜小狗神祕習題》（*The Curious Incident of the Dog in the Night-time*, 2003），馬克‧海登著。

·《親愛的漢修先生》（*Dear Mr. Henshaw*, 1983），貝芙莉‧克萊瑞著。

·《尋水之心》（*A Long Walk to Water*, 2010），琳達‧蘇‧帕克著。

·《我是乳酪》（*I Am the Cheese*, 1977），羅柏‧寇米耶著。

·《奇光下的祕密》（*Wonderstruck*, 2011），布萊恩賽茲尼克著。

·《口琴使者》（*Echo*, 2015），潘‧慕諾茲‧里安著。

·《晴空下與你一起狂奔》（あと少し、もう少し, 2001），瀨尾麻衣子著

·《還有機會說再見》（*Before I fall*, 2010），蘿倫‧奧立佛著。

·《說不完的故事》（*The never ending story*, 1979），麥克‧安迪著。

·《怪物來敲門》（*A Monster Calls*, 2011），派崔克‧奈斯（Patrick Ness）著。

- 《白鯨記》（*The Whale*），赫爾曼·梅爾維爾著。
- 《我是馬拉拉》（*I Am Malala*），由 馬拉拉·優薩福扎伊，派翠西亞·麥考密克共同創作。
- 《追鷹的孩子》（*Sky Hawk*, 2011），吉兒·露薏絲（Gill Lewis）著
- 《夏之庭》（夏の庭, 1992），湯本香樹實著。
- 《藍色海豚島》（*Island of the Blue Dolphins*, 1960），司卡特·歐德爾著。
- 《少年小樹之歌》（*the education of little tree*），是艾薩·卡特化名佛瑞斯特·卡特（Forrest Carter）所創作的一部回憶錄式小說。
- 《你一生的預言》（*Story of Your Life*, 1998），由華裔科幻小說家姜峯楠（Ted Chiang）著。
- 《閃亮亮的小銀》（연어, 2008），安度眩（안도현）著。
- 【時間的皺摺】系列（*A wrinkle in time*，又稱【時光五部曲】），麥德琳·蘭歌（Madeleine L'Engle）著。
- 《墓園裡的男孩》（*The Graveyard Book*, 2008），尼爾·蓋曼著。
- 《梅崗城故事》（*To Kill a Mockingbird*, 1960）哈波·李（Harper Lee）著。
- 《噪反》（*Chaos Walking*）三部曲，派崔克·奈斯著。
- 《大仿寫！文豪的 100 種速食炒麵寫作法》（もし文豪たちが カップ きそばの作り方を書いたら），神田桂一與菊池良合著。
- 《內在英雄》（*The Hero Within : Six Archetypes We Live By*, 1986），卡蘿·皮爾森著。
- 《孤雛淚》（*Oliver Twist*, 1838），狄更斯（Charles Dickens）著。
- 《鉛十字架的祕密》（*Crispin:The Cross of Lead*, 2002），艾非著。
- 《孿生姊妹》（*Jacob Have I Loved*, 1980），凱瑟琳·佩特森（Katherine PA）著。

- 《狐狸不說謊》（*Füchse lügen nicht*, 2014），烏利希・胡伯（Ulrich Hub）著。
- 《命運之門》（*Postern of Fate*, 1973），阿加莎・克里斯蒂著。
- 《宇宙盡頭的餐廳》（*The Restaurant at the End of the Universe*），道格拉斯・亞當斯著。
- 《愛麗絲鏡中奇遇》（*Through the Looking-Glass*, 1871），路易斯・卡羅著。
- 《珊瑚島》（*The Cay*, 1969），西奧多・泰勒著
- 《島王》（*Kensuke's Kingdom*），麥克・莫波格著。
- 《小公主》（*A Little Princess*, 1905），法蘭西絲・霍森・柏納特著。
- 《沉睡者與紡錘》（*The Sleeper And The Spindle*, 2013），尼爾・蓋曼著。
- 《傲慢與偏見與僵屍》（*Pride and Prejudice and Zombies*），賽斯・葛雷恩・史密斯（Seth Grahame-Smith）著。
- 《鷹與男孩》（*A Kestrel for a Knave*, 1968）英國貝瑞・漢斯著。
- 《愛德華的神奇旅行》（*The Miraculous Journey of Edward Tulane*, 2006），凱特・狄卡密歐（Kate DiCamillo）著。
- 《永遠的狄家》（*Tuck Everlasting*, 1975），奈特莉・芭比特（Natalie Babbitt）著。
- 《發條鐘》（*Clockwork*, 1996），菲利普・普曼著。
- 《想念五月》（*Missing May*, 1992），辛西亞・賴藍特著。
- 《哪啊哪啊～神去村》（神去なあなあ日常），三浦紫苑著。
- 《追風箏的孩子》（*The Kite Runner*, 2003），卡勒德・胡賽尼著。
- 《憤怒的葡萄》（*The Grapes of Wrath*, 1939），約翰・史坦貝克著。
- 《姊姊的守護者》（*My Sister's Keeper*, 2004），茱迪・皮考特著。

· 《奇風歲月》（*Boy's Life*, 1991），羅伯特·麥卡蒙著。

· 《回家》（*Homecoming*, 1981），辛西亞·佛特著。

● **第 5 課　15 個閱讀主題與 19 本書導讀實例**

· 【雷夢娜】系列（*The Complete Ramona Collection*）共 8 冊，貝芙莉·克萊瑞著。主要描述充滿想像力卻又經常另人哭笑不得的 Ramona 所發生的故事。

· 【亨利·哈金斯】系列（*Henry Huggins Series*）共 6 冊，貝芙莉·克萊瑞著。描述亨利和他收養的流浪狗里斯比、朋友以及街坊鄰居間發生的故事。

· 《默默》（*Momo*, 1973），麥克·安迪著。

· 《風沙星辰》（英文書名為 *Wind, Sand and Stars*, 1939），法文原名為《人類的大地》（*Terre des hommes*），由安東尼·迪·聖-修伯里著，出版於 1939 年。

· 《夜間飛行》（*Vol de nuit*, 1931），安東尼·迪·聖-修伯里著。

· 《說謊的阿大》（うそつき大ちゃん, 2005），阿部夏丸著。

· 《不會哭泣的魚》（泣けない魚たち, 2008），阿部夏丸著。

· 《超越巧克力戰爭》（*Beyond The Chocolate War*, 1985），羅柏·寇米耶著。

· 《浪潮》（*The Wave*,1988），美國作家 Morton Rhue 著。

· 《長襪皮皮出海去》（*Pippi Langstrump gar ombord*, 1946），阿思緹·林格倫著。

· 《長襪皮皮到南島》（*Pippi Langstrump I Soderhavet*, 1948），阿思緹·林格倫著。

- 《少年維特的煩惱》（德語：*Die Leiden des jungen Werthers*，英文書名：*The Sorrows of Young Werther*, 1774），德國作家歌德（Johann Wolfgang von Goethe）著。
- 《不要講話》（*No Talking*, 2007），安德魯・克萊門斯著。
- 《屍體》（*The Body*），史蒂芬・金著，收錄在《四季奇譚》（Different Seasons）中的秋天之章，於 1982 年初版。
- 《戰爭遊戲外傳：安德闇影》（*Ender's Shadow*, 1999），歐森・史考特・卡德（Orson Scott Card）著。
- 《野獸國》（*Where the Wild Things Are*, 1963），莫里斯・桑達克（Maurice Sendak）著。

● 第 6 課　8 部小說 VS. 電影的讀、看、想
- 《倒著走的人》（*The High Mountains of Portugal*, 2016），楊・馬泰著。
- 《男孩：我的童年往事》（*Boy: Tales of Childhood*, 1984），羅德・達爾著。
- 《失落的一角》（*The Missing Piece*, 1976），由謝爾・希爾弗斯坦（Silverstein, Shel）著。
- 《少爺》（坊っちゃん, 1906），夏目漱石著。

學習與教育
BKEE0203P

少年小說怎麼讀？
從讀到解讀，帶孩子從小說中培養閱讀素養

作者／王淑芬
繪者／黃鼻子
責任編輯／李寶怡
編輯協力／盧宜穗
封面設計／三人制創
美術設計／連紫吟、曹任華
行銷企劃／林靈姝

發行人／殷允芃
創辦人兼執行長／何琦瑜
總經理／游玉雪
總監／李佩芬
副總監／陳珮雯
資深編輯／陳瑩慈
資深企劃編輯／楊逸竹
企劃編輯／林胤孝、蔡川惠
版權專員／何晨瑋、黃微真

出版者／親子天下股份有限公司
地址／台北市 104 建國北路一段 96 號 4 樓
電話／（02）2509-2800　傳真／（02）2509-2462
網址／ www.parenting.com.tw
讀者服務專線／（02）2662-0332　週一～週五：09:00~17:30
讀者服務傳真／（02）2662-6048　客服信箱／ bill@cw.com.tw
法律顧問／台英國際商務法律事務所・羅明通律師
製版印刷／中原造像股份有限公司
總經銷／大和圖書有限公司　電話：（02）8990-2588

出版日期／ 2019 年 5 月第一版第一次印行
　　　　　 2021 年 6 月第一版第三次印行
定　　價／ 380 元
書　　號／ BKEE0203P
ISBN ／ 978-957-503-407-8（平裝）

訂購服務 ────────────────────
親子天下 Shopping ／ shopping.parenting.com.tw
海外 ・ 大量訂購／ parenting@cw.com.tw
書香花園／台北市建國北路二段 6 巷 11 號　電話（02）2506-1635
劃撥帳號／ 50331356 親子天下股份有限公司
天下教育書版權頁應用規範

少年小說怎麼讀？：從讀到解讀，帶孩子
從小說中培養閱讀素養／王淑芬作.
-- 第一版. -- 臺北市：親子天下, 2019.05
320面；148x210公分(學習與教育；203)
ISBN 978-957-503-407-8 (平裝)

1.兒童小說 2.閱讀指導 3.文學評論

812.89　　　　　　　　　　108006123

立即購買 >